D1619552

.

HORST WOLFRAM GEISSLER

Lady Margarets Haus

ROMAN

MIT ILLUSTRATIONEN
VON GOTTFRIED RASP

IM BERTELSMANN LESERING

Berechtigte Lizenzausgabe für den Bertelsmann Lesering

© by Sanssouci Verlag AG, Zürich

Gesamtherstellung Mohn & Co GmbH, Gütersloh

Printed in Germany · Buch Nr. 2635

I

In einer kalten, aber schneefreien Dezembernacht kam Professor Helfering aus dem Konzert nach Hause, und als er seine Wohnungstür aufschließen wollte, konnte er es nicht, weil innen der Schlüssel steckte. Er war im Begriff zu klingeln, da hörte er Schritte und die Stimme der Haushälterin: »Sofort!« Alsbald wurde geöffnet.

»Daß Sie noch wach sind?« fragte Helfering mit einem Blick auf die Uhr.

»Wir haben Besuch«, antwortete die grauhaarige Frau und nahm ihm Hut und Mantel ab. »Die Herren werden mich noch brauchen.«

»Wer?«

»Sehen Sie nur nach!« Mit einer Kopfbewegung und einem geheimnisvollen Lächeln wies sie auf die Tür des Wohnzimmers, nicht etwa auf die des Empfangszimmers, in das sie Studenten und andere kaum bekannte Leute zu führen pflegte.

Der Professor trat ein. Die große Stehlampe brannte. Ein süßer Zigarettenduft hing in der angenehm farbigen Dämmerung, eine große Zeitung wurde schleunig zusammengefaltet, aus dem tiefen Sessel erhob sich der Besucher.

»Fox!« rief Helfering und streckte ihm die Hände entgegen.

»Wenn Sie erwartet hatten, eine Dame zu sehen«, sagte Fox, »so bitte ich, die Enttäuschung zu verzeihen.«

Der Professor erklärte lachend, daß er selbstverständlich überhaupt niemand erwartet habe und sich über die Maßen freue. »Aber!« fuhr er fort. »Aber! Lassen Sie mich überlegen, mein Lieber. Lassen Sie mich Ihnen zeigen, daß ich von meinem berühmtesten Schüler etwas gelernt habe. Erstens stelle ich scharfsinnig fest, daß Sie bereits eine Menge Zigaretten geraucht haben, und das tun Sie nur, wenn Ihnen etwas schwer im Kopf herumgeht. Zweitens haben wir uns vorige Woche in Brüssel gesehen, und wenn Sie mich heute ganz unerwartet besuchen, so hat auch das etwas zu bedeuten, denn wir sehen uns sonst leider selten genug. Drittens trugen Sie neulich noch ein Schnurrbärtchen, das jetzt abrasiert ist. Also – ?«

»Bewundernswert!« sagte Fox.

»Natürlich haben Sie Hunger?«

»Nicht wenig.«

»Ich auch.« Der Professor wandte sich um, aber da schob die Haushälterin bereits die Tür zum Eßzimmer auseinander, auf dem hellbeleuchteten und liebevoll gedeckten Tisch zeigte sich das appetitlichste kalte Abendbrot.

»Perle!« sagte Helfering. »Ich werde Sie für so viel Liebe in mein Nachtgebet einschließen!«

»Darauf würde ich heute wohl besonders lange warten müssen«, antwortete sie, freundlich strahlend, und überflog den Tisch mit einem letzten Blick. »Wenn Sie noch etwas brauchen, läuten Sie nur.«

»Übrigens weiß ich recht gut, daß die Liebe nicht bloß mir gilt«, sagte Helfering und zwinkerte Fox zu. Alle drei lachten, und die grauhaarige Frau wurde ein bißchen rot.

Die Herren setzten sich, Helfering spann den Gedanken weiter und meinte: das Glück, das Fox bei Frauen habe, sei eines der zahlreichen Geheimnisse, die ihn umgäben.

»Es sieht nur so aus wie Glück«, sagte aber Fox.

»Eine schnöde und höchst undankbare Bemerkung!« entgegnete der Professor. »Wie gut, daß nur ich sie höre!«

»Sie verstehen mich falsch. Ich will damit sagen, daß mir die Frauen meistens viel zu wertvoll sind, als daß ich mich bei ihnen nur auf das Glück verlassen möchte. Es ist freilich wahr, man erlebt da bisweilen recht unerwartete Dinge – aber wie langweilig wäre die Welt, wenn es nichts Unerwartetes gäbe.«

Helfering kannte Fox gut genug, um zu wissen, daß dies die Einleitung zu einem Bericht war, den er jetzt hören würde. In der Tat erzählte Fox, während sie umsichtig und mit Genuß speisten, von dem Abenteuer auf dem Schlosse Louha*, von der schönen Maria Zanetti, die ihn fast überlistet hätte, und von der rotblonden Yvonne.

Die Geschichte war länger als die Mahlzeit, Helfering vernahm sie mit aller Spannung und vielem Kopfschütteln.

»Ich schlage vor«, sagte er dann, »daß wir wieder ins Wohnzimmer hinüberwechseln, um unsere zweite Flasche dort zu trinken. Ein höchst merkwürdiges Erlebnis, in der Tat, und es sieht Ihnen ähnlich. Wann war das?«

*Von diesem Abenteuer des Dr. Fox berichtet der Roman »In einer langen Nacht« Sanssouci-Verlag Zürich.

»Im vergangenen Sommer. Sie können sich denken, wie sehr ich hoffte, danach einen ruhigen Winter zu haben.«

»Aber?« fragte Helfering.

Fox antwortete nicht sogleich. Sie gingen hinüber, Helfering stellte Flasche und Gläser auf das niedrige Tischchen, Fox schob hinter sich die Verbindungstür zu, setzte sich, zündete eine Zigarette an und blickte dem bläulichen Wölkchen nach. »Es scheint«, sagte er, »daß aus der Winterruhe wieder einmal nichts werden soll – wie das bei mir so ist. Zunächst also kam mir dieser Archäologenkongreß in Brüssel dazwischen.«

»Er war alles andere als beunruhigend«, sagte Helfering, »er war sogar beinah enttäuschend, und ich wundere mich noch heute, daß Sie überhaupt hingekommen sind. Der einzige Vortrag von einiger Bedeutung war der von Lord Elgin über seine Grabungen in Syrien, aber er behandelte nur die Anfänge, und erst wenn er im Frühjahr wieder hinübergeht –«

»Nein«, sagte Fox mit einer Handbewegung.

»Sie meinen?«

Fox machte ein sehr unbehagliches Gesicht. »Er wird im Frühjahr kaum nach Syrien gehen, selbst wenn er bis dahin wieder gesund sein sollte.«

»Wieso! Ist er inzwischen krank geworden?«

Fox, mit Gedanken beschäftigt, ließ die Frage zunächst unbeantwortet. Er sagte: »Sie werden mir wohl glauben, wenn ich die Bemerkung einflechte, daß ich nicht hierhergekommen bin, um Ihnen mein Abenteuer von Louha zu erzählen – vollends, da ich um null Uhr dreißig weiterfahren werde.«

8

Allerdings, das wußte Helfering längst. Fox, den Annehmlichkeiten des Lebens sehr zugetan, hatte eine tiefe Abneigung dagegen, sich ein gutes Essen durch unangenehme Dinge zu verderben. Wovon er eigentlich zu
sprechen wünschte, das schien er sich also bis jetzt aufgehoben zu haben. Überhaupt lag es nicht in seiner Art,
geradenwegs auf die Hauptsache loszugehen. Aber jetzt
war es offenbar soweit, man mußte mit aller Aufmerksamkeit zuhören, gefaßt auf ein paar große Gedankensprünge.
Sein eigentümlich ins Ungegenwärtig geratender Blick
zeigte, daß kein Bericht, sondern eines von jenen Selbst-
gesprächen folgen würde, die Helfering bei ihm kannte.
»Hm, Syrien . . . «, sagte er und nebelte sich in Zigaretten-
rauch ein. »Sie wissen ja, daß ich es von Norden nach
Süden durchquert habe, und zwar zu Pferde. Auf den
Spuren der Kreuzfahrer. Wer es nicht selbst erlebt hat,
kann sich kaum vorstellen, wie unvergleichlich viel mehr
man vom Rücken eines Pferdes aus sieht als etwa vom
Auto. Und wer bei uns hier weiß denn, daß man jenen
Spuren dort auf Schritt und Tritt begegnet, die alten
Schlösser und Kastelle stehen heute noch auf beherr-
schenden Felsbergen, Ruinen zwar, aber kolossalisch, mit
wahren Zyklopenmauern, ihre hohe Einsamkeit ist zeit-
los geworden.« Nach einem kleinen Schweigen fuhr er
fort: »Vertraut mit der Sprache, den Sitten, der religiösen
Haltung, überdies legitimiert durch meinen Paß des
Königreiches Libyen konnte ich – zumal bei der Land-
bevölkerung – manches hören und sehen, wovon Europa
nichts ahnt. Nebenbei hatte ich die Ehre, einem Bauern
das Leben zu retten, die Einzelheiten will ich Ihnen er-

sparen, wichtig ist nur, daß der Mann mir eines Nachts, unter mehr als romantischen Umständen, einen für nahezu heilig gehaltenen Dolch zeigte, bestimmt eine der schönsten alten Damaszener Arbeiten, jedoch – und darauf kommt es an – nicht einzigartig. ›Es gibt mehrere solche‹, sagte der Mann, ›sie lassen sich sehr gut im Ärmel verbergen. Außer dir, Herr, wird aber wohl kein Fremder eine derartige Waffe zu Gesicht bekommen. Du hingegen bist einer der Unseren.‹«

Helfering fragte: »Wie alt war der Dolch?«

»Er stammte aus dem zwölften Jahrhundert.«

»Wenn's wahr ist!« sagte der Professor lächelnd.

Fox sah ihn an, griff in die Tasche und legte wortlos einen Dolch auf den Tisch. Die Waffe steckte in einer unscheinbaren, auffallend kurzen Lederscheide.

Helfering zog sie heraus. Der Griff war mit Goldblech überzogen, die Stahlklinge schön ziseliert und tauschiert, die in ihr eingelassenen Golddrähte verschlangen sich zu arabischen Mustern und Schriftzeichen.

»Das nennen Sie einen Dolch?« fragte Helfering kopfschüttelnd. »Auf den ersten Blick sieht es aus wie der
Brieföffner des Propheten. Wie lang ist die Klinge? Sieben Zentimeter, nicht mehr! Und schmal wie ein Obst-
messerchen. Was kann man damit anfangen? Am meisten
wundert mich aber, daß Sie dieses Souvenir bei sich tragen.«

»Die Klinge ist lang genug«, sagte Fox mit gefalteter
Stirn. »Zudem ist sie vierkantig und in der Mitte ziemlich
dick, sie kann sich also nicht biegen. Und was man damit
anfangen kann, das lassen Sie sich später einmal von Lord
Elgin erzählen.«

»Was soll das heißen?« fragte Helfering erschrocken.

»Elgin«, antwortete Fox, »wurde auf dem Korridor seines
Hotels in Brüssel mit einer Stichwunde gefunden, die nur
deshalb nicht tödlich ist, weil der Stoß etwas schräg geführt wurde und infolgedessen das Herz nur an der Außen-
seite streifte.«

»Um Gottes willen!« rief Helfering.

»Kein Grund zur Beunruhigung«, sagte Fox. »Alles ver-
läuft ganz normal, wie die Ärzte versichern.«

»Elgin!« sagte der Professor ziemlich fassungslos. »Wann
war das?«

»Vorgestern, in den Morgenstunden, gegen Mittag wollte
er abreisen. Natürlich möchten Sie nun wissen, wer es
getan hat, und warum. Aber eben das weiß man nicht.«

»Unglaublich! Und wie sonderbar, daß nichts in den Zeitungen stand. Man sollte doch meinen –«

»Erstens«, sagte Fox, »sind solche Sachen für ein Hotel
immer sehr unangenehm. Aber das ist nicht der Haupt-

grund. Ich war es, der jedes Bekanntwerden verhindert hat. Sie wissen, daß ich im gleichen Hotel wohnte. Ich habe mir die Wunde zehn Minuten nach der Tat angesehen, sehr gründlich angesehen. Elgin, vermute ich, hat in Syrien irgend etwas – ich weiß nicht. Noch nicht. Jedenfalls sieht die Wunde genauso aus, als käme sie von einem Stich mit diesem Dolch. Selbstverständlich nicht gerade mit diesem, aber mit einem ganz gleichen. Dieser hier lag in Paris, dort habe ich seit kurzem eine kleine Wohnung, und jetzt komme ich also aus Brüssel auf dem Umweg über Paris.«

»Was sagte denn Elgin selbst?«

»Nichts, denn als ich ihn sah, war er bewußtlos, wohl wegen des starken Blutverlustes, es war nämlich ein recht fataler Anblick. Andern Tags wollte ich ihn in der Klinik besuchen, durfte aber nicht in sein Zimmer. Die Ärzte sagten, daß er hohes Fieber habe und phantasiere. Ich werde den Besuch aber nachholen müssen, und zwar so bald wie möglich.«

»Erlauben Sie mir die Bemerkung –«

»Ja, natürlich, Sie finden meine Gedankenverbindung hinreichend phantastisch. Was Sie aber nicht wissen, ist der Umstand, daß dies schon die dritte Wunde dieser Art ist, die ich in den letzten Jahren gesehen habe, und immer waren es politische Morde.«

»Politische!«

»Und jetzt, das muß ich schon sagen, wird die Sache für mich persönlich langsam ungemütlich, nämlich deshalb, weil Elgin mir auffallend ähnlich sieht, wie Sie letzthin selber festgestellt haben.«

Mit dem äußersten Unbehagen fragte Helfering: »Oh – Sie glauben an eine Verwechslung und daß gar nicht Elgin gemeint war, sondern –«

»Nein, das glaube ich nicht, die Leute haben einstweilen nicht den mindesten Grund, mich mit ihrer Abneigung zu beehren.« Er hob die Schultern. »Aber möglich ist alles.«

»Leute? Welche Leute?«

Fox blickte auf die Uhr. »Das kann ich Ihnen heute noch nicht sagen. Ob ich es später kann, weiß ich nicht.«

»Und was haben Sie in der ganzen Angelegenheit unternommen?«

»Zunächst habe ich, wie Ihnen nicht entgangen ist, mein hübsches Schnurrbärtchen abrasiert.«

»Diese Wendung«, sagte Helfering, »zeigt mir, daß Sie nichts weiter sagen wollen. Auf solche Weise pflegen Sie nämlich Ihre Gespräche stets abzubrechen, wenn es Ihnen nicht paßt, das bin ich schon gewohnt.«

»Nur ein Schelm gibt mehr, als er hat!« antwortete Fox grämlich. »Ich hoffe aber, daß wir uns bald wiedersehen werden und daß ich Ihnen dann mehr erzählen kann. Und nun komme ich zu dem eigentlichen Zweck meines Besuches.« Er nahm ein zusammengefaltetes Blatt aus der Brieftasche. »Darf ich Sie um eine große Gefälligkeit bitten? Würden Sie so freundlich sein festzustellen, ob es die hier verzeichneten Bücher in der hiesigen Staatsbibliothek gibt? In Paris konnte ich sie nämlich nicht bekommen, dort sind sie angeblich nicht vorhanden.«

»Angeblich?« fragte der Professor verwundert.

»Angeblich, jawohl, denn daß sie dort tatsächlich fehlen,

13

kann ich kaum glauben. Aber der Bibliothekar, der die arabische Abteilung unter sich hat ... ach, ich fürchte, ich habe da eine große Dummheit gemacht, das heißt, ich erfuhr zu spät, daß der Mann ein geborener Algerier ist.«

Helfering betrachtete das Blatt und sagte: »Ich kann leider nicht Arabisch.«

»Aber der Beamte kann es. Wenn Sie nur bitte nicht sagen wollen, daß ich es bin, der sich für die Bücher interessiert.«

»Ja, gut. Oder vielmehr: gar nicht gut. Die ganze Sache freut mich nämlich keineswegs, mein lieber Fox.«

»Glauben Sie, mich?« fragte Fox und stand auf. »Darf ich nach einem Taxi telephonieren? In einer Viertelstunde geht mein Zug.«

»Und wohin soll ich Ihnen Bescheid geben wegen der Bücher?«

»Das weiß ich jetzt noch nicht, ich schreibe Ihnen.«

Helfering blieb an der Treppe und blickte hinab, bis unten die Haustür ins Schloß fiel. Dann kehrte er zu der halben Flasche Wein zurück, die übriggeblieben war. Wie kann man nur! dachte er, teils bekümmert, teils bewundernd. Und ich habe mir eingebildet, er würde einmal mein Nachfolger an der Universität werden! Aber die Sache mit Elgin – das ist doch sonderbar.

Über der Stadt Marseille und ihrem Hafen leuchtete ein sonniger Morgen – nicht eben warm, aber doch lau und nach nordischen Begriffen unwinterlich. Monsieur Bauvais, bekleidet mit einer sehr abgewetzten blauen Tuchhose, einem um so herrlicheren roten Pullover und weißen Leinenschuhen, saß auf dem kleinen Landesteg und ruhte sich trotz der frühen Stunde bereits aus. Das war um diese Jahreszeit seine Hauptbeschäftigung, sie trug zwar nichts ein, kostete aber auch nichts, die Rechnung ging also auf, wenn man sie nicht allzu kaufmännisch betrachtete.

Es stand nicht zu erwarten, daß jemand erschien, zum Beispiel ein Fremder, und die Dienste des Herrn Bauvais

in Anspruch nahm. Trotzdem hatte er, wie jeden Morgen, sein Motorboot geputzt, besonders das Mahagoniholz, die Messingteile und die Glasscheiben, die den Führerstand vorn und zu beiden Seiten gegen den Wind schützten. Es war ein schönes Boot, Herr Bauvais liebte es, und in der Reisezeit verdiente er damit so viel, daß er sich während der kurzen Winterwochen jene Beschaulichkeit gönnen konnte, die das Leben erst lebenswert macht.

Er saß also in der lauen Sonne, fischte gerade in seiner linken Hosentasche nach dem Zigarettenpäckchen und fuhr mit der andern Hand über das bemerkenswert stoppelige Kinn, das man wohl in absehbarer Zeit einmal rasieren mußte, als eine leichte Erschütterung des Landestegs ihm anzeigte, daß er Besuch bekam. Ohne sich umzudrehen, und weil seine Aufmerksamkeit durch einen weit drüben ausfahrenden Ozeandampfer in Anspruch genommen wurde, sagte er: »Du kommst eben recht, um mir Feuer zu geben, Gustave.«

Wunschgemäß wurde hinter ihm ein Zündholz angerissen, aber es war nicht die Stimme seines Freundes Gustave, die sagte: »Guten Tag, Monsieur Bauvais!«

Daraufhin wandte sich Bauvais nun doch um, aber mit einer Langsamkeit, die zeigte, daß er seinen Ohren nicht traute. »Mein Gott, wahrhaftig!« rief er dann und sprang überraschend schnell auf. »Wahrhaftig, ich habe mich nicht getäuscht, Sie sind es, Monsieur! Seit zwei Jahren – oder sind es schon mehr? – habe ich Ihre Stimme nicht gehört, aber Bauvais ist kein Dummkopf, er vergißt seine Freunde nicht. Wie geht es Ihnen? Welche Freude, Sie wiederzusehen!«

16

»Sie haben Zeit?« fragte Fox.

»Mehr als genug, und für Sie mitten in der Nacht, wenn es sein muß.«

»Benützen wir lieber diesen schönen Vormittag«, sagte Fox, stieg die wenigen Holzstufen zum Boot hinunter und setzte sich in die Führerkabine. »Die Hand werde ich Ihnen schütteln, wenn wir unterwegs sind.«

Herr Bauvais lächelte verständnisvoll, machte ohne weitere Worte das Boot los und rollte das Tau auf dem blanken, rotbraunen Holz des Verdecks sorgfältig zu einer wundervollen Spirale zusammen. Dann warf er den Motor an und nahm seinen Platz neben Fox ein. »Wohin?«

»Wohin Sie wollen. Machen wir eine kleine Spazierfahrt.

Und lassen Sie sich Zeit, ich habe das Bild dieses Hafens lange nicht gesehen.«

Bauvais wandte das Boot nach Westen, der Motor tukkerte behaglich und beinahe gemütvoll, als freue auch er sich über dieses Wiedersehen.

Ein paar Minuten lang wurde kein Wort gesprochen. Fox betrachtete die gemächlich vorbeigleitende Stadt, die in der Sonne glänzte, und die Schiffe, und Bauvais wußte aus Erfahrung, daß er besser schwieg, solange Monsieur stumm blieb. Freilich plagte ihn die Neugier, und er schob die Zigarette aus einem Mundwinkel in den anderen.

»Viel Betrieb hier«, sagte Fox endlich.

»Mehr als in früheren Jahren«, antwortete Bauvais, »die Zeiten sind unruhig, in jeder Beziehung. Oder was meinen Sie?«

»Der Verkehr nach Afrika hat zugenommen?«

»Jawohl, auch nach Afrika, und mehr, als einem friedlichen Bürger lieb sein kann. Sie wollen hinüber?«

»Ich weiß nicht, nein, ich glaube nicht.«

Die Unterhaltung geriet ins Stocken.

»Und da vorn, auf jenem Felseneiland, das wir jetzt an-
steuern, erblicken Sie das Château d'If, auf dem der berühmte Graf von Monte Christo –«

»Im übrigen geht es Ihnen gut, Herr Bauvais?«

»Oh – verzeihen Sie, es war nur die Gewohnheit, an dieser Stelle pflege ich stets mit meinen Erläuterungen zu
beginnen.« Bauvais schüttelte den Kopf und lachte über
sich selbst. »Was ich aber sagen wollte: Sehr viel Betrieb,
jawohl, ein ungeheurer Betrieb, Sie mögen das ›ungeheuer‹ auffassen, wie Sie wollen. Wann sind Sie angekommen? Erst heute früh? Dann haben Sie noch nicht
gesehen, wie es mittags und abends in den Straßen durch-
einanderquirlt! Ein Hexensabbat ist eine leere Kirche,
verglichen mit der Cannebière. Und welches Gesindel,
Monsieur! Wahrhaftig, der Teufel scheint in die Welt
gefahren zu sein.«

»Ich fürchte, das hat er nicht erst neuerdings getan, mein
lieber Bauvais.«

»Nein, natürlich nicht, aber früher hat er sich nicht so
gezeigt. Ah – mir geht ein Licht auf! Sie sind hergekom-
men, um ihn zu fangen? Ein sehr verdienstliches Unternehmen, Monsieur!«

»Ich muß Sie leider enttäuschen«, sagte Fox. »Der Teufel
gehört zu den Leuten, mit denen ich mich nicht gern ein-
lasse. Nein, nein, ich reise zu meinem Vergnügen.«

»Im Dezember?«

»Weshalb nicht?«

»Und warum reisen Sie zu Ihrem Vergnügen?« fragte
Herr Bauvais zwinkernd.

»Zweitens«, antwortete Fox, »weil ich nebenbei und ganz
im stillen hoffe, einer Dame zu begegnen.«

»Kenne ich sie?«

»Ich werde sie Ihnen genau beschreiben: Sie ist jung und hat schwarzes Haar.«

»Stimmt genau! Etwas dergleichen muß ich hierherum schon einmal gesehen haben. Weiter?«

»Fragen Sie nicht so indiskret, mein Lieber.«

»Das war also zweitens!« stellte Herr Bauvais fest. »Und erstens?«

»Sieh einmal an!« sagte Fox lebhaft. »Die weiße Jacht da drüben, ist das die ›La Fleur‹?«

»Allerdings. Sie überwintert hier, wie stets.«

»Gehört sie noch Herrn Anquetil?«

»Gewiß. Aber er hat sich nach dem Tode seiner Frau zur Ruhe gesetzt und die Fabrik seinem Sohn übergeben, der ein großer Politiker sein soll. Er wohnt auch nicht mehr in Marseille, sondern hat sich am Meer, und zwar an der Corniche des Maures, eine Villa gekauft.«

»So, an der Corniche des Maures«, sagte Fox mit einem nachdenklichen Lächeln. »Keine üble Gegend, aber ein bißchen weit weg von Marseille.«

»Mit dem Auto sind es genau hundertsiebenunddreißig Kilometer, Monsieur.«

»Sie haben ihn besucht?«

»Ich pflege meinen alten Chef jährlich einmal zu besuchen«, antwortete Herr Bauvais mit einer gewissen Würde, »einem so ausgezeichneten Mann muß man seine Anhänglichkeit bezeigen, das freut ihn. Er lebt sehr einsam und verläßt die Villa so gut wie nie.«

»Ich hoffe, er ist gesund?«

»O ja, nur eben nicht mehr jung.«

»Und die ‹La Fleur› ?«

»Steht ihm noch zur Verfügung, aber meistens wird sie von dem jungen Herrn Anquetil und seiner Familie benützt. Drei Mann Besatzung, das kostet Geld!«

»Ein schönes und gutes Schiff. Denken Sie an den Sturm, als wir damals aus dem Orient kamen! Bei Malta wäre es uns fast ergangen wie dem Apostel Paulus.«

»Ich«, sagte Herr Bauvais, »war überzeugt, daß uns nichts geschehen werde, ohne mich im übrigen mit dem Apostel Paulus vergleichen zu wollen.«

Aus einigen Überlegungen heraus fragte Fox: »Glauben Sie, daß er daheim ist?«

»Der alte Herr Anquetil? Bestimmt. Sie wollen ihn aufsuchen? Das würde gewiß eine große Freude für ihn sein.«

Und sogleich bot Herr Bauvais seinem alten Gönner Fox sein Auto an.

Ein Auto?

Ja, ein Auto, oh, es machte nichts aus, er konnte den Wagen einige Tage entbehren, es würde ihm eine Ehre sein. Sollte er ihn gleich holen?

»Ich wäre Ihnen freilich sehr dankbar«, sagte Fox, »auf diese Weise ist es am einfachsten. Ich habe noch kein Zimmer, mein Gepäck habe ich auf dem Bahnhof zur Aufbewahrung gegeben, zwei Handkoffer, könnten Sie sie mitbringen? Hier ist der Schein.«

Bauvais steuerte seinen Landesteg an, und Fox erklärte, daß er einstweilen im Boot bleiben werde. Bauvais hatte den Eindruck, daß sein Freund keinen besonderen Wert darauf legte, in Marseille gesehen zu werden. Aber vielleicht irrte er sich auch. Monsieur, das wußte er, spielte immer mit verdeckten Karten.

Eine halbe Stunde später wurde Fox, der im Sonnenschein auf der Bootsbank ein wenig geschlafen hatte, durch ein erhebliches Getöse aufgeweckt. Herr Bauvais war wieder da, brachte sein Auto und dessen Motor zum Stehen und stieg aus. Fox sah ihm den Besitzerstolz an und verzog keine Miene. Das Fahrzeug war ein Renault und stammte noch aus den Zeiten, in denen diese Wagen wie ein Sarg auf Rädern ausgesehen hatten, aber zum Ausgleich hatte es Herr Bauvais mit knallroter Ölfarbe angestrichen.

»Kommen Sie nur!« sagte Bauvais und half ihm aus dem Boot. »Es tut Ihnen nichts, wenn es auch etwas wild aussieht. Aber es ist ein ausgezeichnetes Auto, es läuft Ihnen keinesfalls davon, wenn Sie es erst einmal kennen. Der Anlasser geht allerdings nicht, benützen Sie also diese Kurbel, daran werden Sie nicht mehr gewöhnt sein, und wenn man nicht vorsichtig ist, schlägt sie einem gern den Daumen ab.«

Fox meinte, das Fahrzeug habe noch andere bemerkenswerte Eigenschaften.

»Ohne Zweifel, und geben Sie bitte acht, daß Sie unterwegs nichts verlieren, die Ersatzteile sind selten.«

»Ist Ihnen schon aufgefallen, daß die linke Tür fehlt?«

»Sie muß fehlen, denn wie sollte man sonst bremsen? Sie tun einfach den linken Fuß heraus!«

»Wirklich sehr einfach«, erwiderte Fox anerkennend, »mich wundert, daß die Fabriken nicht schon lange auf diesen Einfall gekommen sind. Hundertsiebenunddreißig Kilometer, sagten Sie?«

»Die Landkarte steckt in der Seitentasche.«

»Der rechten Tür, wie ich hoffe? Sehr gut. Und nun beschreiben Sie mir bitte das Haus des Herrn Anquetil.«

Bauvais tat es mit aller Genauigkeit und weitausholenden Armbewegungen. Dann funktionierte er an Stelle des Anlassers, überreichte Fox die Kurbel und winkte ihm nach. Es ging, es fuhr sogar, freilich etwas geräuschvoll, aber doch meistens vorwärts. In Toulon gab es eine kleine Störung, kaum nennenswert, nach einigen Stunden war sie behoben, und in der beginnenden Dämmerung hatte Fox das Glück, die Villa des Herrn Anquetil zu erreichen, ohne die Scheinwerfer zu brauchen, sie brannten ohnehin nicht. Ein wunderschönes Haus, hoch auf dem felsigen

Steilrand des Ufers, das Meer glitzerte aus einer Dunst-schicht herauf, die von der sinkenden Sonne in schwefel-gelbe Schleier verwandelt wurde. Am Gartentor gab es Schwierigkeiten, der Gärtner war noch nicht lange hier und kannte den Fremden nicht, noch weniger das Fahr-zeug, er mußte sich erst erkundigen, ob Herr Anquetil zu Hause sei – aber dann kam Herr Anquetil persönlich und eilends über den Kiesweg heran, auf seinen Stock gestützt, und winkte schon von weitem.

»Es gehört Bauvais!« sagte Fox bescheiden und wies auf das Auto.

»Natürlich gehört es Bauvais«, erwiderte Herr Anquetil und schüttelte ihm entzückt die Hände, »ich mußte es ihm schenken, als ich es mit diesem Haus kaufte, es stand dreißig Jahre lang hier im Hühnerstall. Aber kommen Sie, man soll für dieses Wunderwerk der Technik und für Ihr Gepäck sorgen, der Abend wird kühl, heute nacht regnet es wahrscheinlich bereits. Sie bleiben doch? Selbstver-ständlich bleiben Sie und leisten einem alten Mann Gesell-schaft, der nur darauf wartet, endlich wieder einmal gut essen und trinken zu dürfen. Sie müssen wissen, daß mir der Arzt das verboten hat, ausgenommen etwa, wenn ich Gäste habe. Die verdammten Haferflocken! Ach, mein lieber Freund, wenn ich Ihnen einen guten Rat geben darf, werden Sie niemals alt, das ist kein Vergnügen, glauben Sie mir. Sie wollen also wirklich mit mir Weih-nachten feiern?«

Weihnachten? Ach so. Fox hatte nicht daran gedacht. Um so lieber nahm er die Einladung an.

Er bekam ein herrliches großes Zimmer im ersten Stock,

24

mit dem Blick auf das Meer, das jetzt freilich schon er-
loschen und gestaltlos schwieg, packte seine Koffer aus,
nahm ein Bad, was nach der Fahrt auf dem Wagen des
Herrn Bauvais sehr nötig war, und als er hinunterkam,
wartete der Hausherr bereits auf ihn.

Herr Anquetil, mit der Gesprächigkeit des Alters, erzählte
ausführlich, wie es ihm in den letzten Jahren ergangen
war und daß er sich zur Ruhe gesetzt hatte. Sein Gast
hörte mit liebenswürdiger Geduld zu und verpflegte sich
inzwischen umsichtig.

»Und die Schokolade?«

»Ah, mein Sohn macht sie ebenso gut wie ich, und denken
Sie, er hat geheiratet!«

»Warum nicht!«

»Mein Gott, vorgestern ging er noch in die Elementar-
schule – oder nein, es ist wohl doch schon etwas länger
her. Er hofft, bei den Märzwahlen in die Nationalversammlung zu kommen. Aber finden Sie nicht auch, daß
es nachgerade an Ihnen wäre, etwas Neues zu erzählen?
Ich brauche nicht zu fragen, ob es bei Ihnen etwas Neues
gibt. Ein wundervoller Abend, mein lieber Fox. Wie wäre
es mit einem Glas Champagner? Wir werden es drüben
trinken, das Kaminfeuer brennt bereits.« Herr Anquetil
faltete seine Serviette sorgfältig zusammen, stand auf und
warf einen Blick aus dem großen Bogenfenster. »Neumond, wenn ich nicht irre. Welche Finsternis, welche Einsamkeit und Totenstille über dem unsichtbaren Meer!
Meine liebe Frau, wissen Sie, hätte nicht sterben sollen,
aber sie tat ja immer das, was sie wollte, und hörte nicht
auf mich. Kommen Sie, benutzen Sie die Gelegenheit,

erzählen Sie mir etwas, bringen Sie mir das Gruseln bei, ich bitte Sie herzlich darum!«

Der nebenanliegende Raum, ein Eckzimmer, war nur vom Kaminfeuer erhellt.

»Das ist wahrhaftig die beste Stimmung für Geschichten!« sagte Fox, machte sich's in einem Sessel bequem und legte die Fingerspitzen gegeneinander, das war bei ihm stets ein Zeichen von nachdenklicher Gemütsruhe. »Ich muß wiederholen, wie dankbar ich Ihnen bin, daß Sie mich so freundlich beherbergen. – Eine Frage: Sie haben vor einiger Zeit Lord Elgin gesehen, wenn ich ihn recht verstanden habe?«

»O ja«, sagte Anquetil, »im Herbst, er kam aus dem Nahen Orient zurück und hatte wieder einmal irgendwo gegraben. Aber das ist heute kein reines Vergnügen mehr. Die Kerle argwöhnen immer, daß man alte Tempel sucht und Erdöl meint. Früher, als noch niemand wußte, daß der arabische Sand auf Öl schwimmt, war es gemütlicher, und denken Sie nur daran, wieviel Königreiche und Republiken während der letzten Jahrzehnte dort aus dem Boden gewachsen sind, es scheint sich zu rentieren, zwischen Öl und Nationalstolz besteht ein erstaunlich enger Zusammenhang. Kein Wunder, daß Elgin ziemlich verstimmt war.«

»War er das?«

»Verstimmt und einsilbig, ja.«

»Hat er Ihnen etwas von seinen Ausgrabungen erzählt?«

»Eigentlich nicht, nein, er schien Schwierigkeiten gehabt zu haben.«

»Schade«, sagte Fox, »sehr schade, daß er Ihnen nichts Näheres davon erzählt hat, es wäre für mich sehr wertvoll gewesen, und um die Wahrheit zu gestehen, bin ich eigentlich deshalb zu Ihnen gekommen. Nämlich ... stellen Sie sich vor, Herr Anquetil! ... man hat ihn vor ein paar Tagen erstochen, wenigstens beinahe erstochen, es ist gerade noch einmal gut gegangen, er wird mit dem Leben davonkommen, wie mir die Ärzte versicherten.«

Nachdem sich der Schrecken des alten Herrn einigermaßen gelegt hatte, berichtete Fox von dem Vorfall in Brüssel und schloß mit der Bemerkung, daß gewiß niemand zu einem Archäologenkongreß fahre, um sich dort erstechen zu lassen.

Das sei wohl anzunehmen, erwiderte Anquetil, noch immer sehr aufgeregt. »Aber es sieht ihm ähnlich, er hatte von jeher so exzentrische Angewohnheiten. Ich bitte Sie: Erstechen! Eine völlig aus der Mode gekommene Todesart!« Herr Anquetil merkte nicht, daß er seine Erregung etwas grotesk ausdrückte.

»Hm, je nachdem!« erwiderte Fox. »Wenn Sie das Verfahren von der Seite des Täters her betrachten, so hat es einen Vorteil. Eine Pistole knallt, ein Dolch nicht. Die Aussichten, zu entkommen, sind damit für den Täter wesentlich größer, wie mir scheinen will. Erinnern Sie sich daran, daß nach dem Attentat des Anarchisten Lucheni auf die Kaiserin von Österreich geraume Zeit verging, ehe man überhaupt bemerkte, daß sie verwundet war; vermutlich wußte sogar sie selbst es nicht. Ähnlich ist es wohl auch bei Elgin gewesen.«

»Sie haben keine Spur von dem Täter gefunden?«

»Ich? Ich habe mich nicht mit der Angelegenheit befaßt, das ist Sache der Polizei.«

»Eine schöne Geschichte!« sagte Anquetil.

»Nein, sondern eine recht beunruhigende und üble – wie sehr beunruhigend und übel, das läßt sich, fürchte ich, im Augenblick noch nicht übersehen, und deshalb wollen wir, wenn Sie erlauben, von etwas anderem sprechen.« Der Hausherr war damit sehr einverstanden, nahm seinem Gast aber das Versprechen ab, ihn auf dem laufenden zu halten. Er war mit Elgin befreundet und hatte ihn und Fox und das ganze Ausgräbergepäck einmal mit der »La Fleur« aus Beirut abgeholt. »Erinnern Sie sich«, sagte er, »daß wir eine volle Woche mit dem Löschen dieser merkwürdigen Fracht zu tun hatten?«

»Lieber erinnere ich mich«, sagte Fox, »daß wir unmittelbar danach zur Erholung eine Fahrt nach dem Felseneiland Monte Christo machten, um vielleicht den Eingang zu der Zauberhöhle des berühmten Grafen zu entdecken. Es wurde eine der großen Blamagen, aus denen sich mein Leben zusammensetzt.«

Anquetil lachte schallend. »Ihr unnachahmlicher Trick, lieber Freund: Immer verstehen Sie es so einzurichten, daß Ihre Erfolge wie Mißerfolge aussehen – das beste Mittel, um ungefährlich zu erscheinen!«

»Sie werden bei Gott nicht behaupten wollen, daß wir auf Monte Christo auch nur den geringsten Erfolg hatten!« sagte Fox.

»Das ist wahr, wenigstens, soviel ich bemerkt habe. Ich weiß nicht einmal, warum Sie die Höhle eigentlich suchten.«

»Lesen Sie Dumas, Monsieur Anquetil! Weil es dafür aber heute abend schon zu spät ist und weil ich Ihnen für Ihre unvergleichliche Gastfreundschaft eine Geschichte schulde, will ich also etwas erzählen.«

»Herrlich!« rief Herr Anquetil und klatschte entzückt in die Hände. Dann klingelte er. »Noch eine solche Flasche, bitte. – Eine Geschichte also! Sie verpflichten mich zum größten Dank. Hat sie etwas mit Monte Christo zu tun?«

»Nein, oder doch höchstens nur insofern, als sie mir infolge einer Ideenverbindung einfällt, Sie werden das sogleich erkennen. Aber ich verdiene Ihre Dankbarkeit nur zum Teil, denn ich erzähle diesmal keineswegs nur für Sie, sondern auch für mich, weil ich die Gelegenheit benützen möchte, mir einiges in Erinnerung zu rufen, was für den Augenblick vielleicht nicht ganz ohne Bedeutung ist. Allerdings muß ich Sie sehr weit zurückführen, das kann ich Ihnen nicht ersparen.«

»Um so besser, um so besser!« sagte Herr Anquetil und zündete sich eine neue Zigarre an.

II

Als ich letzthin in Paris war«, erzählte Fox, »habe ich
Berichte über die Sitzungen des Nationalkonvents durchgeblättert, der von 1792 bis 1795 tagte und nicht nur
durch die Schreckensherrschaft unter Robespierre und die
Hinrichtung des Königspaares gekennzeichnet ist. Wenn
nämlich so viele Leute zusammenkommen, die ihren
Wählern den Nachweis liefern möchten, daß sie geborene
Politiker sind, wird stets eine phantastische Menge Unsinn
geredet. Ein Glück, daß es das heute nicht mehr gibt.
Ich fand also, was ich suchte, den Antrag eines Abgeordneten namens Jean de Brie, der vorschlägt, den
alten Orden der Assassinen wiederaufleben zu lassen,
um mit den Tyrannen in der ganzen Welt endlich einmal aufzuräumen.
Ich weiß nicht, Herr Anquetil, ob Ihnen diese Brüder-
schaft ein Begriff ist. Das französische Wort für töten,
assassiner, stammt daher, und jener ungemütliche Name
Assassinen kommt von dem arabischen Haschisch, das ist
jene aus indischem Hanf bereitete Droge, die am Ende
des ›Monte Christo‹ keine geringe Rolle spielt: Der Graf
führt seinen Schützling Morrel auf dem Felseneiland in

31

eben jene geheimnisvolle Höhle und gibt ihm Haschisch zu essen, das als eine grüne Paste beschrieben wird. Es ist von alters her bekannt und wohl nicht weniger gefährlich als die nach ihm benannten Assassinen.

Im Mittelalter wurde ein bayrischer Herzog meuchlings erstochen, und als der Papst einige Zeit später den deutschen Kaiser für abgesetzt erklärte und mit christlicher Milde in Grund und Boden verfluchte, hieß es in der Urkunde: ›Den Herzog von Bayern, einen besonderen Freund des Apostolischen Stuhles, ließ er, wie überall behauptet wird, durch assassinische Meuchelmörder töten.‹ Das war im Jahr 1231.

Aber dieser verdächtige Orden war viel älter. Nicht lange nach dem Tode Mohammeds nämlich bildete sich bei den Moslemin die Sekte der Ismaeliten, die sich um das Jahr 100 im heutigen Afghanistan festsetzten, am Fuße des Hindukusch, und zwar in der Bergfestung Alamaut, das heißt Adlernest. Dieses Adlernest nahe der persischen Grenze machten sie zum Mittelpunkt eines unabhängigen Staates, den sie in der Folgezeit immer mehr nach Westen ausbreiteten, bis sie schließlich Syrien mit seinen festen

Schlössern im Libanon und die Mittelmeerküste erreichten.

Diese Stoßkraft der Ismaeliten war buchstäblich die Stoßkraft des Dolches, denn sie hatten den Grundsatz: Ermordung aller Feinde ist der einfachste Weg zur Macht – ein gesundheitsschädliches, aber erfolgversprechendes Prinzip, das kann man wohl sagen.

Um es durchzuführen, bauten sie eine bewunderungswürdige Organisation auf. An der Spitze stand der Scheik al Dschebel, der Fürst der Berge; bisweilen wird dieser Ausdruck auch etwas ungenau mit ›der Alte vom Berge‹ übersetzt. Nach ihm kamen die Dai al Kirbal, jeder von ihnen hatte eine der drei Provinzen unter sich, in die das

Gebiet eingeteilt war; weiter noch zwei niedrigere Klassen von Eingeweihten – eingeweiht nämlich in die Geheimnisse, das heißt, sie waren nach außen hin zwar gute Mohammedaner, in Wirklichkeit jedoch verachteten sie jede Religion und Moral, glaubten an nichts als an die Macht und spotteten insgeheim über jeden Frommen. Unter ihnen standen, wie dies so zu sein pflegt, die Fedai, die ›Ergebenen‹; dies waren die eigentlichen Wächter, Kämpfer und Mörder, junge Männer, sie kannten die neun Stufen der Einweihung nicht, mußten die Vorschriften des Korans streng befolgen, bloße Instrumente, zum blinden Gehorsam erzogen durch ein wahrhaft orientalisches Mittel. Brauchte nämlich der Fürst vom Berge ihre Dienste, so wurden sie durch Haschisch berauscht – daher hießen sie die Haschischijin, und in diesem Zustand in herrliche Gärten gebracht, wo sie von allen Sinnenfreuden umgeben waren. Dies, sagte man ihnen, sei nur ein kärglicher Vorgeschmack des Paradieses, dessen eigentliche Pforte sich ihnen für immer öffnen würde, falls sie etwa bei Erfüllung ihrer Pflicht umkommen sollten. Eine solche Aussicht machte sie so willfährig, daß sie ihr Leben für nichts achteten und jeden Befehl blindlings ausführten.

Dies also waren die Haschischijin, die Assassinen, deren Name schon zur Zeit der Kreuzzüge in die französische Sprache überging, was nicht weiter verwunderlich ist, da man sie bald genug aus eigener Erfahrung kennen- und fürchten lernte. Als im Jahr 1194 der Graf Heinrich von Champagne an ihrem Gebiet vorbeizog, sandte ihm der Dai al Kirbal (denn der Alte vom Berge blieb stets unsichtbar) Boten, die ihn bewillkommneten und zu einem recht lehrreichen Besuch einluden. Der Graf wurde zu einem Schloß im Libanon geleitet, dessen Turm besonders hoch war und überdies am Rand einer Felsenschlucht stand. Als er mit dem Dai auf diesem Turm verweilte, sprach dieser von dem unbedingten Gehorsam seiner Leute. Der Kreuzritter fragte, was unter dem Wort ›unbedingt‹ zu verstehen sei. Wortlos winkte der Dai zwei Untergebenen, sie verstanden den Befehl, und ohne auch nur einen Augenblick zu zögern, stürzten sie sich in den Abgrund. Man kennt noch eine Reihe ähnlicher Geschichten.

Die Zahl der ›Ergebenen‹ belief sich damals auf siebzigtausend, und die Kreuzfahrer hatten schwer unter ihnen zu leiden. Konrad von Montfort wurde erdolcht, ebenso Raimund von Tripolis, und in den Reihen der Mohammedaner wütete dieser Schrecken vielleicht noch furchtbarer, nur wissen wir davon nichts Genaueres. Das Unheimlichste war, daß die Täter so gut wie niemals gefaßt wurden, denn man hatte den Orden zu fürchten gelernt, und seine Mitglieder saßen unerkannt in den höchsten Ämtern oder hatten dort wenigstens Mitwisser und Helfer.

Dieser im wahrsten Sinne des Wortes unfaßbare Schrecken wurde erst in der Mitte des dreizehnten Jahrhunderts durch den Mongolenfürsten Hülagü, einen Enkel Dschingis-Khans, beseitigt, der sich zunächst der alten Bergfeste Alamaut bemächtigte und dann das gespenstische Reich der Assassinen ebenso wie das abbasidische Kalifat sehr schnell zerstörte. In Syrien jedoch, an der Küste des Mittelmeeres, hielten sich Reste, besonders in den Bergen des Libanon.«

»Wie lange?« wollte Herr Anquetil wissen.

»Diese Frage habe ich erwartet, sie ist durchaus berechtigt«, erwiderte Fox. »Wenn ich sie beantworten könnte, wäre ich nicht hier.«

»Bei mir?« fragte Herr Anquetil erschrocken.

Fox mußte lachen. »Ich meine: in Marseille. Einstweilen brauchen Sie nicht zu befürchten, daß ich Sie für den Alten vom Berge halte – obwohl die ganze Umgebung... dieses Haus am Rande der Steilküste, die geheimnisvolle Einsamkeit ... und am Mittelmeer sind wir auch...«

»Ich kann Ihnen sofort den Gegenbeweis liefern!« sagte der Hausherr. »Ich werde den Gärtner rufen und ihn ersuchen, sich hinunterzustürzen – tut er es, so will ich zugeben, daß ich der Scheik al Dschebel bin.«

»Eine überzeugende Logik«, erwiderte Fox. »Bleiben wir aber noch einen Augenblick ernst. Auf Grund meiner eigenen Erfahrungen neige ich seit langem zu der Meinung, daß die Assassinen nie ganz verschwunden sind. Die gesamte arabische Welt wurde ja von Europa lange genug unterschätzt, und erst in den letzten Jahren hat sich in diesem Punkt einiges geändert.«

»Wem sagen Sie das!« nickte Anquetil.

Fox überlegte. »Sie denken an die Schwierigkeiten, die hauptsächlich Frankreich, aber auch England und Spanien hat. An dieser Stelle spielt unser Thema nun leider in die Politik hinüber, in die gegenwärtige und höchst brennende Politik, und das ist – von meiner Seite gesehen – ungemein betrüblich, denn ich will und muß selbstverständlich unter allen Umständen vermeiden, mit diesem Gebiet in Berührung zu kommen. Ob das möglich ist, wird sich allerdings erst noch zeigen. Vor einigen Jahren traf ich mit einem Missionar zusammen, dessen Arbeitsgebiet im östlichen Afrika liegt, wo der Islam die Hauptreligion ist; der Pater, der seine Erfahrungen hatte und in der Geschichte gut Bescheid wußte, war der festen Überzeugung, daß der Assassinenorden seine Fortsetzung in der heutigen Moslembruderschaft hat. Er erzählte mir, daß er, als Derwisch verkleidet, selbst erlebt habe, wie der Minister eines arabischen Staates aus mehreren tausend Kilometern Entfernung Weisungen bekam von einem ganz einfachen Mann, den er gar nicht kannte und trotzdem als Vorgesetzten betrachtete, und diese Weisungen wurden ausgeführt! Erinnern Sie sich, daß General Naghib die Moslembruderschaft in Ägypten verboten hat? Ob dieses Verbot echt ist oder was sonst dahintersteckt, kann man nicht ahnen. Haben Sie gelesen, daß die Guardia Mora, die afrikanische Leibgarde des spanischen Staatschefs, aufgelöst und durch Europäer ersetzt worden ist? Man wird die dunklen Gesichter über dem orangefarbenen Burnus, die in Madrid so dekorativ wirkten, in Zukunft also nicht mehr sehen, das ist bedauerlich für den Fremdenverkehr, aber vorsichtig. Schon im alten Rom hat die Prätorianergarde gelegentlich die Cäsaren ermordet.«

»Hören Sie auf!« sagte Herr Anquetil mit dem allergründlichsten Mißbehagen. »Ich hoffte, Sie würden mir eine Weihnachtsgeschichte erzählen, und jetzt waten wir mitten im Sumpf der Politik herum, und zwar gerade dort, wo er am gefährlichsten ist.«

»Ich wate keineswegs«, sagte Fox. »Davor möge mich der Himmel bewahren. Es war nur ein kleiner Ausblick, und er ist dringend notwendig, eben damit man nicht in diesen Sumpf gerät.«

»Ja, das wollen wir freilich vermeiden«, bestätigte der Hausherr, »denn bei der Politik wird einem schlecht, bei den Assassinen bekommt man – außer etlichen Dolchstichen natürlich – nur eine Gänsehaut; es tut mir aber leid, daß Sie sich vorhin so kurz gefaßt und Ihre Erzählung auf das Notwendigste beschränkt haben. Immer, wenn die Sache besonders fesselnd wurde, gingen Sie schon zum nächsten Punkt über.«

»Das läßt sich nachholen«, erklärte Fox, »freilich nicht lückenlos. Meine Kenntnisse sind schon deshalb gering, weil die Geschichte derartiger Geheimbünde natürlicherweise stets im dunkel liegt. Ich hoffe, durch einen Freund ein paar seltene Bücher zu bekommen und darin mehr zu finden. Übrigens« – er sah Herrn Anquetil an –, »übrigens halte ich es also nicht für ausgeschlossen, daß der Fall Elgin mit unserem Thema in Zusammenhang steht.«

»Machen Sie mir keine schlaflosen Nächte, lieber Fox!« sagte der alte Herr. »An einen solchen Zusammenhang habe ich während Ihrer Erzählung freilich auch schon gedacht, weil ich weiß, daß Sie selten etwas ohne besonderen Grund zur Sprache bringen. Sind Sie überzeugt?«

»Überzeugt? Nein. Noch nicht. Aber es gibt da einiges, ein paar Verbindungen zwischen Tatsachen und Gedanken, die mich sehr stutzig machen. Nun, es wird sich herausstellen.«

»Ich hoffe, Sie sind gescheit genug und lassen die Finger davon!« sagte Herr Anquetil ehrlich besorgt.

»Auch Sie«, antwortete Fox mit einem Seufzer, »gehören

also zu den Leuten, die mich weit überschätzen! Sonst würden Sie nicht hoffen, von mir jemals etwas Gescheites zu erleben.«

Über Nacht war der Nebel, wie Herr Anquetil voraus-gesagt hatte, zu einem kühlen Sprühregen geworden, aber ein Blick durchs Fenster zeigte, daß es sich aufhellen wollte. Die beiden Herren saßen noch beim Frühstück, als die Vormittagspost hereingebracht wurde. Obenauf lag ein Telegramm. Herr Anquetil öffnete es und sagte, dies sei nun die zweite hübsche Weihnachtsüberraschung: gegen Abend würde sein Sohn mit der ganzen Familie kommen. Fox fand die Überraschung nicht so besonders hübsch, aber das behielt er für sich.

»Und nun verzeihen Sie die Neugier eines alten Mannes«, sagte Herr Anquetil und reichte ihm die Zeitung über den Tisch, »wenn ich so unhöflich bin, die übrige Post durch-zusehen.«

Es schien nichts Wichtiges dabeizusein, er war bald fer-tig und stellte ein wenig enttäuscht fest, daß es nicht die kleinste Neuigkeit gäbe.

»Doch...!« sagte Fox, warf die Zeitung mit einer bei ihm ganz ungewohnten Heftigkeit hin, stand auf und begann, im Zimmer auf und ab zu gehen. »Lesen Sie! Der bekannte Archäologe Lord Elgin ist in einem Brüsseler Kranken-haus an den Folgen einer Verwundung gestorben.«

Herr Anquetil, der nach dem Zeitungsblatt hatte greifen wollen, zog die Hand zurück, als ob er sich verbrannt hätte. »Nein –!«

Fox hob die Schultern. »Es hat keinen Sinn, an der Richtigkeit dieser Meldung zu zweifeln. Und ich reise in der Welt herum und verlasse mich auf diese Idioten von Ärzten! Ich mache mir das Weihnachtsvergnügen, in einem rollenden Sarg spazierenzufahren, brauche für hundertvierzig Kilometer acht Stunden, und inzwischen stirbt der einzige Mensch, der mir eine Spur hätte zeigen können!«

Herr Anquetil saß wortlos da.

Eine halbe Stunde später bekam Fox die telephonische Verbindung mit Brüssel. Nein, Elgin war dauernd bewußtlos geblieben und wohl an einem Blutgerinnsel gestorben. Der einzige Koffer, den er gehabt hatte, war einstweilen von der Staatsanwaltschaft beschlagnahmt, die Leiche jedoch freigegeben, sie wurde nach England übergeführt.

»Eine große Bitte, Herr Anquetil – könnten Sie mir Ihren Wagen leihen?«

»Selbstverständlich. Aber es regnet!«

»Eben deshalb, ich würde sonst spazierengehen. Ich kann augenblicklich diese vier Wände und die Stubendecke nicht vertragen.«

»Wann darf ich Sie zurückerwarten?«

Fox bedankte sich für die Freundlichkeit, spätestens in der Abenddämmerung werde er zurückkommen.

Er schlug die Küstenstraße nach Osten ein, und da der Regenvorhang ziemlich dicht war, wurde er sich zunächst nicht darüber klar, daß er sehr bald die Riviera erreichte. Er achtete auch nicht darauf, denn in der Tat wünschte er nichts weiter, als allein und in einer Umgebung zu sein, die seine Aufmerksamkeit nicht in Anspruch nahm. Er war wieder einmal höchst unzufrieden mit sich und dem Schicksal. Nicht nur sah er seine Hoffnung enttäuscht, von Herrn Anquetil etwas über Elgins letzten Aufenthalt in Syrien zu hören, sondern er hatte durch seine überstürzte Reise jede Möglichkeit verloren, von Elgin selbst eine Andeutung zu erhalten, wären es auch nur ein paar durch das Fieber zerfetzte Sätze gewesen. Schuld daran war freilich nicht er, sondern die beruhigende Prognose der Ärzte, aber das änderte nichts an dem betrüblichen Endergebnis.

In der schlechtesten Laune kam er nach Cannes, dessen Anblick an diesem kalten Regentage zu seiner Gemütsverfassung paßte, ließ den Wagen stehen und ging auf der Croisette am Meer entlang, das unfreundlich zur Rechten heranbrauste, während links die Autos naßglänzend vor den Hotelfronten dösten. Dies alles, ebenso die Leere der Strandpromenade, kam ihm nicht einmal als Bild zum Bewußtsein.

Als er eine Stunde später, von der frischen Luft und dem Wind doch etwas ermuntert, in einer Konditorei der Innenstadt vor einer Tasse Kaffee saß, wurde er plötzlich stutzig; aus eben jenem Bild des verlassenen Uferbouleboulevards nämlich, dessen Öde ihm erst jetzt, in der angenehmen Wärme, auffiel, tauchte ein optischer Eindruck, die flüchtige Erinnerung an einen kleinen roten Wagen, der dort zwischen vielen anderen gestanden und eine gewisse Mailänder Nummer getragen hatte... darüber gab es wohl kaum einen Zweifel, denn auf die Richtigkeit solcher Eindrücke konnte sich Fox verlassen, mochten sie auch erst nach langer Zeit deutlich werden, vergleichbar einer im Vorbeigehen gemachten Aufnahme, die eben nicht eher entwickelt worden war.

Also Maria Zanettis Wagen, dieser kleine rote Teufel, der ihm im vorigen Sommer so viel zu schaffen gemacht hatte. Also Maria selbst.

Er legte das Geld auf den Tisch und ging. Ein Wiedersehen mit Maria – das wäre an diesem Tag eine willkommene Ablenkung.

Natürlich, der Wagen stand nicht mehr da.

Es gibt Zeiten, in denen nichts glückt. Das einzige, was man tun kann, ist, zu warten, bis sie vorbei sind.

In der Dämmerung, wie gestern, kam er zu Herrn Anquetils Villa zurück, aber das Haus lag nicht finster im Garten, viele Fenster strahlten hell in das diesige Dunkel: Weihnachtsabend, und der junge Anquetil war mit Frau

42

und Kindern eingetroffen. Nun, auch gut, vielleicht sogar besser.

Gegen neun Uhr, als die Kinder im Bett waren und die Erwachsenen etwas abgekämpft beieinander saßen und die Ruhe genossen, sagte der alte Herr: »Ich hätte nicht geglaubt, daß Sie mit Kindern so reizend sein können, lieber Fox. Dergleichen findet man bei Junggesellen selten.« Die junge Frau stimmte ihm nachdrücklich bei.

»Wie oft soll ich Ihnen noch erklären«, erwiderte Fox mit einem Seufzer, »daß mein Leben von Grund aus falsch angelegt und heillos verpfuscht ist? Aber was soll ich tun?« – »Heiraten!« sagte Frau Anquetil.

»Durch diesen überraschenden Hinweis«, meinte Fox, »verpflichten Sie mich zum größten Dank, aber glauben Sie mir: immer, wenn ich ernstlich entschlossen bin, diesen letzten Ausweg eines Verzweifelten zu betreten, kommt etwas dazwischen. Bisher, tatsächlich, war das Schicksal stets dagegen. Man kann nicht gleichzeitig Würstchen essen und Trompete blasen. Natürlich kann man es, aber was tun die Würstchen in der Trompete?«

Nun, dergleichen gewaltsame Versuche, das Gespräch harmlos zu halten, konnte den Schatten nicht beseitigen, der sich schon am Morgen auf den Tag gesenkt hatte, besonders der alte Herr glitt immer wieder in sein trübseliges Schweigen ab. »Du hast es wohl noch nicht gelesen?« fragte er schließlich, zog das Zeitungsblatt aus der Tasche und hielt es seinem Sohn hin.

»Nein, steht es schon... oder was meinst du? Ich habe heute noch keine Zeitung angesehen, weil wir in aller Frühe von daheim weggefahren sind.«

»Sie reden gewiß von zwei ganz verschiedenen Dingen«,
sagte Fox mit dem Wunsch, abzulenken.

»Ich meine die Handelsdelegation«, antwortete Anquetil
junior.

»Jetzt sind wir es, die nichts wissen«, bemerkte Fox.

Anquetil berichtete, zwar ein wenig verdrossen, aber doch
nicht ohne Eitelkeit und Koketterie, daß er von der Regierung zum Begleiter einer Handelsdelegation bestimmt
worden sei, die übermorgen eintreffen und das Land be-
reisen werde, um wichtige Verbindungen anzuknüpfen.

»Und woher kommt sie?« fragte der alte Herr. »Übermorgen? Wie dumm! Du wirst uns also verlassen
müssen?«

»Wenn es nur das wäre«, antwortete der Sohn. Fremde
Handelsdelegationen seien im allgemeinen zwar anstren-
gend, aber harmlos. Diesmal jedoch lägen die Dinge
anders. »Die Delegation kommt nämlich aus dem Staate
Israel. Bei der Todfeindschaft zwischen Israel und allen
arabischen Staaten – ich bitte Sie: Als ob wir nicht schon
genug Schwierigkeiten mit den Arabern hätten! Es ist
einfach unbegreiflich, wie die Regierung gerade jetzt –«

Er spürte mit einem gewissen Vergnügen, daß seine Darlegungen einem größeren Interesse begegneten – besonders bei Fox –, als er wohl erwartet hatte, und begann
deshalb, auf die Angelegenheit näher einzugehen. Man
hörte aus jedem Satze seinen politischen Ehrgeiz und daß
er bei den nächsten Wahlen ins Parlament und damit in
jene Laufbahn zu kommen hoffte, die ihn über das Durch-
schnittsdasein eines Schokoladefabrikanten erheben
sollte. Seine Leidenschaft war die Außenpolitik. Übrigens

sprach er gut und wußte seine Zuhörer durch unvermutete Blickwendungen zu fesseln.

Fox hörte also wortlos, aber so aufmerksam zu, daß es dem jungen Anquetil auffiel und ihn zu der Frage veranlaßte: »Haben Sie Verbindung mit den Leuten? Oder wünschen Sie, mit Ihnen bekannt zu werden? Ich will das gern vermitteln.«

»Nicht im mindesten«, sagte Fox, »bedenken Sie bitte, daß ich zwar geborener Deutscher, aber durch eine romantische Laune des Krieges libyscher Staatsangehöriger bin, also eines arabischen Staates, an den mich – außer einigen persönlichen und sehr begründeten Zuneigungen – zwar nichts bindet, aber man muß da ganz besonders vorsichtig sein, wie Sie vorhin sehr richtig bemerkt haben. Befürchten Sie irgendwelche Schwierigkeiten für die Delegation?«

»Nicht eigentlich«, antwortete Anquetil, »indessen kennen Sie ja die unangenehmen und zum Teil sogar blutigen Zwischenfälle, die sich im Zusammenhang mit diesen politischen Leidenschaften immer wieder und neuerdings auch auf französischem Boden ereignet haben, besonders in Paris, wo es eine große arabische Kolonie gibt.«

»Ein Grund mehr, sich mit Politik nicht zu befassen«, sagte Fox, und der alte Herr Anquetil nickte mit deutlichem Unbehagen.

Deshalb war es keine Überraschung, daß der alte Herr ihn noch zu einem Kognak einlud, als sich eine Stunde später die kleine Gesellschaft, festmüde, auflöste.

»Nun – was sagen Sie?«

»Ich weiß nicht, was Sie hören möchten, Herr Anquetil.«

»François ist mein einziger Sohn.«

»Das ist mir bekannt.«

»Die Firma, die ich mit so viel Mühe aufgebaut habe, hängt vorerst allein an ihm. Er soll lieber gute Schokolade statt schlechte Politik machen.«

»Herr Anquetil«, warf Fox ein, »wenn alle Leute diesen Grundsatz befolgten, wären wir schon längst in Schokolade erstickt.«

Der alte Herr, die Hände in den Hosentaschen, ging auf und ab. »Da Sie nun einmal hier sind, lieber Freund –« sagte er, »so lassen Sie mich ohne Umschweife fragen: Was kostet es, wenn Sie meinen Sohn, solange diese bedenkliche Führungsreise dauert, ein wenig im Auge behalten?«

»Nichts«, erwiderte Fox, »denn ich werde es nicht tun.«

»Selbstverständlich werden Sie es nicht tun, ich hatte keine andere Antwort erwartet. Nehmen wir aber an, Sie hätten zufällig Gelegenheit, irgendein Unglück zu verhüten ... ist Ihnen aufgefallen, daß die Mitteilungen meines Sohnes zu Ihrer Geschichte von den Assassinen passen wie das Tüpfelchen aufs I?«

»Sie übertreiben, Herr Anquetil«, sagte Fox lachend. »Sie übertreiben ungeheuer, Ihre Vaterliebe macht aus einer historischen Mücke einen gespenstischen Elefanten.«

»Ich glaube nicht, daß jener Herzog von Bayern durch eine Mücke erstochen wurde.«

»Verzeihen Sie – ist Ihr Sohn Herzog von Bayern?«

Am Morgen des zweiten Weihnachtstages also verließ der junge Anquetil – übrigens ein Mann von immerhin vierzig Jahren – das väterliche Haus, denn nach Mittag würde die Delegation mit dem Dampfer »Slavia« in Marseille eintreffen, und er durfte nicht versäumen, die Gäste sofort zu begrüßen und sie unter seine freilich etwas bebenden Fittiche zu nehmen. Obwohl er seine Frau und die Kinder zurückließ, fuhr er doch nicht allein. Fox hatte gebeten, ihn mitzunehmen – »Vorausgesetzt, daß Ihnen ein kleiner Umweg nichts ausmacht?«

»Gewiß nicht«, sagte Anquetil, steuerte den Wagen durch das Gartentor und setzte sich unternehmend zurecht, denn der Regen hatte seit gestern aufgehört, es war ein angenehmer, frischer Morgen, die Sonne würde bald durch den leichten Silberdunst kommen. »Sie haben ein bestimmtes Ziel außerhalb Marseille?«

»Ja – werden Sie gekränkt sein, wenn ich Ihnen sage, daß ich Marseille nicht sehr liebe, und besonders nicht in Zeiten, in denen ich gern allein sein und mich ein paar Tage ausruhen möchte?«

»Hätten Sie das nicht bei meinem Vater gekonnt?«

»Ihr Herr Vater ist mir von jeher schätzenswert durch seine Lebhaftigkeit und Wißbegier«, sagte Fox.

Anquetil lachte. »Und wo soll ich Sie also absetzen?«

»Was halten Sie von Cassis?«

»Sie kennen es nicht?«

»Nein, aber nach allem, was man liest –«

»Nun«, sagte Anquetil achselzuckend und leicht verwundert, »Cassis ist ein recht malerisches Hafenstädtchen, es liegt an einer felsigen Bucht, etwa zwanzig Kilometer ostwärts von Marseille, und ich weiß nur, daß es dort in der Nähe ein paar Calanques gibt, das sind Meereseinschnitte zwischen zerklüfteten Felsen, vielleicht ziemlich sehenswürdig. Ungestört sind Sie dort gewiß um diese Jahreszeit – aber die genaue Stelle, wo sich die Füchse gute Nacht sagen, ist mir unbekannt. Übrigens liegt der Bahnhof weit außerhalb des Städtchens.«

»Ungefähr so habe ich mir's nach der Landkarte gedacht«, sagte Fox zufrieden. »Vielleicht gelingt es mir doch einmal im Leben, ein bestimmtes Ideal zu verwirklichen.«

»Nämlich?«

»Eine Woche lang im Bett zu liegen, ohne krank zu sein, und von da aus auf das Meer hinauszublicken.«

»Das wird dort ganz gewiß möglich sein. Vielleicht ist es sogar das einzige, was möglich ist.«

»Sie irren«, sagte Fox, wieder einmal seufzend, »bei mir ist alles möglich. – Und Sie? Bleiben Sie lange in Marseille?«

»Vorgesehen sind vier Tage«, antwortete Anquetil, »dann fahre ich mit der Delegation nach Lyon weiter. Haben Sie Befürchtungen?«

»Nein«, sagte Fox, »nur gerade Marseille, wissen Sie, liegt so nahe bei Afrika, und es gehört nun einmal zu meinem Beruf, Befürchtungen zu haben, ach, ich wollte, ich hätte in letzter Zeit mehr gehabt.«

Herr Anquetil runzelte recht unbehaglich die Stirn.

Ziemlich genau vierundzwanzig Stunden später, also am nächsten Vormittag, machte Herr Bauvais sein erstauntestes Gesicht, als Fox auf dem Kai heranschlenderte. Bauvais war eben mit Messingputzen fertig geworden und hatte sich von dieser Anstrengung in der Sonne ausruhen wollen, aber Fox sprang von den Brettern des Stegs in das Boot, hielt ihm eine Packung kohlschwarzer Zigaretten hin und sagte aus Herzensgrund: »Schurke!«

»Was sehe ich!« sagte Herr Bauvais. »Und was sehe ich nicht! Wo ist der Wagen?«

»Welcher Wagen!« fragte sein Freund Fox ohne jedes Fragezeichen. »Meinen Sie dieses Mordinstrument, das Sie mir heimtückisch geliehen haben?«

»Ich habe Ihnen den Wagen geliehen, das ist wahr, aber er ist kein Mordinstrument, Monsieur!«

»Er ist von vorn bis hinten nichts weiter als ein einziges Attentat!« sagte Fox. »Nach drei Stunden mußte ich ihn in Toulon reparieren lassen.«

»Erst!« sagte Bauvais. »Da sehen Sie, was er noch leistet.«

»Bauvais!« sagte wiederum Fox. »Sie haben natürlich gewußt, daß das Differential, wenn es handwarm wird, zu klemmen anfängt. Sie müssen das gewußt haben, erzählen Sie mir nichts. Ich war gezwungen, eine andere Hinterachse einbauen zu lassen und bin daher für die nächsten Jahre finanziell ruiniert!«

Mit dem tiefsten Bedauern wiegte Herr Bauvais den Kopf hin und her. »Es ist freilich so«, sagte er, »daß dieses vorzügliche Auto derartige Riesenstrecken – bedenken Sie doch: Sie, Monsieur Fox, sitzen drinnen und fahren, aber der Wagen muß laufen. Das ist ein enormer Unterschied, nicht wahr. Wenn man Ihnen zugemutet hätte, die siebzig Kilometer bis Toulon zu laufen, wären Sie auch handwarm geworden, davon bin ich überzeugt. Aber ich vergesse, Ihnen zu danken: Welche Aufmerksamkeit, mich und meine Familie zu Weihnachten mit einer neuen Hinterachse zu erfreuen! Ah, ich werde ihn als Taxi laufen lassen, ich werde ein graviertes Schildchen anbringen ›In diesem Wagen fuhr der berühmte Fox‹, was meinen Sie? Übrigens – wo ist er?«

»Er steht bei Herrn Anquetil, wo er dreißig Jahre lang stand, und wartet darauf, daß Sie ihn abholen.«

»Ich?«

»Herr Anquetil wird sich freuen, Sie wiederzusehen. Bei dieser Gelegenheit können Sie ihm gleich im voraus ein gutes neues Jahr wünschen. Kommen Sie, ich begleite Sie zum Bahnhof.«

»Monsieur, ich habe eine Frau und zwei Kinder.«

»Sie tun mir unrecht, wenn Sie mich dafür verantwortlich machen, mein lieber Bauvais. Übrigens können Sie abends wieder hiersein.«

»Sind Sie davon überzeugt?«

»Ich bitte Sie, mit einem so ausgezeichneten Wagen!«

Herr Bauvais zog noch schnell eine Persenning über den Führerstand seines Bootes, dann machten sie sich auf den Weg durch die verkehrswimmelnden Gassen der Altstadt. Als aber Herr Bauvais sich an der Place Guesde nach seinem Begleiter umdrehte, zeigte sich, daß er ihn verloren hatte.

Es war nämlich so gewesen, daß Fox, dem Strom der fremden Gesichter entgegenstrebend und bald hierhin, bald dorthin ein wenig ausweichend, jedoch ohne sonderliche Aufmerksamkeit, sich sekundenlang von einem Blick gestreift fühlte, der ihm bekannt vorkam, und in den dunklen Augen des Mannes, der ihm da begegnete, war wohl ein ähnliches Halberkennen gewesen – wie das so

zu sein pflegt. Die kleine Szene, das Alltäglichste, was es
geben konnte, war schon vorüber, ehe sie recht begonnen
hatte -- aber Fox, in dem Gefühl, das Richtige zu tun,
machte kehrt.

Der Mann war jung, ziemlich klein, schmalschultrig, er
trug einen grauen Anzug, der nicht sehr gut saß – im
nächsten Augenblick wußte Fox, daß er in eine Stadt an
der Ostküste des Mittelmeers gehörte... eine verstaubte
Anlage mit Palmen, die auf verdorrtem Rasen standen...
ein großes Hotel mit vielen roten Sonnensegeln über den

Balkonen, und ein arabischer Zeitungsjunge... in Beirut...

Es kostete nur einen Schritt, neben ihn zu kommen.

»Ali!« sagte Fox halblaut.

»Oh, Sie sind es wirklich, Monsieur!« sagte der junge Mann, blieb aber seltsamerweise nicht stehen, sondern ging weiter und blickte dabei geradeaus. »Bitte folgen Sie mir in das nächste Haus.«

Fox begriff und blieb einen Schritt zurück. Zunächst kamen sie an einer Reihe von Läden vorbei, dann stand eine Haustür offen, der Flur verlor sich im finsteren Hintergrund. Ohne zu zögern, trat Ali ein und blieb im Halbdunkel stehen. »Ich muß um Entschuldigung bitten«, sagte er, »aber −«

»Keine Zeit für einen alten Freund, Ali?«

»Nur im Augenblick nicht, Monsieur, und es ist auch nicht nur deshalb. Ich kann nicht sagen, wie sehr ich mich freue, Ihnen zu begegnen!«

»Aber diese Begegnung, scheint mir, braucht von niemandem bemerkt zu werden?«

»Vielleicht wäre das wirklich gut. Darf ich Sie besuchen?«

»Gern, aber ich wohne nicht in der Stadt.«

»Um so besser«, sagte Ali, während Fox seine Adresse auf einen Zettel schrieb. »Darf ich gleich heute abend kommen? Ich danke Ihnen.« Er steckte den Zettel in die äußere Brusttasche, ließ den etwas verblüfften Fox stehen und trat wieder auf die Straße hinaus.

Na...! dachte Fox.

Eine Minute später verließ auch er den Hausflur, ging zum Bahnhof, ohne sich weiter um etwas oder jemand zu kümmern und fuhr nach Cassis, wo er gestern ein hübsches Zimmer gemietet hatte, von dessen Balkon man auf das Meer und die bunten Fischerboote im Hafen hinunterblickte, ein erfreuliches und ruhiges Bild. Die Sonne schien, nicht warm, aber doch eigentümlich sanft, nichts erinnerte an den Winter. Es war einer von den Tagen und eine von den Stimmungen, die Fox besonders liebte: Alles schien zu schweben, die Farben klangen ineinander wie ein Geläut hinter dem Hügel, nichts ereignete sich, aber alles war möglich. Er, der so ausgezeichnet rechnen konnte, hatte eben deshalb längst eingesehen, daß das Leben keine bloße Rechenaufgabe war und daß es Tage gab, an denen die fremden Dinge freiwillig herankommen, vorausgesetzt, daß man sie nicht scheu macht. Sie waren wie fremde, bunte Vögel, man mußte nur still sein. Er zog einen Stuhl an die Sonne und war still.

III

Um neunzehn Uhr erschien Ali. Die würdevolle Beschei-
denheit, die er schon immer gehabt hatte, paßte gut zu
ihm.

»Allah scheint großes Wohlgefallen an dir zu haben«,
sagte Fox. »Damals in Beirut hattest du keinen so schönen
Anzug. Erinnerst du dich aber, daß ich es voraussah?«

»Ihre freundliche Unterstützung −«

»Du bist ein großer Mann geworden, Ali?«

»Gewiß nicht. Aber daß ich so gut Französisch sprechen
und schreiben gelernt habe, war mir sehr nützlich.«

»Und wer verkauft jetzt die Zeitungen vor dem Grand-
Hotel?«

»Ich weiß es nicht, da ich nicht mehr in Beirut bin.«

»Schade«, sagte Fox, »ich hätte dich gern einiges
gefragt.«

»Wenn es Beirut betrifft, so fürchte ich, Ihnen keine Aus-
kunft geben zu können, Monsieur.«

»Vermutlich bist du bei einer Schiffahrtslinie angestellt,
denn wie kämst du sonst nach Marseille.«

»Nein«, antwortete Ali zögernd, »das bin ich nicht.«

»Also Kaufmann?«

»Auch das nicht. Übrigens bin ich erst gestern hier angekommen und deshalb doppelt dankbar, Ihnen sogleich
zu begegnen.«

»Mit der ›Slavia‹«, nickte Fox.

Ali sah ihn an, in seinem Blick war nicht nur Überraschung, sondern deutliche Beunruhigung. »Woher wissen Sie das?«

»Ich weiß es gar nicht. Ich vermute es nur, denn es ist
mir bekannt, daß die ›Slavia‹ das einzige Schiff ist, das
gestern aus dem Orient in Marseille eingelaufen ist. Einer
meiner Freunde mußte in die Stadt, um eine Delegation
in Empfang zu nehmen.«

»Ah, Herr Anquetil, nicht wahr«, sagte Ali.

Nun war es an Fox, überrascht aufzublicken, in Wirklichkeit war er sogar noch überraschter, als er zeigte, vermied
es aber, jetzt schon mit einer Frage auf diesen merkwürdigen Punkt einzugehen. Dazu brauchte man den
sanft geschwungenen Umweg über Persönliches. »Und
deine kleine Schwester, die dir so oft Gesellschaft
leistete?«

»Oh, Sie erinnern sich ihrer?« fragte Ali lebhaft.

»Gut genug. Ein mageres braunes Kind mit nachtschwarzem Haar, damals nicht eigentlich hübsch zu
nennen, aber sie hatte herrlich große dunkle Augen.«

»Leila . . .«, sagte der junge Araber.

»Ja, Leila«, wiederholte Fox und lehnte sich zurück. Wie
durch einen Zauber tauchte beim Klang dieses Wortes
das wunderbarste Bild vor ihm auf. »Soviel ich weiß«,
sagte er, »hat außer dem Arabischen keine Sprache der
Welt die Möglichkeit, mit zwei Silben die unbeschreib-

liche Pracht des Sternenhimmels über der Wüste auszudrücken. Noch viel mehr liegt darin: nicht nur der Silber-
glanz der Sterne, sondern auch ihre funkelnde Buntheit;
nicht nur das erhabene Schweigen der Wüste, sondern
auch die kühle Reinheit der Nachtluft nach einem son-
nendurchglühten Tag; nicht nur die hohe, feierliche Wöl-
bung des Himmels, sondern auch jenes unbegreiflich
sanfte Herabsinken seiner Göttlichkeit in die weitoffene
Seele des Menschen, der eigentliche Schöpfungsfrieden –
dies alles atmet in dem Worte Leila, die sternenhelle
Nacht. Aber man muß es freilich erlebt haben, um es
empfinden zu können. Ein Hoheslied in zwei Silben,
und wie arm ist jeder, der es nicht erlebt hat!«
Ali hatte ihm andächtig zugehört. »Ob ich sie jemals
wiedersehen werde?« fragte er, ohne eine Antwort zu
erwarten.
»Leila?«
»Nicht meine Schwester, sondern diese sternenhelle
Nacht«, sagte Ali mit einem verlorenen Lächeln, »denn
meiner Schwester werde ich noch heute begegnen.«
»Sie ist hier?«
»In Marseille, ja. Sie haben nicht das Programm des ›Alcazar‹ gelesen, es klebt an jeder Straßenecke. Leila tritt dort
auf. Als Tänzerin. Während des ganzen Winters. Sie ist
eine der ausgezeichnetsten und beliebtesten Nummern.«
»Das ist ja wunderbar!« sagte Fox lächelnd. »Ich schließe
daraus, daß sie nicht mehr so mager und häßlich ist wie
früher.«
»Sicher nicht«, antwortete Ali ernsthaft. »Aber ihre
Augen sind unverändert geblieben. Leila!«

»Und du bist also ihretwegen hier?«

»Nein.« Ali saß vornübergebeugt da, stützte die Ellbogen auf die Knie und knetete seine Hände. Fox hatte Zeit genug, ihn zu betrachten, das Bild gefiel ihm nicht; dies war ein Mensch, der von einer Seelenangst gepeinigt wurde.

»Aber natürlich ist es mir sehr lieb, meine Schwester noch einmal zu sehen. Und nun vollends, daß ich Ihnen begegnen durfte, Monsieur...«

»Das klingt aber nicht gut, Ali.«

Der andere blieb stumm und starrte vor sich hin.

»Auch für mich«, sagte Fox, »ist es eine Freude, daß wir uns getroffen haben, und ich denke, du solltest diesen glücklichen Zufall benützen –«

»Es gibt keinen Zufall!«

»Einverstanden, dann wirst du also darin eine weise Fügung erkennen, die es dir möglich macht, von deinem Kummer zu sprechen. Denn daß du einen großen Kummer hast, ist deutlich genug. Als du noch Zeitungen verkauftest, warst du fröhlicher.«

»Ach, damals!« sagte Ali mit einem Gesichtsausdruck, als blickte er in ein verlorenes Paradies.

Fox erkannte, daß er auf diese Art nicht weiterkommen würde. »Übrigens, woher weißt du etwas von Herrn Anquetil?« fragte er unvermittelt.

Ali richtete sich auf und nahm sich zusammen. »Herr Anquetil«, antwortete er, »hatte gestern die Aufgabe, die Handelsdelegation des Staates Israel zu begrüßen, er wird sie auf ihrer Reise durch Frankreich begleiten.«

Fox glaubte genausowenig an den Zufall wie dieser

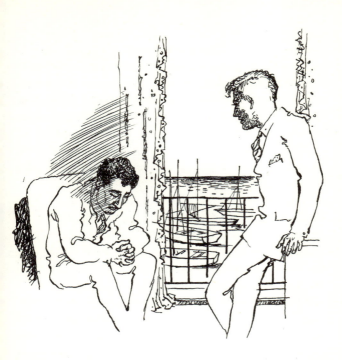

junge Araber – desto mehr mußte ihm Alis Kenntnis der
näheren Umstände auffallen, auch wenn er bedachte, daß
dieser an Bord der »Slavia« gewesen war und die Begrüßung wohl mitangesehen haben konnte. Wie aber kam
er überhaupt auf dieses Schiff, er, von dem man eine
solche Reise nicht erwartet hätte und der sich einstweilen
über seinen Beruf und seinen Lebensgang ebenso beharrlich wie ängstlich ausschwieg?
Ali mochte diese Gedanken fühlen. Mit einem plötzlichen
Entschluß sagte er: »Sie wissen vielleicht nicht, daß ich
auch das Hebräische fließend spreche und schreibe. Aber

Sie wissen, daß wir sehr arm waren, Leila und ich. Die Ausbildung meiner Schwester hat viel Geld gekostet, und ich war es, der dieses Geld herbeischaffen mußte. Ich habe es gern getan, und, wie Sie sehen, war es nicht vergeblich. Nur – ich fand, nach manchen Versuchen, keine andere Gelegenheit, genug zu verdienen, als eine Stellung bei der Handelskammer in Tel Aviv anzunehmen. Und jetzt bin ich als Dolmetscher mit dieser Delegation nach Europa gekommen.«

Fox kannte die Verhältnisse gut genug. Er wußte zum Beispiel, daß ein Reisender, in dessen Paß ein israelisches Visum stand, niemals wieder seinen Fuß auf das Gebiet irgendeines arabischen Staates setzen durfte. Wenn Ali nicht log, so hatte er – von arabischer Seite her gesehen – das Schlimmste getan, was er als Araber tun konnte.

Aber wahrscheinlich log er. Dieser gerissene kleine Zeitungsjunge war unmöglich so dumm, das gab es doch nicht. Zweierlei freilich sprach gegen diese naheliegende Annahme: Erstens seine sichtlich echte Angst vor irgend etwas, und zweitens hätte gerade Fox nicht erwartet, von ihm angelogen zu werden. Er schüttelte bekümmert den Kopf. »Du solltest bei der Wahrheit bleiben, Ali!«

»Ich kann Ihnen nichts anderes sagen.«

»Weshalb nicht?«

»Das werden Sie vielleicht noch erfahren – aber nicht jetzt.« Er blickte auf die Uhr und stand auf. »Ich habe drei Kilometer bis zum Bahnhof zu gehen, Monsieur, und darf den Zug nicht versäumen, denn ich habe Leila versprochen, sie nach der Vorstellung abzuholen, sie würde sich sehr ängstigen, wenn ich nicht käme.«

Daraufhin stelle Fox die Frage, die er sich bis zuletzt aufgehoben hatte. »Höre, Ali, kannst du dich an Lord Elgin erinnern, den großen blonden Mann, für den du so oft Rosen besorgen mußtest?«

»Gewiß, und ich hoffe, es geht ihm gut?«

»Er ist tot«, sagte Fox. »Er wurde vor einigen Tagen erstochen.«

»Erstochen?« murmelte Ali, sehr blaß. »Von wem?«

»Darüber sprechen wir, wenn du mich morgen abend wieder besuchst und, wie ich hoffe, mehr Zeit hast. Jetzt mußt du gehen, ich sehe das ein.«

»Morgen –?« fragte Ali und sah ihn seltsam an. »Ja, gern. Wenn es mir möglich ist.«

»Ich rechne damit, daß es dir möglich sein wird!« sagte Fox betont.

»Auch ich hoffe es sehr...«, erwiderte Ali.

Fox blieb noch lange am Fenster sitzen, nachdenklich und mißgestimmt. Er rauchte dabei eine Zigarette nach der andern.

Erst als er endlich aufstand, bemerkte er den dicken Tabaksqualm, der in der Stube hing, und öffnete die Balkontür. Dabei sah er etwas Weißes auf dem Fensterbrett.

Es war ein Brief, an Leila adressiert, mit Angabe des Hotels und der Straße. Das Hotel kannte Fox nicht, aber die Straße ließ darauf schließen, daß es ein sehr billiges und kleines Hotel war.

Daß Ali den Brief versehentlich hatte liegenlassen, erschien fast unmöglich. Also mußte er ihn mit Absicht auf das Fensterbrett gelegt haben. Fox drehte ihn unschlüssig

überlegend zwischen den Fingern, schließlich steckte er
ihn so, wie er war, in seine Tasche, ging noch eine Weile
hin und her und setzte sich dann an den Schreibtisch zu
seinen Büchern. Aber die Unbefangenheit, die er zum
Lesen brauchte, war verloren, immer wieder mußte er
bemerken, daß zwar seine Augen über die Zeilen glitten,
die Gedanken aber abwesend waren und auf sonderbaren
Wegen umherirrten, die in eine weit zurückliegende,
dunkle Vergangenheit führten. Es war schon recht spät,
als er sich schlafen legte, und zwar mit jener Art von
gespannter Mißlaune, die er gut kannte: ein untrügliches
Zeichen, daß etwas bevorstand. Morgen werde ich die
Delegation aufsuchen, dachte er, und erfahren, daß Ali
dort unbekannt ist; dann werde ich zu Leila gehen, und
das Weitere findet sich.

Morgens wachte er auf, weil jemand an die Tür klopfte.
Es war noch beinahe dunkel, erst sieben Uhr vorbei. Aber
nicht die Wirtin trat ein, sondern ein Mann, der einen
Augenblick lang mit einer Taschenlaterne herumleuchtete
und dann das Deckenlicht andrehte.

»Rühren Sie sich nicht!« sagte der Mann und war so
unhöflich, seinen Hut auf dem Kopfe zu behalten.

»Ich habe nicht die Absicht«, erwiderte Fox und blinzelte
über den Rand seiner Steppdecke in das unfreundlich grelle Licht. »Aber Sie dürfen zu einem alten
Bekannten ruhig etwas liebenswürdiger sein, Herr
Lebrun. Ihr Besuch macht mir ohnehin kein Vergnügen.«

»Mein Gott!« sagte der Kriminalkommissar Lebrun verblüfft. »Herr Doktor Fox! Sie sind der letzte, den ich hier
zu finden erwartete!«

»In dieser Versicherung liegt etwas Schmeichelhaftes«,
sagte Fox, »und das versöhnt mich beinahe mit der Tatsache, daß Sie mich so früh aufgeweckt haben. Bitte
nehmen Sie Platz, ich tue Ihnen nichts. Sie erlauben, daß
ich im Bett bleibe?«

Herr Lebrun zog einen Stuhl heran und setzte sich.

»Das ist nett von Ihnen«, sagte Fox. »Wie ein Arzt, der
einen Krankenbesuch macht, nur daß der Arzt meistens
den Hut abnimmt. Wünschen Sie, daß ich Ihnen die
Zunge herausstrecke?«

»Mir ist gar nicht witzig zumute, Herr Doktor Fox«,
stellte der Kommissar fest, nahm nun aber doch endlich
den Hut ab. »Ich bin die ganze Nacht nicht aus den
Kleidern gekommen.«

»Dann mache ich Ihnen einen Vorschlag. Gehen Sie hinaus und sagen Sie der Wirtin, sie soll für uns beide ein
ordentliches Frühstück herrichten. Zugleich dürfen Sie
andeuten, daß wir gute alte Freunde sind – es ist vielleicht besser, sonst denkt sich die Frau womöglich etwas
dabei, daß ich in aller Frühe von der Kriminalpolizei
besucht werde, man glaubt ja nicht, wie mißtrauisch
manche Menschen sind.«

Als Lebrun wieder hereinkam, stand Fox vor dem Spiegel und rasierte sich.

»Werden wir schönes Wetter haben, Herr Lebrun?«

»Monsieur –«

»Sie meinen, Sie sind nicht hier, um über das Wetter zu

reden. Schade, es ist das einzige, was mich interessiert. Alles andere weiß ich bereits.«

»Ich fürchte, es gibt einiges, was Sie nicht wissen.«

»Und ich fürchte, Sie irren sich. Sind Sie im Besitz eines Zettels, auf dem zwar nicht mein Name, wohl aber meine Adresse steht?«

»Hier ist er!« sagte Lebrun und hielt ihm den Zettel hin.

»Also doch!« sagte Fox mit einem Blick auf das Papier und wusch sich die Seifenreste aus dem Gesicht. »Es stört Sie nicht, daß ich mich anziehe? – Das ist aber eine traurige und sogar ganz bitterböse Geschichte, Herr Lebrun!«

»Entschuldigen Sie, wenn ich Sie unterbreche!« erwiderte Herr Lebrun, einigermaßen nervös. »Ihre Wirtin hat mir soeben versichert, daß Sie seit gestern mittag halb zwölf Uhr dieses Zimmer nicht verlassen haben.«

»Das ist wahr.«

»Sie können deshalb nicht wissen, weshalb ich hier bin.«

»Selbstverständlich kann ich das nicht wissen«, sagte Fox, mit seiner Toilette beschäftigt. »Aber Sie – Sie hatten in der vergangenen Nacht Dienst, nicht wahr? Hm. Zwischen elf und zwölf sahen Sie auf die Uhr und dachten erfreut, daß Sie um Mitternacht heimgehen könnten. Da kam zum schlechten Ende noch eine Meldung. Gegen halb zwölf Uhr hatte ein junger Mann am Bühnenausgang des Varietés ›Alcazar‹ auf eine Dame gewartet, die dort als Tänzerin auftritt. Das Mädchen – sie heißt Leila – erschien, ihr Bruder begleitete sie den kurzen Weg zu ihrem Hotel, es sind die ›Trois Matelots‹ in der Rue des Dominicaines. Vor der Loge des Portiers, der ein paar Worte mit

den beiden sprach, verabschiedeten sie sich, Leila ging in
ihr Zimmer hinauf, das im dritten Stock liegt, der junge
Mann trat auf die Straße hinaus. Eine Viertelstunde später bemerkten Passanten auf der Cannebière, in Sicht-
weite des Hotels ›Splendid‹, daß jemand zusammen-
gebrochen auf dem Pflaster lag, die Straßenbeleuchtung

ist dort mangelhaft wegen einer etwas vorspringenden Hauskante. Es war der Bruder der Tänzerin.«

Lebrun hatte mit wachsendem Erstaunen zugehört, schließlich fast atemlos. »Es ist Ihr Glück, Monsieur, daß ich Sie so gut kenne!« sagte er. »Genauso war es nämlich. Aber wie –«

»Wenige Minuten später waren Sie zur Stelle, Herr Lebrun, aber doch zu spät.«

»Kennen Sie die Todesursache?«

»Ein Stich ins Herz, die Wunde ist sieben Zentimeter tief und einen Zentimeter breit. Man sieht, daß die Klinge in der Mitte wesentlich dicker, also vierkantig ist.«

»Doktor!« sagte Lebrun und wischte sich den Schweiß aus dem Gesicht. »Woher wissen Sie das alles?«

Fox konnte die Frage im Augenblick nicht beantworten, denn eben jetzt trat die Wirtin ein und brachte das Frühstück, das sie mit einer Sorgfalt und Langsamkeit auf den Tisch stellte, die zeigte, wie sehr sie ein Wort aufzuschnappen hoffte. Umständlich zog sie die Fenstervorhänge auf, draußen war es inzwischen hell geworden. Aber das einzige, was sie zu hören bekam, war ein freundlicher Dank und die Bemerkung, daß der angenehme Besuch eines alten Freundes nie zu früh käme.

»Madame –«, sagte Herr Lebrun, als sie im Begriffe war, zu verschwinden.

»Monsieur?«

»Es wäre völlig zwecklos, an der Tür zu horchen, wir haben keine Staatsgeheimnisse zu besprechen. Oder soll ich Sie lieber in der Küche einsperren?«

»Was denken Sie von mir!«

»Das Beste, nur das Beste! Damit Sie es wissen: Ich besuche meinen Freund, um mir tausend Francs zu leihen, weil ich so gern wieder einmal ein warmes Mittagessen haben möchte. Auf Wiedersehen!«

»Ich gehe jetzt zum Einkaufen!« stellte die Wirtin gekränkt fest, und tatsächlich hörte man kurz darauf die Flurtür ins Schloß fallen.

»Und nun«, sagte Lebrun, »haben Sie bitte die große Liebenswürdigkeit mir zu erklären, wie Sie zu diesen erstaunlichen Kenntnissen kommen.«

Fox schüttelte den Kopf. »Falls Sie es noch nicht wissen sollten, muß ich Ihnen leider mitteilen, daß ich von jeher ein außerordentlich unliebenswürdiger Mensch bin.«

»Was heißt das!«

»Es heißt, daß ich nicht die mindeste Absicht habe, mich in Polizeiangelegenheiten zu mischen. Ich tue das nie, aus reiner Achtung vor den Fachleuten, denen man als Dilettant nicht ins Handwerk pfuschen darf.«

»Sie scherzen.«

»Ich scherze keineswegs, und schon gar nicht in diesem Fall, Herr Lebrun. Ich will Ihnen auch sagen, warum: Ich lege keinen Wert darauf, als nächster Umgebrachter zu Ihren Akten zu kommen.« Er sagte das so ernst, daß Lebrun ihn mit der aufmerksamsten Bedenklichkeit anblickte.

»Sie sehen hinter diesem Ereignis mehr als ein gewöhnliches Verbrechen? Vergessen Sie nicht, daß der junge Mann ein Araber und daß Marseille eine Hafenstadt ist.«

»Eben!« sagte Fox. »Sie kennen seine Personalien nicht?«

»Nein, aber mittlerweile sind sie gewiß festgestellt, und

ich kann Ihnen sofort Nachricht geben, wenn Sie es wünschen – was ich sehr hoffe, denn offenbar wissen Sie mehr als ich.«

»Es ist Ihnen also unbekannt, daß dieser junge Araber als Angestellter der israelischen Handelsdelegation hierhergekommen ist, die im Hotel ›Splendid‹ wohnt?«

»Monsieur!« rief Lebrun entsetzt. »Welcher Wirbel! Wenn das wahr ist, lassen sich die Folgen im Augenblick gar nicht übersehen!«

»Doch!« erwiderte Fox. »Vorausgesetzt freilich, daß Sie so schnell wie möglich in die Stadt zurückkehren und verhindern, daß mehr als eine nichtssagende Notiz in die Presse kommt. Die Regierung und die Delegation werden damit nicht nur einverstanden, sie werden Ihnen auch besonders dankbar sein. Außer einer unauffälligen Lokalnotiz sollte nichts veröffentlicht werden.«

Lebrun stand auf und zog seinen Mantel an. »Ich werde von hier aus anrufen.«

»Tun Sie das – und bedenken Sie den Rattenschwanz von Unannehmlichkeiten, wenn mein Vorschlag nicht ausgeführt wird.«

»Ich höre noch von Ihnen?«

»Vielleicht«, sagte Fox achselzuckend.

»Und wenn wir den Täter fassen –«

»Herr Lebrun, glauben Sie mir, mit dieser Möglichkeit brauchen Sie nicht zu rechnen.«

So gleichmütig und überlegen sich Fox dem Beamten gegenüber gegeben hatte, so unruhig, ja verstört war er in Wirklichkeit. Er konnte es kaum erwarten, bis Lebrun gegangen war.

Er zog den Brief aus der Tasche, den der arme Ali am Abend auf das Fensterbrett gelegt hatte, aber diesmal überlegte er nicht mehr, ob er ihn lesen sollte. Der Umschlag war nachlässig zugeklebt oder die Gummierung schlecht, jedenfall sprang sie nach einigem leichten Hinundherbiegen teilweise auf, so daß man ihn mühelos vollends öffnen konnte, ohne das Papier zu verletzen.

Ich bin, schrieb Ali an seine Schwester, heute unserem alten Gönner Dr. Will Fox begegnet, dem großen Gelehrten, dem nichts verborgen bleibt, und dies war das letzte Glück meines Lebens. Heute abend werde ich ihn besuchen und ihm diese Zeilen geben, die für dich, aber auch für ihn bestimmt sind. So weiß ich doch, daß du sie erhalten wirst, es ist die einzige Möglichkeit, auf die ich mich verlassen kann, und in der unerwarteten Begegnung mit ihm erkenne ich die Weisheit der Vorsehung, freilich auch, daß meine Furcht begründet ist. Denn ich bin gewarnt, nicht durch Menschen oder eine Nachricht, sondern durch gewisse Erlebnisse der letzten Tage seit meiner Einschiffung, die nur scheinbar bedeutungslos waren, mir aber genug sagten. Es wird mich treffen, wie es schon andere getroffen hat, ich weiß es, aber was hätte ich tun sollen, da ich nun doch auf dem Schiffe war. Denn so lange haben sie gewartet. Dem Verhängnis kann man nicht ausweichen. Die Unsichtbaren verfolgen mich, die niemand kennt und von denen wir doch alle wissen, und glauben Sie nicht, verehrter Freund und Vater, daß jene sich mit einem kleinen Schreiber begnügen werden –

selbst diese Andeutung wage ich nur, weil ich weiß, daß ich ohnehin verloren bin und nichts dagegen unternehmen kann. Die Unsichtbaren werden erfahren, daß ich bei Ihnen war, seien Sie so vorsichtig wie möglich! Wüßte ich mehr, so würde ich es Ihnen sagen. – Leila! Ich werde versuchen, dich noch einmal zu sehen, ich werde lächeln und nichts ahnen. Es ist sehr schmerzlich, meine geliebte Schwester, aber der Dunkelheit entgehen wir nicht. Lebe, von mir gesegnet, in Frieden.

Fox wanderte den ganzen Tag über auf abseitigen Wegen, wo er mit sich selber allein blieb.

Kaum war er nachmittags wieder daheim, so erschien – nicht unerwartet – der junge Anquetil, der seine Wohnung ja kannte, da er ihn hergefahren hatte.

Anquetil war in gehöriger Aufregung, und Fox hielt es für richtig, sich ahnungslos zu stellen. »Welches Glück, daß Sie hier sind und daß ich Sie zu finden wußte!« sprudelte Anquetil und erzählte die Geschehnisse, soweit er sie kannte, mit aller Lebhaftigkeit und Ausführlichkeit. »Und welches Glück, daß ich sofort davon erfuhr – auf diese Weise ließ sich wenigstens verhindern, daß mehr als ein paar Zeilen in die Presse kamen. Was habe ich Ihnen vorgestern prophezeit? Ein höchst unglücklicher Augenblick für die Delegation, ein höchst unglücklicher Augenblick überhaupt. Die Frage ist nun, was man tun soll.«

Fox wiegte beruhigend den Kopf. »Führen Sie Ihr Programm durch, wie es vorgesehen war. Es wird nichts weiter geschehen.«

»Derselben Meinung ist der Polizeidirektor!« sagte Anquetil.

»Sie haben mit ihm gesprochen?«

»Selbstverständlich!« sagte Anquetil wichtig. »Er ist völlig meiner Ansicht, daß man die Sache nach Möglichkeit vertuschen muß.«

Wie gut, dachte Fox, daß ich Lebrun instruiert habe. »Nun, dann ist ja alles in Ordnung.«

»Glauben Sie!« erwiderte Anquetil aufgeregt. »Ich tue das nicht. Ich sehe politische Hintergründe. Ich habe bestimmte Vermutungen!«

Vor allem, dachte Fox, hast du Angst, mein Lieber, sie schaut dir aus jedem Knopfloch, auch aus dem leeren im linken Rockaufschlag, wo du schon das rote Bändchen sahst. »Ich kann Ihnen nicht helfen«, sagte er achselzuckend, »da ich nicht mehr, sondern eher weniger weiß als Sie.«

»Unter welchen Bedingungen würden Sie bereit sein, uns zu begleiten?« platze Anquetil heraus, und es fehlte nur noch, daß er in die Brusttasche gegriffen hätte.

Fox lächelte, er dachte an eine ganz ähnliche Szene, die er vor wenigen Tagen erlebt hatte. »Unter keiner«, antwortete er wie neulich, »weil es keinen Sinn hat und ich keine Zeit habe. Aber seien Sie ohne Sorge, Herr Anquetil, es wird nichts geschehen, und daß der Schnellzug in der Provence von einer Lawine verschüttet wird, steht wohl kaum zu befürchten.«

»Genau das hat mir der Polizeidirektor erklärt. Aber es ist ein sträflicher Leichtsinn. Was tue ich, wenn ich tot bin?«

»Schreiben Sie mir eine Karte... aber eine Ansichtskarte, wenn ich bitten darf, es interessiert einen doch... vorher aber würde ich großen Wert darauf legen, daß Sie mich in die Stadt mitnehmen.«

»Jetzt?«

»Wenn Sie so freundlich sein wollen. Sie sehen, ich tue mein möglichstes, um Sie zu beschützen. Praesente medico nil nocet.«

»Was heißt das?«

»Es heißt: Der Glaube macht selig.«

Aber am Stadtrand, also dort, wo die Sache nach Herrn Anquetils Gefühl bedenklich zu werden begann, bat ihn Fox anzuhalten und stieg aus. Herr Anquetil entließ ihn mit deutlichem Unbehagen. Fox blickte ihm nach und sah, was er erwartet hatte: Jener überfuhr prompt das rote Licht, es gab einiges Bremsengekreisch, sonst aber geschah nichts.

Von der nächsten Telephonzelle rief Fox das Varieté »Alcazar« an und fragte, ob die Tänzerin Leila heute auftreten werde.

Ja, gewiß – warum nicht?

Natürlich, dachte er, warum nicht! »Dann reservieren Sie mir bitte einen Logenplatz. Aber nicht in der vordersten Reihe. Auf den Namen Reineke. Ich buchstabiere.«

Als er in das Theater kam, lief die Vorstellung bereits. Aus dem Programm sah er, daß Leila erst in der zweiten Hälfte des Abends auftrat. Einigermaßen neugierig wartete er auf ihre Nummer.

Die Musik, bei noch geschlossenem Vorhang, bereitete das Publikum vor durch ein orientalisch instrumentiertes

Stück, das, obzwar ein langsamer Walzer, doch Myste-
riöses und Schwül-Unheimliches ahnen ließ. Der Vorhang
hob sich langsam. Wie erwartet, war die Bühne in Rot
getaucht und zeigte ein Palastinneres in arabischem Stil,
das sich nach rückwärts mit einem Bogen in einen Säulen-
hof auftat, wo ein mehrfacher Springbrunnen durch stets
wechselndes Buntlicht den nötigen Effekt machte. Im
Vordergrund hingegen stand ein Becken mit Kohlenglut,
auf die ein Mädchen in phantasievollen Schleiergewän-
dern – eben Leila – ganze Hände voll Räucherpulver
streute, dessen sehr sichtbarer Duft sie alsbald nicht nur
umschlängelte, sondern in einen trunkenen Schlaf versetzte, der von Liebesträumen deutlich genug durchwirkt
war, welche nun in einem ausgiebigen Schleier- und
Bauchtanz zum Ausdruck kamen. Daß dabei die Trance-
tänzerin die einzige war, die die Augen geschlossen hielt,
verstand sich von selbst, und als sie endlich ekstatisch
verzückt auf einen Diwan hinsank, war das Publikum ungemein zufrieden und sparte nicht mit Beifall.
Fox verließ unauffällig die Loge und erreichte mit einem
guten Trinkgeld, daß er hinter die Bühne geführt wurde.
In einen alten Bademantel gehüllt, unabgeschminkt, saß
Leila, als er eintrat, in dem winzigen Kämmerchen, das
ihr als Garderobe diente. An der Decke brannte eine
schirmlose Lampe, mitleidlos, und in das Waschbecken
tropfte unaufhörlich das Wasser.
Er sah, daß sie ihn sofort erkannte, legte den Finger auf
die Lippen und setzte sich dicht neben sie auf das erbärmlich verbeulte kleine Sofa.
»Höre zu, Leila!« sagte er leise. »Niemand darf wissen,

73

daß du mich gesehen und mit mir gesprochen hast. Ver-
stehst du? Dein Bruder war gestern abend bei mir und
hat diesen Brief für dich zurückgelassen, den ich erst
fand, als er schon gegangen war. Lies ihn.«
Während sie es tat, hatte er Zeit genug, sie zu betrachten.
Ein junges Gesicht mit breiten Backenknochen, nacht-
blaues Haar, wunderbar lange Wimpern.
»Kleine Leila!« sagte er. »Du siehst, daß er wußte, was
ihm bevorstand.«
Sie nickte, die Tränen gruben jämmerliche kleine Rinnen
in ihre Schminke, aber sie blieb ganz still.

74

»Hat er mit dir darüber gesprochen?«

Leila schüttelte den Kopf.

»Kein Wort?«

»Nein.«

Fox preßte die Lippen zusammen und nahm ihr den Brief aus der Hand. »Es tut mir unendlich leid, kleine Leila«, sagte er, »daß ich dir diesen letzten Gruß deines Bruders wegnehmen muß. Aber du darfst ihn nicht behalten, er könnte verlorengehen, und mein Name steht darin.« Er hob das Eisendeckelchen des winzigen Kanonenofens, zündete das Blatt an, warf es hinein und wartete, bis es völlig verbrannt war. »Du begreifst: Es gibt nur eine einzige Möglichkeit, dieses traurige Rätsel zu lösen. Die Polizei wird es bestimmt nicht können. Aber ich kann es vielleicht, wenn niemand davon erfährt, daß ich mich damit befasse. Also! – Du bist von der Polizei einvernommen worden?«

»Ja.«

»Und?«

»Ich konnte nichts anderes sagen, als was ich jetzt Ihnen gesagt habe.«

»Das war nicht viel. Hat man dich nach etwas Besonderem gefragt?«

»Nein.«

Er nickte. »Auch die Polizei braucht nicht zu wissen, daß du mich gesehen hast. Wir werden uns wieder begegnen – hoffe ich. Aber nur, wenn du schweigst.«

»Ich verspreche es Ihnen. Verlassen Sie sich auf mich«, sagte Leila und wollte sich über seine Hand neigen, aber Fox hob ihr Gesicht und blickte in diese großen, dunklen, stillen Augen, in denen die sternenhelle Nacht der Wüste schimmerte.

Dann wandte er sich ab.

»Ich schreibe dir hier zwar nicht meinen Namen, aber die Straße und die Hausnummer auf, unter der du mich in Paris erreichen kannst«, sagte er dann. »Wenn du Hilfe brauchen solltest, laß es mich wissen.«

IV

Als der Kommissar Lebrun, ziemlich mißgelaunt, am andern Vormittag nach Cassis kam, um seinem alten Freund Fox mitzuteilen, daß dieser wieder einmal recht gehabt und sich keine Spur des Täters hatte finden lassen, mußte er zu seinem Kummer hören, daß Fox vor einer Stunde abgereist war. Wohin? Das hatte jener nicht gesagt.

Einen Tag später war Fox bei einem Kollegen des Herrn Lebrun in Brüssel – es blieb sich einigermaßen gleich, denn auch dort stand man immer noch vor einem Rätsel. Elgin hatte keine Bekannten in Brüssel gehabt. »Wenn man wenigstens wüßte«, sagte Fox, »ob er von hier aus nach England geschrieben hat – und was!«

»Wir haben das natürlich festgestellt. Lord Elgin war unverheiratet und hat lediglich an seine Schwester eine Ansichtskarte geschickt, auf der er mitteilt, daß er am zwölften Dezember heimzukommen hoffe. Die Karte ist vom neunten datiert und am zehnten morgens gestempelt. Am elften wurde er ermordet. Also dürfte er mindestens am neunten noch ahnungslos gewesen sein.«

»Nehmen wir an, daß Sie recht haben«, sagte Fox nachdenklich. »Ich bin sehr dankbar, daß Sie sein Gepäck so lange beschlagnahmt ließen, bis ich es durchsehen konnte.«

»Sie haben sich überzeugt, daß nichts dabei ist, was auf eine Spur führen könnte?«

»Dabei – nein«, antwortete Fox. »Und es fehlt auch nichts, soviel Sie feststellen konnten?«

»Nichts.«

Fox nickte und empfahl sich. Die Leute hatten doch etwas vergessen. Elgin hatte am zehnten Dezember auf dem Archäologenkongreß einen Vortrag gehalten, Fox war dabeigewesen, das meiste las Elgin aus einem Manuskript vor und fügte nur ein paar Erläuterungen in freier Rede hinzu. Wo war dieses Manuskript?

Er ging zum Sekretariat des Kongresses, weil er wußte, daß die Vortragenden gebeten worden waren, ihre Unterlagen dort abzugeben, sie sollten in einem Sonderdruck veröffentlicht werden. Elgins Referat fand sich sogleich, es war mit der Maschine geschrieben und in einem Schnellhefter zusammengefaßt.

Fox sah es Blatt für Blatt durch, der Text wies einige Bleistiftkorrekturen auf, nichts Bemerkenswertes. Auf der Rückseite des letzten Blattes jedoch entdeckte Fox ein paar ebenfalls mit Bleistift geschriebene Worte, die ihn stutzig werden ließen. Mit dem freundlichen Gleichmut, über den er in solchen Augenblicken verfügte, fragte er die Sekretärin, was nun wohl mit diesem Vortragstext geschehen werde. Nichts Besonderes, antwortete sie, die Blätter kämen zunächst an eine Kommission, die für die Herausgabe zu sorgen hätte, und dann vermutlich in die

Setzerei, später wohl in das Archiv der Universität. Da man jedoch noch nicht sämtliche Vorträge beieinander habe, könnte das wohl noch Wochen dauern.

»Es wird also«, fragte Fox liebenswürdig lächelnd, »Ihr Gewissen nicht beschweren, wenn Sie mir die Blätter für eine Stunde überlassen? Ich möchte mir eine bestimmte Stelle abschreiben.«

Das Fräulein meinte, dies könne er gleich hier tun, und öffnete die Tür zu einem Nebenzimmer, in dem ein Schreibtisch und eine Schreibmaschine standen, das jedoch nicht benützt zu sein schien. Fox bedankte sich und machte von der Erlaubnis Gebrauch.

Allein geblieben, löste er das letzte Blatt aus dem Hefter, trat damit ans Fenster und betrachtete die Bleistiftnotiz auf der Rückseite. Sie war sehr flüchtig, aber wohl in einem Zuge geschrieben und bestand, soviel er zunächst entziffern konnte, aus den Worten:

Lady Marg. Richm. b. Orleans, Tassi? Sofort Fox unbedingt!

Der Sicherheit halber nahm er frisches Papier, setzte sich an die Maschine und schrieb den Text des letzten Blattes ab, der übrigens nur wenige Zeilen hatte. Dann heftete er dieses neubeschriebene Blatt ein, steckte das Original in die Tasche und gab der Sekretärin das Manuskript zurück.

Unterwegs zu seinem Hotel kaufte er eine möglichst genaue Karte der Umgebung von Orleans. Am Vormittag des zehnten Dezember hatte Elgin seinen Vortrag gehalten, zwei andere waren gefolgt, dann war ein gemeinsames Mittagessen gewesen, währenddessen Fox zwar nicht in Elgins Nähe saß, aber nach dem Essen hatten sie noch ein paar Worte gewechselt, gleichgültige Worte. Um diese Zeit also konnte Elgin die Notiz noch nicht niedergeschrieben haben, sonst hätte er Fox »sofort« und »unbedingt« ins Vertrauen gezogen. Wo Elgin am Nachmittag und in der folgenden Nacht gewesen war, wußte Fox nicht. Er vermutete aber, daß jener auf dem Heimweg vom Mittagessen die Notiz gemacht hatte, denn es war kaum anzunehmen, daß Elgin sein nicht gerade wichtiges Manuskript dauernd bei sich trug.

Fox war plötzlich in so guter Laune wie schon lange nicht mehr. Allerdings, das mußte er sich sagen, war dies eine recht unsichere Spur, aber doch besser als nichts. In seinem Hotelzimmer untersuchte er die Bleistiftwörter noch-

mals und auf das genaueste. Er hatte richtig gelesen, daran gab es jetzt keinen Zweifel mehr. Was ihm nach dieser befriedigenden Feststellung zunächst interessierte, waren die außergewöhnlich schlechten und flüchtigen Schriftzüge, während Elgins Handschrift sonst ein Muster an Korrektheit zu sein pflegte. Elgin hatte die Worte also entweder in großer Erregung oder zum Beispiel in einem fahrenden Taxi geschrieben, vielleicht traf auch beides zu. Daß er sich, unter irgendeinem augenblicklichen Eindruck, entschlossen hatte, Fox zu Rate zu ziehen, bedeutete viel. Er und Fox waren nicht gerade Freunde gewesen, sondern sich eher aus dem Wege gegangen, dafür gab es von früher her mancherlei Gründe. Zudem war Elgin bekannt für seine Verschlossenheit und Zurückhaltung, die sich oft genug bis zur Unliebenswürdigkeit steigern konnte.

Die Landkarte. In der Umgebung von Orleans ließ sich kein Ort namens Tassi finden, wohl aber nach längerem Suchen ein Talcy, offenbar ein kleines Dorf, dabei – wie so häufig in der Loiregegend – das bekannte Fähnchen, das ein Schloß oder dessen Ruine bezeichnete. Elgin hatte das Wort also wahrscheinlich nicht gelesen, sondern nur gehört, sonst hätte er den Namen gewiß richtig geschrieben und nicht mit einem Fragezeichen versehen. Zudem blieb ja noch völlig offen, ob wirklich jenes Talcy gemeint war. Aber vielleicht würde sich das auf dem Umweg über diese abgekürzte Lady Marg. Richm. feststellen lassen.

Das nächste, was Fox tat, war wenig aufregend. Er klingelte und bestellte sich starken Kaffee und Zigaretten.

»Ich habe nicht gehofft, Sie so bald wiederzusehen«, sagte Professor Helfering vergnügt, als Fox, der sich telephonisch angemeldet hatte, bei ihm eintrat. »Um so mehr freut es mich, daß ich bereits die Bücher bestellt habe, die Sie von der Bibliothek wünschen. Allerdings –«
Fox blickte ihn gespannt an.
Helfering suchte den Zettel mit den Titeln. »Die angekreuzten sind da, die andern nicht.«
Fox überflog die Liste. »Und was bedeutet hier dieses Fragezeichen?«
»Lassen Sie sehen«, sagte Helfering. »Ja, wenn Sie über dieses Werk Näheres wissen wollen, müssen Sie mit dem Leiter der orientalischen Abteilung selber sprechen.«
»Es ist also nicht vorhanden?«
»Nein, soviel ich verstanden habe. Der Bibliothekar hat mir da nämlich eine etwas umständliche Geschichte erzählt, die ich mir nicht genau gemerkt habe, weil mir die arabischen Wörter unbekannt sind.«
»Es ist der sogenannte Beibab«, sagte Fox, »ein Druck des achtzehnten Jahrhunderts nach einer viel älteren Handschrift. Wo sich diese Handschrift befindet, weiß man nicht, wahrscheinlich ist sie überhaupt ... nun, sagen wir: zugrunde gegangen. Indessen auch von dem Druck scheint nichts übriggeblieben zu sein als das Gerücht von seiner Existenz, und das ist ungemein bedauerlich. Gerade dieses Buch wäre mir wichtig gewesen. Aber so geht's ja immer.« – »Vielleicht kann Ihnen der Bibliothekar doch noch helfen«, antwortete der Professor. »Er erzählte von umständlichen Ankaufsverhandlungen, die aber wohl noch schwebten, als ich mit ihm sprach,

immer vorausgesetzt, daß ich ihn richtig verstanden habe. Diesen Fachleuten fällt es merkwürdig schwer, sich vorzustellen, daß jemand zufällig nicht Arabisch kann.«

»Ich werde ihn morgen früh besuchen.«

»Ja, tun Sie das, es entlastet mich geradezu. Und womit kann ich Ihnen sonst noch eine Enttäuschung bereiten?«

»Verehrter Meister«, sagte Fox, »ich bitte Sie um nichts weiter als darum, eine zweite Flasche dieses ausgezeichneten Weines auf den Tisch zu stellen und – während wir sie in aller Behaglichkeit austrinken – dem unwürdigsten Ihrer Schüler ein Privatissimum zu lesen über den neuesten Stand jener Forschungen, die sich mit den prähistorischen Felsbildern befassen, wie man sie nicht nur im nördlichen Spanien, sondern auch in Frankreich findet. Soviel ich mich erinnere, werden die ältesten auf sechzigtausend Jahre geschätzt?«

»Was!« sagte Helfering verwundert. »Dafür interessieren Sie sich neuerdings? Erstaunlich! Dahinter steckt etwas, mein Lieber.«

»Unwissenheit, jawohl«, erwiderte Fox gut gelaunt. »Ein Glück, daß mir kein Examen bei dem berühmten Helfering bevorsteht, es gäbe eine vernichtende Katastrophe.«

»Das kommt davon, wenn die jungen Leute nicht bei der Stange bleiben, sondern sich mit anderen Dingen beschäftigen«, sagte Helfering, nicht weniger gut gelaunt. »Wo soll ich also beginnen? Vor allen Dingen, mein lieber Fox, müssen Sie sich hüten, mit den Jahrtausenden und Jahrzehntausenden allzu großzügig umzuspringen. Es macht sich zwar gut, aber nur anfangs und nur Laien gegenüber. Sechzigtausend Jahre – das ist nämlich eine ganz hübsche Zeitspanne, seien Sie da lieber ein bißchen vorsichtig. Und was möchten Sie nun im besonderen wissen?«

Fox zog eine Landkarte aus der Tasche und breitete sie über den Tisch. »Hier, am oberen Rande, liegt Orleans. Und hier, ganz unten, sehen Sie gerade noch das Tal der Vézère.«

»Sehr richtig, mit den Höhlen bei Les Eyzies und vor allem der von Lascaux, da haben Sie sich gerade eines der interessantesten Gebiete ausgesucht, übrigens auch so ziemlich die Nordgrenze der Felsbilder.«

»Weiter nach Norden reichen sie nicht?«

»Wahrscheinlich reichen sie weiter, aber man hat bisher nichts Wesentliches gefunden.«

»Ausgezeichnet!« sagte Fox. »Sie konnten mir gar nichts Angenehmeres mitteilen.«

»Fox!« sagte Helfering kopfschüttelnd. »Sie haben eine Art, mit wissenschaftlichen Dingen umzugehen, die ich nur mißbilligen kann. Aus Ihnen wird nie etwas.«

»Der einzige Punkt, in dem wir von jeher einer Meinung sind!« erwiderte Fox. »Und nun also zu den Höhlenbildern im Tal der Vézère, verehrter Gönner. Unterstützen Sie einen geistig hoffnungslos Minderbemittelten!«

Bei seinem Besuch in der Staatsbibliothek stellte Fox zunächst mit Befriedigung fest, daß sein gutbürgerlicher Name Reineke dem Beamten offenbar nichts sagte. Aber als Freund von Professor Helfering wurde er mit aller Zuvorkommenheit empfangen.

Ja, also – jenes Buch, das unter dem seltsamen Verfassernamen Beibab mehr oder wenig bekannt war. –

»Sie kennen den Inhalt?« fragte Fox.

»Ich habe nie Gelegenheit gehabt, es zu lesen«, antwortete der Bibliothekar. »Soviel ich weiß, enthält es die genaue Organisation des berüchtigten Assassinenordens.«

»Allerdings. Es gibt kein anderes Werk, das diese Gliederung und alles, was damit zusammenhängt, genauer und bis in jede Einzelheit darstellt. Eben deshalb ist es so selten. Mir jedenfalls will es nicht glücken, ein Exemplar zu Gesicht zu bekommen.«

Der Bibliothekar nickte. »Und nun zu denken, daß wir es um ein Haar erwischt hätten!«

»Sie?«

»Lilienberg hatte es.«

»Der große Antiquar?«

»Vor ein paar Wochen, ja. Er war nicht billig, denn er wußte, daß er da eine Rarität hatte, aber ganz im Bilde war er doch nicht.«

»Er hat es Ihnen angeboten?«

»Ja, und ich habe es in der Hand gehabt.«

»Himmel! Und?«

»Er verlangte zuviel. Wir konnten das aus unserem Etat unmöglich bezahlen. Ich mußte eine Sondergenehmigung des Kultusministeriums einholen, das Kultusministerium mußte sich erst mit dem Finanzministerium, das Finanzministerium mit dem Finanzausschuß in Verbindung setzen –«

»Und dann war es natürlich zu spät?«

»Nein, denken Sie, es wäre noch nicht zu spät gewesen. Aber als ich freudestrahlend zu Lilienberg kam und den Kauf abschließen wollte, verlangte er plötzlich das Zehnfache!«

»Selbstverständlich, denn inzwischen hatte er sich orientiert.«

»Schlimmer: Es war ein Käufer erschienen, der eben den zehnfachen Preis bot, und zeigen Sie mir den Antiquar in der ganzen Welt, der –«

»Hat er Ihnen gesagt, wer der Käufer war?«

»Nein. In solchen Fällen sind diese Leute immer sehr diskret.«

Eine Viertelstunde später saß Fox im Privatbüro des Antiquars Lilienberg dem Inhaber gegenüber. Die Unterhaltung war schwierig. Der alte Lilienberg merkte nach einer Minute, daß er mit jemandem sprach, der besser

Bescheid wußte als er, und das ließ ihn doppelt vorsichtig sein.

Ja, leider hatte man der Staatsbibliothek in diesem Falle nicht entgegenkommen können, die Dinge hatten ganz plötzlich eine überraschende Wendung genommen. Herr Lilienberg sah ungemein bekümmert aus, so bekümmert, daß es ihm wohl am zuträglichsten gewesen wäre, wenn der Besucher sich empfohlen hätte.

Und wer war der Käufer?

Lilienberg wiegte den Kopf, in dem sich gar nichts weiter befand als Vergeßlichkeit. Er konnte einfach nicht begreifen, daß Herr Doktor Reineke sich dermaßen für diese unbedeutende und abseitige Sache interessierte. Und er hatte bisher ja auch nicht die Ehre gehabt, Herrn Doktor Reineke zu kennen.

»Nein«, sagte darauf dieser Doktor Reineke, »ich war während der letzten Jahre selten in Deutschland, und auch da immer nur für kurze Zeit. Augenblicklich komme ich aus Marseille. Ein Freund von mir, Herr Anquetil, hatte dort die Aufgabe, eine Delegation des Staates Israel zu empfangen und weiterzubegleiten. Von dem bedauerlichen Vorfall, den es dabei gab, haben Sie vielleicht gelesen?«

Man sah, daß Herr Lilienberg nicht log, als er nein sagte.

»Ein Dolmetscher der Delegation, merkwürdigerweise arabischer Herkunft, wurde ermordet.«

Lilienberg blickte den Besucher an, in seinem Kopfe schien jetzt etwas mehr zu sein als nur Vergeßlichkeit.

»Und wer – ?« fragte er schließlich.

»Ja, das möchte ich wissen«, sagte der Besucher.

»Sie?«

»Ich bin Will Fox. Wenn Ihnen das unwahrscheinlich vorkommt, rufen Sie bitte unseren gemeinsamen Freund Professor Helfering an.«

Das nächste, was Lilienberg daraufhin tat, war, daß er eine gewaltige Zigarrenrauchwolke um sich blies. Dann legte er die Zigarre fürsorglich auf den Rand des Aschenbechers, stand auf, zog ein Schlüsselbund aus der Tasche, öffnete eine unscheinbare kleine Stahltür in der Mauer und nahm aus dem Panzerfach ein schwarzes Wachstuchheft. »Der Kauf«, sagte er, mit dem Finger suchend, »der Kauf wurde abgeschlossen durch einen Monsieur Holon, der persönlich hier war, von dem mir aber nichts weiter bekannt ist als der Name.«

»Wirklich?« fragte Fox und rieb sich die Nase.

»Wirklich.«

»Hat er bezahlt?«

»Nein.«

»Herr Lilienberg!« sagte Fox.

Herr Lilienberg rieb sich ebenfalls die Nase und erklärte lächelnd: »Ich meine, Herr Holon hat nicht selbst bezahlt, sondern mir einen Scheck gegeben und, nachdem der Scheck einige Zeit später ordnungsgemäß honoriert worden war, das Buch entgegengenommen.«

»Der Scheck war also nicht von ihm unterschrieben?«

»Nein –«, antwortete Lilienberg, wieder mit dem Finger im Wachstuchheft, »nicht von ihm, sondern von einer Margaret Richmond.«

Fox lehnte sich zurück. Er war von dieser Mitteilung dermaßen betroffen, daß er ein paar Sekunden lang seine

Augen mit der Hand verdeckte. Schließlich sagte er: »Das war also die erste Dummheit. Ich habe darauf gewartet. Man muß immer auf die erste Dummheit warten.«

»Von mir?« fragte Lilienberg, sichtlich erschrocken.

»Nein.«

»Von Ihnen?«

»Nein, nein. Von den Leuten. Daß diese Margaret Richmond den Scheck unterschrieben hat, meine ich.«

»Aber er ging in Ordnung!« sagte Lilienberg, bereit, aufs neue zu erschrecken.

»Das meine ich nun wiederum nicht!« antwortete Fox. »Natürlich ging er in Ordnung, deshalb brauchen Sie sich keine Gedanken zu machen. Leute, die den Beibab suchen und kaufen, geben keine gefälschten Schecks her, das haben sie nicht nötig. Nur noch eine Frage: Wie sah dieser Monsieur Holon aus?«

Herr Lilienberg bewies jetzt ein ganz ungewöhnlich gutes Gedächtnis, er konnte den Mann genau beschreiben.

Zehn Minuten später empfahl sich Fox. Als er schon die Türklinke in der Hand hatte, sagte er: »Es wird Ihnen nur angenehm sein, daß ich niemals hier war und Sie mich überhaupt nicht kennen ... nicht wahr? Angenehm, und auf jeden Fall gesünder!«

»Außer dem Vorzug, mit Ihnen bekannt zu sein«, antwortete der Antiquar, »kenne ich keinen größeren als den, mit Ihnen nicht bekannt zu sein.«

Im stillen wunderte sich Professor Helfering darüber, daß Fox diesmal, ganz gegen seine Gewohnheit, nicht im

Hotel wohnte, sondern um Aufnahme in Helferings Fremdenzimmer gebeten hatte. Natürlich war der Professor mit dem größten Vergnügen darauf eingegangen und hatte erklärt, daß ihm nichts Lieberes geschehen könne, und das war vollkommen ehrlich gemeint. Allerdings hatte er – und noch mehr vielleicht seine Haushälterin – sich's ganz anders vorgestellt, einen so merkwürdigen und mysteriösen Menschen zu beherbergen. Das einzige Merkwürdige nämlich blieb, daß Fox die Wohnung, ja sogar sein Zimmer kaum verließ und – gleichfalls ganz gegen seine Gewohnheit – ein sehr schlechter Gesellschafter war, ausgenommen etwa ein paar Abende, an denen sie zusammen saßen und plauderten – von allen möglichen Dingen, nur nicht von denen, die ihn wirklich beschäftigten. Im übrigen jedoch füllte er seinen Tag aus mit dem Studium der Bücher, die er von der Bibliothek entliehen hatte und aus denen er sich umfangreiche Auszüge machte. Zudem war und blieb das Wetter unfreundlich, Schneesturm und Tauwind wechselten miteinander ab, man konnte es niemandem verdenken, wenn er nicht ins Freie ging. Aber der Professor und die Haushälterin fanden, daß dies ein recht ungesundes Leben sei.

»Gönnen Sie mir doch die Ruhe«, sagte Fox eines Abends, als die beiden, nach dem Essen, ihn wegen seiner Unvernunft tadelten. »Seit zwei Jahren, gewiß, seit mindestens zwei Jahren sind dies die ersten vierzehn Tage, in denen ich mich nicht mit anderen und noch dazu ausnehmend schlechten Menschen herumzuplagen brauche. Das richtige für mich wäre ein Winterschlaf in einer gemütlich zugeschneiten Höhle, hoch droben im Norden, in den Wäldern Skandinaviens, ja, das wäre mein Ideal. Und wenn es dann Frühling wird und man zufällig nicht wieder aufwacht – nun, auch kein Unglück. Im Grunde genommen bin ich das Urbild des friedlichen Klein- bürgers, und meine Interessen gehen nicht über die eines Braunbären hinaus – nur leider muß irgendwann einmal ein böser Dämon in mich gefahren sein, der mich mit der beharrlichsten Bosheit immer gerade dorthin treibt, wo die erwähnten schlechten Menschen Unfug anrichten, und da kann man ja schließlich nicht tatenlos zusehen.«

»Meistens ist es ja auch ganz rentabel«, wagte Helfering zu bemerken, dem diese Art von geistiger Koketterie, in der sich Fox gefiel, von jeher wider den Strich ging.

»Soll ich die Dummheiten anderer Leute etwa auch noch umsonst wiedergutmachen?« fragte Fox. »Was aber hab' ich sonst davon? Wenn Sie, Verehrtester, irgend etwas leisten, sorgt schon die Presse dafür, daß es be- kannt wird und Sie vom Beifall der Öffentlichkeit belohnt werden. Bei mir ist es genau umgekehrt – ich muß um jeden Preis zu verhindern suchen, daß etwas bekannt wird. Sie, mein Lieber, können gar nicht gescheit genug sein – ich muß mich so dumm wie möglich stellen, weil ich mir sonst meine Chancen abschneide. Da nun aber jeder normale Mensch eine nicht allzu geringe Portion Eitelkeit mitbekommen hat, so können Sie sich vor- stellen, wie trostlos und widernatürlich mein Dasein ist. Sie lachen? Das nennt man gemütsroh.«

»Hätten Sie mir damals gefolgt!« erwiderte Helfering. »Wären Sie bei der Wissenschaft geblieben! Noch heute können Sie bei mir jederzeit eine Assistentenstelle mit hundertfünfzig Mark Taschengeld bekommen – aber freilich, da zieht der Herr die Nase hoch!«

»Sie bringen mich da auf einen Gedanken«, sagte Fox. »Sie haben doch so herrliche Briefbogen mit dem Aufdruck vom Archäologischen Institut der Universität – würden Sie mir wohl auf einem solchen Blatt bestätigen, daß ich Ihr Assistent bin, in Ihrem Auftrag reise und daß Sie alle in Frage kommenden Stellen bitten, mich bei wissenschaftlichen Arbeiten zu unterstützen?«

»Eilt es?« fragte Helfering.

Es eilte keineswegs. Fox blieb bis in den Februar hinein, ein stiller, angenehmer, undurchsichtiger Gast. Und eines Morgens erklärte er, daß er sich nun leider verabschieden müsse, da er mit dem Abendzug nach Paris fahren werde. Helfering hörte das mit Bedauern.

»Der schönste Winterschlaf meines Lebens ist vorbei«, sagte Fox, »es fällt mir schwer, aus meiner Höhle hinauszutappen. Hoffentlich steht keiner da, der gleich auf mich schießt. Behalten Sie mich jedenfalls in gutem Angedenken. Werden wir uns noch einmal sehen?«

»Wie meinen Sie das?« fragte Helfering.

»Ich meine: Heute?«

»Sicher, nachmittags habe ich keine Vorlesungen.« Als die Haushälterin dem Professor in den Mantel half, sagte sie: »Es schießt bestimmt niemand auf Herrn Doktor Fox.«

»Wissen Sie das so genau?«

»Genau weiß ich es nicht, aber der Brief, den er heute früh aus Paris bekam, war so schön parfümiert.«

»Dann ist es also noch viel gefährlicher«, sagte Helfering.

V

Frau von Louha hatte eine hübsche Wohnung in Paris,
die freilich sehr klein war, aber sie teilte sie nur mit ihrer
Tochter Yvonne, und da die beiden nicht besonders gut
miteinander auskamen, richteten sie es nach Möglichkeit
so ein, daß eine der beiden Damen auf Reisen ging, wenn
die andere zurückkehrte, eine harmonische Abwechslung,
die sich reibungslos eingespielt hatte.

Bis vor wenigen Jahren war Frau von Louha mit einem
General verheiratet gewesen und hatte natürlich dessen
Namen getragen, aber jetzt war sie geschieden; seitdem
trug sie wieder ihren Mädchennamen, und ihre Tochter
benutzte ihn ebenfalls. Ganz in Ordnung war das vielleicht nicht, aber wenn man aus einer Familie stammt,
deren Felsenschloß seit tausend Jahren in der Bretagne
steht, heißt man doch schließlich lieber de Louha als
Boulanger, ganz abgesehen von gewissen kompromit-
tierenden politischen Dingen einer noch nicht lange vergangenen und keineswegs vergessenen Zeit, die den
Scheidungsgrund geliefert hatten – nichts ist so peinlich,
daß es nicht auch eine verwendbare Seite hat.

Augenblicklich war Yvonne zu Hause, das heißt also, daß

ihre Mutter verreist war, gegenwärtig hielt sie sich wieder einmal bei ihrer älteren Schwester auf, eben in der Bretagne, was ihr Yvonne neidlos gönnte, denn dieser Februar war abscheulich, und man konnte sich leicht vorstellen, wie das Meer da droben an die Granitfelsen donnerte, auf denen das Schloß Louha stand und aus kleinen Fenstern verdrossen in das Getöse blinzelte. Mochten die beiden Schwestern miteinander glücklich sein, und zwar noch recht lange.

Im Gegensatz zu dem Leben in Louha hatte Yvonne eine kleine Schwäche für das Leben in Paris. Aber – darüber täuschte sie sich keineswegs – sie war keine elegante Pariser Dame, sondern im Grund ihres Wesens ein bretonisches Bauernmädchen, das sich zwar gelegentlich mit Geschmack und Geschick als Dame verkleidete, jedoch viel zuviel Natürlichkeit bewahrt hatte, um an einem nichtsnutzigen und hohlen Dasein Gefallen zu finden, übrigens hätten ihr dazu auch die Mittel gefehlt. War sie, was oft genug vorkam, bei ihrer Tante in Louha, so machte es ihr nichts aus, täglich um fünf Uhr aufzustehen und sich, statt jeder Morgentoilette, von einer eiskalten Meereswelle wegschwemmen zu lassen. Das war viel einfacher.

Aber in Paris gab es das nicht. Um so länger blieb sie hier liegen, und wenn sie sich endlich entschloß, das angenehm weiche Bett zu verlassen – in Louha war es kein Bett, sondern eher ein Brett –, so machte es ihr unendlichen Genuß, noch recht lange herumzutrödeln und in einem etwas zweifelhaften Morgenrock und ganz unmöglichen Filzpantoffeln durch die Wohnung zu lat-

schen. Sie war groß, üppig, hatte rötliches Haar, auf dem
ein grüner Schimmer liegen konnte und das sich auf dem
etwas zu weißen Nacken ringelte, und grün waren auch
ihre Augen, meergrün mit hellbraunen Flecken – mit-
unter, wenn auch recht selten, erinnerten diese Augen,
wenn man lange genug hineinblickte, irgendwie an einen
Panther.
Übrigens war sie fünfundzwanzig und nicht dumm, das
hatte sie im vorigen Sommer bewiesen, als sie Fox bei
jener sonderbaren Geschichte mit dem angeblichen Monsieur Denis und seiner glattgeölten Nichte half, einer
jungen Italienerin, auf die Yvonne nach wie vor schlecht

zu sprechen war; nun, diesem Fräulein Zanetti hatte man es gezeigt. Yvonne pflegte mit ihren Zu- und Abneigungen ziemlich verschwenderisch umzugehen, verstand aber nötigenfalls beides durch ein gleichmütiges Lächeln zu verdecken.

Mit demselben gleichmütigen Lächeln betrachtete sie sich jetzt selbst in einem großen Spiegel und stellte fest, daß es allmählich Zeit wurde, sich fertigzumachen, wenn sie den Kochkurs nicht versäumen wollte, an dem sie neuerdings teilnahm, denn für das Kochen hatte sie eine Leidenschaft. »So altmodisch, Yvonne«, sagte sie, übrigens ohne jede Mißbilligung, nickte ihrem Bilde zu und hätte es wahrscheinlich noch länger betrachtet, aber das Telephon läutete.

»Was! Bist du es wahrhaftig?« fragte sie in die Muschel hinein, vermied es jedoch, einen Namen zu nennen, denn das hatte ihr Fox ernstlich verboten. »Und du bist hier? Erst seit heute früh? Ein bezaubernder Morgen! Nein, nicht weil es regnet, sondern – ja, gewiß, ich habe dir geschrieben, denn daß du mir einmal deine Adresse mitteilst, mußte doch sofort anerkannt werden, es geschieht selten genug. Das ist recht. O ja, ich verstehe. Nein, ich habe zu tun. Das werde ich dir noch erklären. Aber wir könnten zusammen essen, wenn es dir recht ist? Ja, ich weiß schon.«

Mittags also trafen sie sich in einem kleinen, aber guten Restaurant jenseits der Seine, unweit vom Pantheon. Yvonne kam so pünktlich, wie Fox es ihr angewöhnt hatte; dieses Verlangen nach Pünktlichkeit begründete er damit, daß, falls der eine einmal unpünktlich sei, der andere sofort daraus schließen könne, daß etwas nicht in Ordnung war. Yvonne sah das ein. Und deshalb also war Fox selbst gerade noch ein paar Schritte vom Eingang des Lokals entfernt, als Yvonne mit ihrem kleinen Wagen am Straßenrand hielt, er kam eben recht, um ihr aussteigen zu helfen.

»Du hast einen Wagen?« fragte er.

»Ich habe einen Wagen«, sagte sie.

»Er gehört dir?«

»Er gehört mir.« Um aber Schlüssen vorzubeugen, die ebenso scharfsinnig wie falsch sein würden, fügte sie sogleich hinzu: »Herr Denis hat ihn mir geschenkt, als er im Herbst nach Amerika zurückfuhr. Ich finde, das konnte er wohl tun. Was meinst du?«

»Ein sehr glücklicher Gedanke!« sagte Fox anerkennend. »Jetzt weiß ich doch, wo ich mir nötigenfalls einen Wagen leihen kann.«

»So, weißt du das wirklich! Darüber müssen wir noch einmal sprechen.« Sie lachten. Er und sie waren in diesem Augenblick sehr glücklich, sie wußten, was sie aneinander hatten.

»Nun muß ich aber doch fragen, weshalb du gekommen bist!« sagte Yvonne, als sie behaglich an einem abseitigen Tischchen saßen, auf dem wegen der Dunkelheit des Tages das Licht brannte.

»Weshalb? Weil mir jemand einen Brief geschrieben hat, in dem stand, daß er sich einsam fühlt.«

»Das stand nicht darin!«

»Nicht ausdrücklich, nein, aber zwischen den Zeilen.«

»Eitle Einbildung der Männer!«

»Hilfsbereitschaft! Und dann –«

»Aha!«

»Du darfst nicht vergessen, daß ich mir Anfang Dezember eine kleine Wohnung eingerichtet habe.«

»Hier?« fragte sie höchst erstaunt. »In Paris?«

»Ja.«

»Das kann ich schon deshalb nicht vergessen, weil ich es nie gewußt habe.«

»Ach ja, es ist beinahe verwunderlich, daß ich selbst mich daran erinnere«, sagte Fox, »denn ich habe bisher nur eine einzige Woche darin gewohnt, nämlich vom ersten bis zum siebenten Dezember. Seitdem war ich unterwegs. Jemand wie ich sollte sich nicht dermaßen festsetzen.«

»Du hast es aber doch getan?«

»Bisweilen«, sagte er mit sanftem Weltschmerz, »bisweilen ist einem so zumute, und zwar um so öfter, je älter man wird. Ich hatte einen so schönen Spätsommer verbracht, droben in der Bretagne –«

»Ob er nun gar so schön war ...«

»Wunderschön! Es gab da ein Mädchen –«

»Mit schwarzlackiertem Haar.«

»Nein. Das heißt: ja, auch, aber die meine ich nicht. Die ich meine, war rothaarig –«

»Unverschämt!«

»Sagen wir also blond, mit einem rötlichen Schimmer, und sie hatte grüne Augen. Wenn man in diese Augen sah, war es, als blickte man auf das besonnte Meer, über das Wolkenschatten hinfliegen.«

»Etwas Besseres hattest du nicht zu tun?«

»Etwas Besseres nicht, aber leider einiges Schlechtere, was viel Zeit wegnahm. Ja, das ist nun schon lange her, ich glaube, es steht schon in den Sagenbüchern. Als ich sie kennenlernte, war sie sehr traurig, denn sie hatte eine unglückliche Liebe hinter sich, wenigstens behauptete sie das.«

»Und als du weggingst?«

»Da war sie noch viel trauriger.«

»Daß du dich mit einem solchen Tränenfetzen überhaupt abgegeben hast!«

»Ach, sie hatte schon auch ein paar gute Seiten, das wollen wir nicht vergessen. Dies nebenbei.«

»Nein, nicht nebenbei!«

»Um nun aber auf die Wohnung zurückzukommen, die viel wichtiger ist«, sagte Fox, mit einem gebackenen Fisch beschäftigt: »Man hat gelegentlich solche Anwandlungen, nicht wahr? Ich mußte sie einrichten, ganz allein, denn wer hätte mir dabei helfen können? Aber ich finde, sie ist trotzdem recht hübsch geworden. Übrigens ist sie natürlich klein, nur zwei Zimmer, und in dem winzigen Vorraum hat sie eine Ecke, in der man zur Not etwas kochen kann – wenn man es kann, ich habe es noch nicht versucht. Als ich heute früh hinkam, wußte ich gar nicht mehr, wie es dort überhaupt aussieht. Aber ich fand es doch wieder sehr hübsch.«

»Und wer hält alles in Ordnung?«

»Die Hausmeisterin.«

»Ich glaube, da sollte man einmal nachsehen.«

»Ja, das fürchte ich auch.«

Als sie dann in den Wagen krochen, wozu einige Gelenkigkeit gehörte, regnete es noch immer. Der Asphalt spiegelte, alle Autofahrer schienen schlechter Laune zu sein, aber Yvonne durchquerte die Stadt so rasch und sicher, daß Fox erklärte, er werde sich ihr künftighin bedenkenlos anvertrauen. Sie blickte ihn aus den Augenwinkeln an. Hatte er etwas Besonderes vor?

Nein, nicht jetzt, es war noch zu früh – »Ich meine die Jahreszeit«, sagte er, »aber vielleicht in vier Wochen. Wenn der März schön ist. Dann würde ich den Wagen brauchen.«

»So, würdest du ihn brauchen!« sagte Yvonne, leicht gereizt durch die Selbstverständlichkeit seiner männlichen Eigensucht. »Aber daran denkst du wohl nicht, daß du mich erst fragen mußt? Weshalb kaufst du dir nicht selbst einen?«

»Wegen der Nummer.«

»Wegen welcher Nummer?«

»Vielleicht ist es dir schon aufgefallen, daß jeder Wagen ein polizeiliches Kennzeichen hat?« fragte er sanft. »Ich habe aber eine Abneigung dagegen, mich numerieren zu lassen, weil dann jeder, den es angeht, sofort weiß: Aha, Fox!«

»Auch wahr«, sagte Yvonne, »daran hab' ich noch gar nicht gedacht. Aber dann dürftest du ja auch kein Telephon haben.«

»Ich habe eins, nur steht die Nummer nicht im Buch. Dir werde ich sie verraten.«

»Ich fühle mich geehrt«, sagte Yvonne.

»Mit Recht!« nickte Fox, und das konnte sie nun auffassen, wie sie wollte. »Um aber noch einmal auf den Wagen zurückzukommen, den ich nicht habe, so laß dir erklären, daß es für einen Menschen wie mich kaum etwas Lästigeres gibt – für die meisten anderen übrigens auch, nur haben sie es noch nicht bemerkt, denn die Menschheit braucht immer merkwürdig lange, um einzusehen, daß ihre Fortschritte eigentlich keine sind. Du kannst fahren, wohin du willst, und aussteigen, wo du willst – in jedem Falle steht fest, daß du wieder zu dem Fahrzeug zurück mußt. Kletterst du von Süden auf einen Berg und gehst am Nordhang hinunter, dann mußt du wieder um den halben Berg zu deinem Wagen zurücklaufen. Und falls jemand auf dich wartet (was ja schließlich vorkommen kann), so braucht er nicht lange zu suchen, er braucht sich nur gemütlich in deinen Wagen zu setzen, du bist ihm sicher. Nein, es gibt nichts Dümmeres – außer natürlich den Menschen, die sich noch immer nicht darüber klar sind.«

»So kann man es freilich auch betrachten«, sagte Yvonne.

»Du solltest einmal etwas darüber schreiben.«

Seine Wohnung gefiel ihr gut. Nur stellte sie mit hochgezogenen Brauen fest, daß dies alles Grund genug sei, eifersüchtig zu werden, denn er wollte ihr wohl nicht erzählen, daß er ganz allein, daß überhaupt ein Mann ganz allein imstande sei, eine Wohnung so nett einzurichten.

Nein, erwiderte er unschuldig, es seien allerdings mehrere
Männer gewesen, von den Möbel- und Tapezierfirmen
nämlich. Außerdem kenne sie ja seinen guten Geschmack.
Aber jetzt wünschte sie vielleicht Kaffee zu trinken?
»Italienischer Kaffee!« sagte Yvonne und betrachtete
die Blechdose mit sehr grünen Augen, über das besonnte
Meer huschten bedenkliche Wolkenschatten.
Das sei noch gar nichts, bemerkte Fox, er kenne Leute,
die sogar italienische Autos hätten.
Und dann lachten sie und wunderten sich, daß es bei so

102

schlechtem Wetter einen so schönen Nachmittag geben konnte.

Es war freilich nicht so, daß Fox nur auf den Frühling wartete. Er hatte mehr zu tun, als Yvonne lieb war; eines Abends teilte er ihr sogar mit, daß er am nächsten Tage nach Ägypten fliegen werde ... Oh, nichts Besonderes, am Wochenende war er wieder zurück. Da er Wort hielt, hatte sie keinen Grund zur Beunruhigung, und sie benützten den Sonntag nach seiner Rückkehr zu einem Ausflug nach Fontainebleau, denn sie beide hatten große Sehnsucht nach frischer Luft. Fünf Stunden lang wanderten sie im Kreis durch den großen Wald. Der Winter, das spürte man, war vorbei, und er hatte jenes klare, duftende, erwartungsvolle Schweigen hinterlassen, das gläsern zwischen den kahlen Ästen der Eichen vor dem mattblauen Himmel hing und auf dem Graugrün der Lichtungen lag, wo die Maulwürfe frische dunkle Hügelchen aufgeworfen hatten, deren krümelige Erde wunderbar nach Frühling roch.

»Ich denke«, sagte Fox am Ende dieser langen und immer stilleren Wanderung, »daß ich nun also in den nächsten Tagen noch ein wenig südlicher zu tun haben werde, in der Gegend von Orleans und westlich davon.«

»Lange?«

»Wenn ich das wüßte. Fürs erste muß ich mich dort ein wenig umsehen.«

Natürlich fragte sie nicht, wonach, aber sein Ton gab ihr zu denken. »Und dazu brauchst du den Wagen?«

Er hing seinen Gedanken nach. »Glaubst du, daß das Wetter schön bleibt?«

»Das glaube ich wohl«, sagte sie und spürte, wie wenig er sich noch ihrer Gegenwart bewußt war. Sie kannte und begriff das und war keineswegs gekränkt. Sie hatte dergleichen merkwürdige Stunden schon im vorigen Sommer mit ihm erlebt und wußte, daß es nun darauf ankam, nach Möglichkeit nicht vorhanden zu sein. Sie wußte auch, daß er sie gerade deshalb besonders schätzte. In der Dämmerung kamen sie wieder nach Fontainebleau; Fox vergaß völlig, daß der Mensch nach einem Spaziergang von fünf oder sechs Stunden in der Frühlingsluft wohl berechtigt ist, Hunger zu haben, und stieg mit schöner Selbstverständlichkeit in den Wagen. Was blieb Yvonne übrig, ebenso stumm setzte sie sich ans Steuer. Nur als jenseits des Waldes von Sénart die Lichthaube von Paris über dem nachtschwarzen Lande trübe zu glühen begann, sagte Yvonne: »Was da so poltert, das hat nichts mit dem Motor zu tun, es ist nur mein leerer Magen.«

»Du Arme!« sagte er und kam endlich aus einer unbekannten Gedankenferne zurück. »Wir werden das sofort nachholen. Den Wagen? Nein, ich danke dir, zunächst werde ich ihn wahrscheinlich nicht brauchen.« –

Am nächsten Vormittag ging Fox zu einem Autoverleihgeschäft, wo man ihn nicht kannte, und erkundigte sich nach den Bedingungen, unter denen man dort einen Wagen bekam. Der Inhaber streifte den einfach gekleideten Mann mit einem abschätzenden Blick und empfahl ihm dann ein ebenfalls nicht besonders elegantes Fahrzeug, das für einen Reisevertreter wohl geeignet war. Fox nickte und bat, das Auto fertigzumachen, er werde es nach dem Mittagessen holen und schon nach wenigen Tagen zurückbringen.

Ziemlich spät machte er sich auf den Weg nach Süden ins Orleanais. Der Wagen lief gut, aber Fox ließ sich Zeit. Die Strecke, die er zu fahren hatte, war nur wenig länger als hundert Kilometer, und so kam er noch vor Sonnenuntergang nach jenem Talcy, das Lord Elgin mit seiner Notiz vielleicht gemeint hatte, es lag weit außerhalb eines großen Waldes in flachem Bauernland, winzig, friedlich und nichtssagend, bis auf ein bei den Häusern liegendes kleines und altes Schloß, wie sie in der Gegend immer häufiger wurden. Wenn es hier eine Lady Margaret Richmond gab, wohnte sie wahrscheinlich in diesem Schloß.

Fox ging also durch die offene Toreinfahrt, kam in einen überaus lieblich verschlafenen Hof, dessen Rasen schon schneeweiß mit Gänseblümchen bedeckt war, sah ein Gittertor, das weiter in den Park führte, außerdem aber mit Vergnügen eine junge Frau, die in einer Ecke des Hofes in der Abendsonne saß und strickte.

»Sie wollen den Park besichtigen?« fragte die junge Frau.

»Nicht eigentlich«, antwortete er, »sondern ich suche jemanden. Aber das Schloß ist unbewohnt?«

»Es ist unbewohnt«, nickte sie.

»Dann hat man mir den Namen falsch aufgeschrieben«, sagte er, »und das ist recht peinlich, denn wo soll ich Lady Margaret Richmond jetzt suchen?«

»Lady Margaret Richmond?« fragte die junge Frau. »Die Dame wohnt allerdings nicht hier, sondern in einer Ortschaft namens Tassy, die mehr flußabwärts in der Nähe von Amboise liegt.«

Fox suchte auf seiner Landkarte. »Das ist aber noch ein schönes Stück«, sagte er verwundert, »welcher glückliche Zufall, daß Sie die Dame kennen!«

»Ich kenne sie nicht persönlich, aber ich habe eine Tante in Tassy, die gelegentlich von ihr erzählt hat. Übrigens sind Sie nicht der erste, der nach der Dame fragt.«

»Sie scheint also öfters Besuch zu haben?«

Die Frau lächelte, es lag eine Art von vorsichtiger Zurückhaltung darin. »Eine ältere, vielleicht etwas eigenartige Dame, die bestimmt viel Geld hat.«

»Was tut sie damit?«

»Mit dem Geld? Genau kann ich Ihnen das nicht sagen, aber es ist wohl öfters so, daß ältere Damen ihre Schrullen haben, besonders wenn sie reich sind. Wenn Sie Näheres wissen wollen, empfehle ich Ihnen, sich bei dem Pfarrer von Tassy zu erkundigen, das heißt –«

»Das heißt?«

»Ich kann es Ihnen nahelegen, aber nicht empfehlen, denn die beiden liegen, wie ich eben von meiner Tante weiß, die sich darüber totlachen wollte, in einer erbitterten Fehde, also wird Monsieur le Curé wohl nicht gerade erfreut sein, wenn Sie ihm erklären, daß Sie Madame Richmond besuchen möchten. Ich wollte nur sagen, daß er selbstverständlich besser Bescheid weiß als ich. Loben Sie seinen Wein, auf den er mit Recht stolz ist.«

Fox bemühte sich, die Unterhaltung fortzuspinnen, er

ließ sich deshalb den Park zeigen, der übrigens nicht bemerkenswert war, aber es gelang ihm nicht, noch etwas Wesentliches zu erfahren, die junge Frau hatte ihm bereits alles mitgeteilt, was sie wußte. Da es mittlerweile dämmerig geworden war, beschloß er, in dem hübschen Gasthaus neben dem Schloß zu übernachten, und ging zeitig schlafen.

Anderntags fuhr er durch einen milden Sonnenschein weiter durch das Land, das alsbald etwas welliger und abwechslungsreicher zu werden begann. Freilich fehlte noch das Grün, außer der Wintersaat, aber auf den Feldern wurde fleißig gearbeitet. Die Lerchen sangen. Schon von weitem sah er auf einer runden Hügelkuppe die beiden Türme einer großen, steingrauen Kirche, von der die ganze Gegend beherrscht wurde. Der Beschreibung nach mußte dies die Kirche von Tassy sein, und da sich eine leidliche Straße bis hinauf wand, so schlug er diesen Weg ein, um sich einen Überblick zu verschaffen.

Weil der Hügel seine Umgebung überragte, war die Aussicht überraschend schön und ziemlich weit. Im Süden, unerwartet nahe, leuchtete hellgrün und silbern ein Stück der Loire zwischen sanften Hängen, die Bodenwellen liefen nach allen Himmelsrichtungen ins Unendliche, in flachen Mulden sonnten sich hier und da kleine Dörfer. Seltsam freilich war die Einsamkeit hier oben, denn gerade zu dieser Kirche mit ihren zwei Türmen, die sicher zu den größten der Landschaft zählte, schien kein Dorf zu gehören – die paar Bauernanwesen, die sich, ziemlich entfernt vom Fuße des Hügels, um eine viel kleinere Kirche gesammelt hatten, waren kaum ein Weiler zu

nennen. Nur eine Stelle nach Westen hin mußte auffallen, und zwar schon wegen der dichtgedrängten Baum-
wipfel. Dort umschloß eine weiße Mauer ein sehr großes
Parkviereck, in dem ein Haus sich unter den freilich
noch kahlen Bäumen gleichsam zu verstecken suchte –
vielleicht war es Lady Margarets Haus.

Fox war zufrieden, daß er den Überblick sogleich gewonnen hatte. Es gehörte nicht viel dazu, sich die Lage
einzuprägen, Einzelheiten ließen sich ohnedies nicht erkennen.

Dann wandte er sich der verwunderlich großen Kirche
zu, deren Grundmauern sicher sehr alt waren und die
mit ihren spitzenlosen Türmen von ihrer Höhe aus in
diesem Lande der Religionskriege gewiß viel gesehen
hatte. Über eine breite, an vielen Stellen sehr schadhafte
Steintreppe stieg er zum Portal hinauf und trat ein. Das
dreischiffige Gewölbe wies ebenso wie die hohen Fenster
noch alle Merkmale der Gotik auf; da es aber jeder Aus-
schmückung entbehrte und da auch das Kirchengestühl
fehlte, machte der farblose Raum trotz der Lichtfülle,
die durch die Fenster hereinströmte, einen leeren und
öden Eindruck.

Niemand war zu sehen, jedoch wurde irgendwo gehäm-
mert, die Schläge hallten an den Wänden und den Kreuz-
gewölben wider; Fox brauchte eine Weile, um festzustellen, daß es offenbar der Hochaltar war, hinter dem gearbeitet wurde. Dies und jenes betrachtend, ging er langsam nach vorn und hatte das Schiff schon fast durch-
schritten, als die Schläge verstummten und hinter dem
Altar ein Mann hervortrat – unverkennbar der Pfarrer;

er trug in der Rechten den Hammer, unter dem linken
Arm eine graue Katze und hatte ein rundes, rotes Gesicht und weißes Borstenhaar.

»Kann ich Ihnen behilflich sein?« fragte Fox.

»Danke«, antwortete der Pfarrer und betrachtete seinen
Daumen, »wie Sie sehen, mein Herr, habe ich es ganz
allein gekonnt«, und die Katze betrachtete Fox aus
Augen, die ihn an Yvonne erinnerten. »Sie sind fremd

hier«, sagte der Geistliche, indem er gemächlich dem Ausgang zuschritt, »und ich würde Ihnen in dieser Kirche gern etwas Sehenswürdiges zeigen, aber Sie bemerken selbst, daß nichts mehr da ist. Auch Gottesdienst wird nur noch an wenigen und besonderen Tagen gehalten. Sie erlauben also –«, man hatte die Tür erreicht, und er setzte die Katze auf die Freitreppe, »daß ich abschließe.« Der alte Schlüssel drehte sich ächzend. »Das einzige wahrhaft Sehenswürdige, was man uns nicht nehmen konnte, ist der Ausblick von hier oben.« Während er mit der Linken über sein weißes Borstenhaar fuhr, machte er mit der Rechten und dem Hammer eine großartige Rundbewegung. »Man findet dergleichen in unserer verhältnismäßig flachen Gegend nicht so bald wieder.«

Der Fremde sagte: »Kein Wunder, daß frühere Zeiten das Bedürfnis fühlten, gerade hier ein Gotteshaus zu errichten. Der Bau muß unendliche Mühe gemacht haben.«

»Ohne Zweifel, jedoch die Leute wußten, was sie taten. Dies war dereinst eine hochberühmte Wallfahrtskirche, aber ihr Niedergang fing bereits in der großen Revolution an. Übrigens darf man wohl behaupten, daß die Geschichte dieses Platzes bis weit in die vorchristliche, ja sogar bis weit in die vorkeltische Zeit hinabreicht. Es ist nachgewiesen, daß unsere Gegend dereinst von Rentierjägern bevorzugt war. Wahrscheinlich blickte man damals von hier oben aus über die hinschmelzenden Schneefelder der Eiszeit.«

»Wahrhaftig?« fragte Fox. »Gibt es Beweise dafür?«

»Rentierknochen und Steinwerkzeuge kommen gelegentlich immer einmal zutage«, antwortete der Pfarrer. »Ist das Ihr Wagen? Würden Sie die Liebenswürdigkeit haben, mich mitzunehmen? Wenn es Ihre Zeit erlaubt, lade ich Sie zu einem Gläschen Wein ein, den ich selbst baue.« –

»Mit dem größten Vergnügen!« erwiderte Fox. »Freilich muß ich bezweifeln, ob Ihnen meine Gesellschaft genügt.«

»Erstens«, versetzte der Pfarrer und sah ihn aus scharfblauen Augen an, »genügt bei *meinem* Wein jede Gesellschaft, sofern sie nicht geradezu schlecht ist. Und zweitens dürfen Sie mir, wenn ich auch der bescheidenste aller Landgeistlichen bin, doch eine Spur von Menschenkenntnis zutrauen, nur geht es mir wie dem alten Ovid: Barbarus hic ego sum, quia non intellegor ulli.«

»Ist es wirklich so schlimm?« fragte Fox lächelnd.

»Ah –«, sagte der Pfarrer. »Latein verstehen Sie also!« Der Wagen ächzte ein wenig, als er sich auf das Sitzpolster fallen ließ, die graue Katze sprang ihm mit edler Selbstverständlichkeit auf den Schoß. »Benimm dich aber anständig, Yvonne!«

»Was, heißt sie tatsächlich Yvonne?« fragte Fox beinah erschrocken.

»Ich hoffe, der Name bereitet Ihnen keine seelischen Ungelegenheiten?«

»Oh, im Gegenteil, Monsieur le Curé!« erwiderte Fox und drückte auf den Anlasserknopf. »Ganz im Gegenteil!«

Noch ehe Fox das Pfarrhaus betrat, das drunten im Dorf neben der kleinen Kirche in einem hübschen Garten stand, stellte er sich vor und zeigte dem Pfarrer Helferings Brief, mit dem er sich als Archäologe auswies. Nach dem einfachen Mittagessen saßen sie sich in bequemen Lehnstühlen gegenüber und tranken behaglich den Rest Wein, der in der Karaffe geblieben war und auf den Doktor Reineke unter keinen Umständen verzichten wollte, denn, sagte er weislich, einen so vorzüglichen Tropfen finde man selten. Herr Malon, der Pfarrer, nickte stolz und überzeugt, erzählte einiges über seinen Weinbau und fügte, da seine zufriedenen Gedanken plötzlich von etwas Widerwärtigem durchkreuzt zu werden schienen, mit einem Seufzer hinzu: »Sie sehen, man könnte es aushalten hier in Tassy, der liebe Gott läßt seine Augen mit aller Freundlichkeit auf dem schönen Lande ruhen. Aber es gibt eben doch nichts Vollkommenes auf dieser Welt, und ich begreife nicht, weshalb man zwar am Dasein Gottes keinen Zweifel hat, aber sein Gegenstück mit diskretem Schweigen aus dem Bilde verschwinden lassen möchte. Das ist ein großer Fehler, denn das Bild verliert dadurch an Gleichgewicht.«

»So, tut man das?« fragte Fox. »Ich verstehe nichts davon.«

»Nun, dann stellen Sie sich bitte nächsten Sonntag auf die Kanzel und halten Sie eine recht saftige Predigt über den Teufel – auch der einfachste Bauer wird verwundert den Kopf schütteln und an das Mittelalter denken!«

»Sie sind anderer Meinung?«

»Ich? Allerdings, und mit Recht!« antwortete Herr Malon. »Und mein Kollege Rabelais, der ja aus unserer Gegend stammte, war derselben Meinung. Ich habe ihn in meiner Nachbarschaft!«

»Den Teufel?«

»Vielleicht nicht gerade ihn, bestimmt aber seine Großmutter.«

»Ah!« sagte Fox und packte diese Großmutter sofort
beim Schopf. »Ich glaube zu wissen, wen Sie meinen, ich
habe auf der Herfahrt davon gehört. Eine Engländerin,
nicht wahr?«

»Die Nationalität fällt bei dieser Verwandtschaft wohl
nicht sehr ins Gewicht.«

»Nicht sehr«, nickte Fox. »Aber weshalb sind Sie eigentlich auf die Dame so schlecht zu sprechen?«

Der Pfarrer blies gewaltigen Groll durch seine Nase wie
durch ein Ventil. Offenbar überlegte er, ob er sich näher
auf diese Frage einlassen sollte, aber das Ventil genügte
wohl doch nicht ganz, der innere Überdruck war zu groß,
vielleicht auch schon zu lange angestaut. »Erstens«, sagte
er und stellte sein Glas auf den Tisch zurück, »gehört es
zu meinen beruflichen Pflichten, der Hölle mit Abneigung gegenüberzustehen. Zweitens habe ich gegen dieses
Weib vor fünf Jahren einen Prozeß verloren.«

»Wegen Beleidigung«, sagte Fox, aufreizend sanft.
»Das wissen Sie?«

»Nein, ich dachte es mir nur.«

»Er hat mich viel Geld gekostet!«

»Ja, das pflegt so zu sein, wenn man Prozesse verliert.
Und welche Beleidigung hatte sie Ihnen zugefügt?«

Der Pfarrer sah ihn verblüfft an. »Nun«, sagte er und
kratzte seinen weißen Borstenkopf, »ganz so war es nicht.
Stellen Sie sich vor: Eine Ecke der Parkmauer, ein ziemlich großes Stück übrigens, war schon vor hundert Jah-

113

ren eingestürzt, vermutlich weil der Bach darunter durch-
fließt – für mich sehr angenehm, weil ich dadurch den
Weg zu meinem Weingarten bedeutend abkürzen konnte.
Plötzlich aber fiel es ihr ein, die Mauer wiederaufbauen
zu lassen, ha, sie wird schon wissen warum. Nun bitte
ich Sie, Monsieur, ist es beleidigend, wenn ich darüber
meinen Unwillen äußerte ? Sie schütteln den Kopf, und
mit Recht, ich sehe, daß Sie sich ein gesundes Empfinden
bewahrt haben, das freut mich. Ihr Wohl! Aber der Rich-
ter – ohne Zweifel ein Atheist – vertrat die Meinung, daß
die Äußerung ›niederträchtiges Höllenbiest‹ eine Beleidigung sei. Mein Gott ja, mir war das im Laufe der Unterhaltung so herausgerutscht, ich bin ein temperament-
voller Mensch –«
»Ließ die Dame sich denn nicht auf eine Entschuldigung
ein ?«
»Das hätte sie getan, ich will nicht lügen, aber da kennen
Sie mich schlecht, ich ging in die zweite Instanz, nachdem ich die erste verloren hatte, deshalb wurde es so
teuer, und dann bekam ich auch noch eine Ermahnung
vom bischöflichen Ordinariat, die fast so aussah wie ein
Verweis. Nun bitte ich Sie: Wohin kommen wir, wenn
sogar die Kirche den Teufel in Schutz nimmt ?«
Fox schüttelte den Kopf zum Zeichen, daß er den Kummer des Hausherrn teile, fügte jedoch hinzu, er verstehe
noch immer nicht, weshalb der Pfarrer die Dame so beharrlich mit der Hölle in Verbindung bringe.
Dies, sagte Herr Malon, sei eine Geschichte für sich, und
zwar eine so lange, daß er sie jetzt unmöglich darlegen
könne, da er zu arbeiten habe. »Wenn Sie mir aber«,

sagte er, »die Freude machen wollen, hierzubleiben und mit meinem Gastzimmer vorliebzunehmen, so wollen wir uns heute abend zusammensetzen und, in Verbindung mit der erwähnten Hölle, ein paar vergnügte Stunden verbringen. Wäre das nicht ein guter Gedanke ? Erwägen Sie, daß Sie damit einem einsamen Landpfarrer einen großen Gefallen tun!«

Fox überlegte keine Minute und nahm die Einladung mit Dank an. Seine Geschicklichkeit, die Menschen im Gespräch unvermerkt genau zu dem Punkt zu bringen, auf den es ihm ankam, hatte sich wieder einmal bewährt.

Er fuhr das Auto in den Pfarrgarten, trug seinen Koffer ins Zimmer und ging dann spazieren. Der Weg zur Hölle war – wie meistens – nicht weit, die anstoßerregende Parkmauer jedoch so hoch, daß man nichts als die Wipfel kahler Bäume sah. Nur das alte Gittertor – das einzige, das es gab, Autospuren führten hindurch – erlaubte einen Blick in den Park, der einen ungewöhnlich verkommenen Eindruck machte, und in ziemlicher Entfernung war ein altes, großes Landhaus zu erkennen, das, nach der Form des Daches zu urteilen, aus dem 17. oder 18. Jahrhundert stammen mochte und damals gewiß bessere Zeiten erlebt hatte.

Übrigens war die Landschaft, zumal jetzt in der Stille des Nachmittags, so lieblich, daß ein längerer Aufenthalt verlockend erschien, vollends da an diesen sanften Südhängen der Frühling nicht mehr lange auf sich warten lassen würde. Daß das Dorf, freilich vor sehr langer Zeit, ein vielbesuchter Wallfahrtsort gewesen, vermutlich aber im Laufe eines Krieges stark mitgenommen worden war, wurde an mehreren Hügelchen deutlich, auf denen ehedem gewiß Häuser und Bauernhöfe gestanden hatten, hier und da ließen sich noch die Grundrisse und sogar Mauerreste erkennen, und die noch vorhandenen Gebäude waren so stattlich, daß man schon aus ihnen auf eine bessere und reichere Vergangenheit schließen durfte. Wie es in dergleichen Fällen zu sein pflegt, war auch das einzige Gasthaus, jetzt in der Hauptsache ein Bauernanwesen, unverhältnismäßig groß und machte einen recht vertrauenerweckenden Eindruck.

Das erste, wonach der Pfarrer sich abends erkundigte, war begreiflicherweise, weshalb Herr Doktor Reineke in diese Gegend gekommen sei. Fox antwortete, daß er in die Dordogne weiterfahren wolle, um die vorgeschichtlichen Felszeichnungen in den dortigen Höhlen kennenzulernen. Aus bestimmten Gründen nehme er an, man werde eines Tages auch weiter nördlich, ja sogar auf dem rechten Ufer der Loire noch dergleichen Funde machen, und schon deshalb interessiere er sich für die Umgebung von Tassy, wenngleich er die eigentlichen Forschungen den französischen Gelehrten überlassen müsse, die ja natürlich gerade auf diesem Gebiete der Wissenschaft führend seien, dies war wohl begreiflich. Der Pfarrer nickte. Gewiß, man hatte hier wohl gelegentlich in zusammengebackenem Erdreich Rentierknochen gefunden, auf denen sich eingeritzte Zeichnungen erkennen ließen, und auch er hielt es nicht für ausgeschlossen, daß einmal mehr zutage käme. Man lebte hier in einer Gegend, die wie ein freilich meist zugeklapptes Bilderbuch war. Was hatte allein das Dörfchen Tassy schon mitgemacht!

Fox hakte bei dieser willkommenen Wendung ein und sprach von seinen Wahrnehmungen. Gewiß war vieles zerstört?

O ja, leider. Um nur das wesentlichste Beispiel zu nennen: Dort, wo sich heute hinter der bewußten Parkmauer das Landhaus aus der Zeit Ludwigs des Fünfzehnten versteckte, hatte früher ein Schloß gestanden; es gab noch einen Kupferstich aus jener Zeit, der Pfarrer besaß ein Exemplar davon, das er ihm zeigen wollte. Und Monsieur Reineke hatte ganz recht: das Wirtshaus war ein ehrwürdiges altes Gebäude, besonders innen geradezu eine Sehenswürdigkeit, übrigens bekannt für seine gute Küche. Und was war von dem Schloß übriggeblieben? Nichts. Vermutlich stand jenes Landhaus – der Pfarrer runzelte die Stirn – auf den Resten der Schloßmauern, ja, das durfte man wohl annehmen. Allerdings hatte Herr Malon das Haus selbstverständlich nie betreten – oder doch, ein einziges Mal, als er nämlich vor fünfzehn Jahren hierher versetzt wurde und es für ein Gebot der Höflichkeit hielt, Madame Richmond (er sprach den Namen französisch aus) einen Besuch zu machen, weil er in seiner Harmlosigkeit annahm, daß sie zu seiner Christengemeinde gehöre. Und eben darin hatte er sich schwer getäuscht, weil sie ganz einfach des Teufels Groß-mutter war.

»Schade!« sagte Fox mit aller Gelassenheit. »Ich hätte ihr gern meine Aufwartung gemacht.«

Der Pfarrer lief rot an. »Ist das Ihr Ernst?«

»Es gehört zu meinem Beruf, mich für Altertümer zu interessieren.«

»So alt ist sie nun auch wieder nicht«, sagte der Pfarrer.

»Ich meinte zunächst das Haus.«

»Man wird Sie sofort hinauswerfen.«

»Ich hoffe nicht.«

»Und wenn Sie sagen, daß Sie mich kennen, wird man Sie noch schneller hinauswerfen.«

Aus diesem Grunde, bemerkte Fox, werde es empfehlens-wert sein, daß er ins Gasthaus übersiedelte. War der Herr Pfarrer nicht auch dieser Meinung?

»Wenn ich nur wüßte, was Sie hinter der Mauer zu

suchen haben!« rief jener und schlug mit der Hand auf den Tisch.

Fox hatte diese Frage erwartet. »Du lieber Himmel«, sagte er, »man hat nicht alle Tage Gelegenheit, des Teufels Großmutter persönlich kennenzulernen.«

Dazu wünschte ihm der geistliche Herr viel Vergnügen. Fox erfaßte wieder einmal den richtigen Augenblick und sagte kopfschüttelnd, er könne noch immer nicht ganz begreifen, daß der Pfarrer wegen eines längst erledigten Prozesses und einiger Meinungsverschiedenheiten einen solchen Dauerzorn auf die Dame hatte. Man mußte doch wohl annehmen, daß eine Frau, die sich in diese ländliche, und zwar schöne, aber doch tiefe Einsamkeit zurückzog und – soviel er gehört hatte – ihr Haus fast nie verließ, ein recht harmloses Dasein führte. Vermutlich war sie Witwe?

»Meinungsverschiedenheit!« rief aber Herr Malon. »Harmlos!«

Und nun entlud er sich. Jawohl, Lady Margaret war Witwe. Er kannte ihre Personalien aus dem Prozeß. In England geboren, hatte sie einen englischen Diplomaten geheiratet, der zuletzt Konsul im Orient gewesen und dort in jungen Jahren gestorben war. Dann kam eine Zeit, über die sie deutlich geschwiegen hatte, nämlich eine zweite Ehe mit einem Türken oder Araber oder Ägypter – Herr Malon wußte darüber leider nichts Näheres, es war ein dunkler Punkt, jedenfalls ziemlich heidnisch, sozusagen ein gähnender Abgrund; irgendwie jedoch war sie wieder herausgekommen und hatte in dritter Ehe Sir Robert Richmond geheiratet, einen sehr reichen und wohl etwas verrückten Engländer, der sich kurz nach der Hochzeit in das alte Haus von Tassy verliebte, es kaufte, instand setzen ließ und alsbald ebenfalls starb. Natürlich hatte Sir Robert noch andere Besitzungen gehabt, das durfte man als gewiß annehmen, aber seine Witwe machte davon keinen Gebrauch, sondern hier war sie und hier blieb sie und war so böse, daß sie ihre Mauerecke wiederaufbauen ließ.

Es glückte Fox gerade noch, um diese Mauerecke herumzusteuern, sonst wäre man wieder in den Prozeß geraten und hätte alle Instanzen durchlebt. Sah man die Dame denn niemals?

Eigentlich nicht. Sie hatte zwar ein Auto, und zwar jedes Jahr ein neues. Aber wenn sie wegfuhr, was übrigens nicht oft geschah, zog sie die Vorhänge zu. Früher war das nicht geschehen, jedoch seit dem Prozeß – da zeigte sich eben, wer ein schlechtes Gewissen hatte.

»Und das Personal?«

Ein Dienstmädchen, dann noch eine andere Frauensperson, die wohl verschiedene Aufgaben zu erfüllen hatte. Weiter?

Nur noch Madame.

War das nicht etwas wenig für ein so großes Haus?

Es blieb ihr ja niemand. Zudem war der Pfarrer überzeugt, daß drei verrückte Frauenzimmer auch für das größte Haus vollauf genügten.

Verrückt, wie sollte man das verstehen?

Nun, vielleicht nicht geradezu verrückt, aber stumm. Denn manchmal mußten sie ja im Dorf Einkäufe machen, der Mensch braucht Brot und Milch, auch wenn

sie alles andere in Orleans holten. Aber bei diesen Ein-
käufen waren sie stumm, so gut wie stumm, sie sprachen
nur das Notwendigste und vermieden jede Berührung
mit den Dorfbewohnern.

Kam denn niemals Besuch von auswärts?

O ja, ziemlich oft sogar. Weil aber Tassy nicht an der
Bahn lag, wurde dieser Besuch mit dem Auto abgeholt,
man sah ihn nicht.

Wie sonderbar – was trieben die Leute eigentlich?

»Ich will es Ihnen sagen«, antwortete Herr Malon und
beugte sich vor, »sie treiben das, was man früher die
Schwarze Kunst nannte!«

VI

Das alte und in seiner Form recht schöne Landhaus von Lady Margaret Richmond hatte im ersten Stock, und zwar in der Mitte der Front, ein Zimmer, das durch einen Erker besonders eindrucksvoll war. In diesem Erker stand ein Tisch, an dem Lady Margaret zu frühstücken pflegte. Von hier aus konnte sie hinab und den Weg entlang blicken, der, von Büschen und Bäumen begleitet, geradeaus zu dem Gittertor in der Parkmauer führte. Die Morgensonne schien noch ungehindert durch die alten Wipfel und die großen Fenster, deren Glasvierecke durch schmale Bleibänder zusammengehalten wurden, sie ließ das Goldbraun des getäfelten Fußbodens, die wenigen, aber ausgesuchten Möbel und die Pastellfarben der Wandbespannung aufleuchten, die recht graziöse Chinoiserien zeigte.

Sir Robert hatte sich die stilechte Instandsetzung des Hauses etwas kosten lassen, und dann war er gestorben.

Lady Margaret also saß am Frühstückstisch, und Barbe das Zimmermädchen, war eben damit beschäftigt, den breiten, hellen Flur aufzuwischen, der, wie dies in alten und mit herrlicher Raumverschwendung gebauten Häusern so ist, an den Stubentüren entlanglief. Barbe war übrigens nicht das, was man sich gemeinhin unter einem Zimmermädchen vorzustellen pflegt, sondern eine knochige Französin in jenem Alter, in dem die Frauen gefährlich werden, und sie hatte einen dunklen Schatten auf der Oberlippe. Gerade als sie einmal den Putzlumpen vom Schrubber nahm, um ihn im Eimer auszuspülen, hörte sie, daß Lady Margaret im Frühstückszimmer klingelte. Sie wischte sich die Hände an der Schürze ab und steckte den Kopf zur Tür hinein.

»Barbe!« sagte Madame. »Im Garten ist ein Mann!«

»Was für ein Mann?« fragte Barbe stirnrunzelnd.

»Ein fremder Mann! Wie kommt der hier herein, und was will er?«

»Ich werde nachsehen!« sagte Barbe und ging hinunter, in der Küche nahm sie das Beil mit, vielleicht brauchte sie es, um besser zu sehen.

Tatsächlich, ein Mann. Er ging unter den Bäumen herum, betrachtete dies und das und besonders das Haus.

»He, Sie!« rief Barbe. »Was tun Sie da?«

Er grüßte und kam sichtlich erfreut heran. »Eigentlich tue ich nichts«, antwortete er, »aber ich möchte etwas tun, nämlich Madame Richmond besuchen.«

»Wie kommen Sie hier herein?«

»Durch das Tor«, sagte er, »ein anderer Eingang war nicht zu finden.«

»Das Tor ist geschlossen.«

»Es ist offen«, erwiderte er, »Sie können selbst hingehen und sich davon überzeugen.«

»Und weshalb laufen Sie dann hier herum, statt ins Haus
zu kommen?«

»Ja, sehen Sie«, sagte er, »die Haustür war nun wirklich
verschlossen, eine Klingel scheint es nicht zu geben, ich
habe geklopft, aber niemand hörte. Ein schöner Morgen,
nicht wahr? Wie wunderbar die Amseln singen! Kann ich
Ihnen beim Holzhacken behilflich sein? Das tue ich nämlich sehr gern, aber erst möchte ich Lady Margaret besuchen.«

»Madame ist nicht zu sprechen.«

»Doch, doch«, sagte er mit überzeugender Sanftheit. »Sie wartet sogar auf mich, denn sonst wären Sie ja nicht von ihr heruntergeschickt worden.«

Gegenüber dieser Logik wurde Barbe deutlich unsicher. »Aber Fräulein Catherine ist nicht da . . .«, sagte sie.

»Natürlich nicht, denn sie ist vorhin nach Blois oder Orleans zum Einkaufen gefahren, ich habe ihr nach-gewinkt.«

»Ja, dann«, sagte Barbe und ließ ihn eintreten, er nickte ihr wohlwollend zu. Hinter der Tür war eine hübsche Halle, mit roten und weißen Fliesen ausgelegt, von der zu beiden Seiten schön geschwungene Treppen in den ersten Stock hinaufführten. Droben angekommen, öff-nete Barbe einfach die Tür zum Frühstückszimmer und ließ ihn eintreten.

Ein ungewöhnlich schönes Bild: dieser große, harmo-nische Raum voll Sonnenschein, Farben und schimmern-den Farbspiegelungen, und vor den hohen Fenstern, die fast bis zum Fußboden reichten, der hellblaue Frühlings-himmel hinter den Baumkronen.

Unbestreitbar hatte die Dame, die am Tisch saß und ihm ohne besonderes Wohlwollen entgegenblickte, etwas Un-gewöhnliches. Sie mochte Mitte der Fünfzig sein. Ihr mehr weißes als graues Haar war so frisiert, daß das ohnehin schmale Gesicht noch schmaler wurde. Dieses Gesicht war von der Farbe alten Elfenbeins und seltsam durch so dunkle Augen, daß man sie fast schwarz nennen konnte.

Ohne sich von der Tür zu entfernen, sagte Fox mit der

höflichsten Verbeugung: »Es ist nicht meine Schuld, Mylady, daß man mich so formlos hier hereinschiebt, ich bitte um Verzeihung. Mein Name ist Reineke, Doktor Reineke.«

Lady Margaret hatte eine Art, wortlos auf Weiteres zu warten, die manchen unsicher gemacht hätte.

»Sie wünschen zu wissen, weshalb ich Sie störe. Mit Bestimmtheit kann ich Ihnen das nicht angeben – aber vielleicht haben Sie die Freundlichkeit, diesen Brief zu lesen.« Er zog Helferings Empfehlungsschreiben aus der Tasche, und jetzt mußte er freilich das Zimmer durchqueren, um es ihr zu überreichen.

Sie schüttelte den Kopf. »Das ist Deutsch, wollen Sie es mir übersetzen.«

Er tat es.

»Bitte nehmen Sie Platz«, sagte Lady Margaret. »Ich weiß aber nicht, ob ich Ihnen behilflich sein kann, wie es in diesem Brief gewünscht wird.«

»Ich wollte mich Ihnen damit nur vorstellen«, bemerkte Fox und setzte sich, »falls Sie befürchteten, daß ich von einer Versicherung komme oder Schuhlitzen verkaufen möchte.«

»Ich habe das nicht angenommen.«

»Danke sehr, Sie helfen mir schon durch diese freundliche Bemerkung.« Er lächelte, war unendlich wohlerzogen, es bereitete ihm großen Genuß, wieder einmal Komödie spielen zu dürfen, und er spürte, wie gut es ihm gelang. Während er ihr erklärte, wie er, ohne es recht eigentlich zu beabsichtigen, auf einem kleinen Ausflug, der ihn von Paris nach der Dordogne führen sollte, hierhergekommen war, dachte er darüber nach, daß der unverwandte Blick dermaßen dunkler Augen doch stets etwas Fesselndes habe; blaue oder braune ließen in die Hintergründe blicken, dunkle nicht.

»Ist es mein Haus oder der Garten, der Sie neugierig macht?«

»Ich konnte nicht ahnen, daß es so wunderbar eingerichtet ist.«

»Sie dürfen sich durch diesen Raum nicht täuschen lassen. Die übrigen Zimmer sehen ganz bürgerlich aus, denn in einem Museum kann man auf die Dauer nicht leben, es wäre zu mühsam. Nur eben um diese Stunde liebe ich es, so zu tun, als wären die letzten dreihundert Jahre wesenlos. Ist es nicht ein zauberhafter Gedanke: die Zeit unwirksam zu machen? Sich vorzustellen, daß man unter Ludwig dem Vierzehnten oder Fünfzehnten lebt, dazu gehört nicht viel Einbildungskraft.«

»Trotzdem würden wir uns vermutlich sehr bald in die Gegenwart zurückwünschen, so gefährlich sie ist«, erwiderte Fox. »Aber damals war es eben in anderer Weise gefährlich. Die Menschheit versteht es ausgezeichnet, sich jeweils ihr Dasein so gut wie möglich zu verderben.«

Dazu lächelte Lady Margaret, es war das erstemal, die Bemerkung schien ihren Beifall zu finden. Fox spann diesen Faden mit leichter Geschicklichkeit weiter, sprach von der großen Welt und den Vorzügen der Einsamkeit und fand in der Dame des Hauses eine Zuhörerin, die hin und wieder eine Bemerkung einwarf, im übrigen jedoch zurückhaltend blieb. Es wollte ihm nicht ge-

lingen, den Punkt zu finden, über den man ihr näherkommen konnte.

Diese seine vergeblichen Bemühungen waren um so
ärgerlicher, weil er dabei besonders liebenswürdig bleiben
mußte. Daß er jedoch etwas recht Naheliegendes übersehen hatte, zeigte sich ganz plötzlich. Bei Gelegenheit
und ziemlich gleichgültig fragte Lady Margaret, ob er
in der Dordogne bestimmte Aufgaben habe. Aufgaben,
erwiderte er, könne man es kaum nennen. Die Felsbilder in den dortigen Höhlen, viele tausend Jahre alt,
waren freilich auch heute noch in mancher Beziehung
rätselhaft genug – hier kam ihm die gute Idee –, und
vor allem müsse er sich wundern, daß offenbar noch nie
der Versuch gemacht worden war, das Magische in ihnen
genauer zu analysieren. Denn zweifellos hingen ja die
meisten mit einem Zauberglauben zusammen, den man
bisher aber mehr festgestellt als untersucht hatte.

Er sah an den dunklen Augen und daran, wie sie teil-
nehmender wurden, daß er jetzt vermutlich auf dem
richtigen Wege war, und dachte an die Mitteilungen des
Pfarrers.

»Davon allerdings sollte man mehr wissen«, sagte Lady
Margaret. »Ich glaube, das ist sehr interessant und
wichtig.«

»Zumal für Sie!« antwortete er.

»Für mich?«

Fox entwickelte mehr kühn als wissenschaftlich die Meinung, daß auch hier, in der Gegend von Tassy, noch dergleichen Dinge zu finden sein könnten, und er sparte dabei nicht mit Fachausdrücken. War denn nicht die große

Wallfahrtskirche auf dem Hügel, der die Gegend beherrschte, ein Hinweis, daß jener Hügel seit Urzeiten als kultischer Mittelpunkt galt ? Das Christentum hatte viele solcher Kultstätten übernommen – welche tiefen Zusammenhänge ließen sich da ahnen.

Jetzt wurde das seltsame Elfenbeingesicht lebhafter.

»Sie haben nicht die Absicht, länger in Tassy zu bleiben ?«

»Eigentlich nicht.«

»Das ist schade. Ich wäre Ihnen dankbar, wenn Sie mir noch mehr von diesen Dingen erzählen würden. Es ist keineswegs nur Neugier, obwohl auch die natürlich mitspielt, aber ich habe außerdem bestimmte Gründe, mich dafür zu interessieren.«

Fox dachte nach. Er tat es wirklich, es war nicht nur Komödie. Denn jetzt oder nie ging die erste Tür auf. »Ich hatte diese kleine Reise freilich als eine Art Urlaub gedacht«, sagte er, »ich meine damit, daß ich nicht an eine bestimmte Zeit gebunden bin.«

»Wo wohnen Sie ?«

»In Paris.«

»Nein, hier ?«

»Im Gasthaus, und ich bin dort so gut aufgehoben, daß ich schon daran dachte, ob ich nicht gelegentlich wieder herkommen sollte.« Er fügte hinzu : »Vielleicht mit meiner Frau.« Das war eine seiner unverschämten Improvisationen, sie kam aber nicht nur aus der Eingebung des Augenblicks, sondern auch aus der Überlegung, daß ein Mann in Begleitung seiner Frau stets vertrauenerweckender wirkt.

»Um so besser«, sagte Lady Margaret. »Wenn es Ihnen

also nicht eilt, würde ich mich freuen, mehr von diesen Dingen zu hören. Wollen Sie heute mit uns zu Abend essen ? Sie werden bei dieser Gelegenheit meine Freundin Catherine kennenlernen, die sich um unsere Wirtschaft kümmert – übrigens ein wahrhaft bewundernswerter Mensch.« Sie klingelte. »Barbe! Gib dem Herrn nachher einen Torschlüssel, er wird uns heute abend wieder besuchen.«

Fox verabschiedete sich sehr zufrieden. Aber des Teufels Großmutter hatte er sich doch ein wenig anders vorgestellt.

Im Gasthaus angekommen, machte er einen Wachsabdruck des Torschlüssels, verpackte ihn liebevoll und schickte ihn an Yvonne: Das Wetter und die Gegend seien hier so angenehm, die Unterkunft sei so gut und die Fortschritte seiner Angelegenheit so gering und langsam, daß er herzliche Sehnsucht nach Gesellschaft habe; vielleicht würde er sie eines nicht zu fernen Tages bitten, nach Tassy zu kommen, jedenfalls hoffe er, daß sie Paris nicht verlassen werde, ehe sie Weiteres von ihm gehört habe; einstweilen möge sie so gut sein, nach dem beiliegenden Abdruck zwei Schlüssel anfertigen zu lassen und diese für ihn aufzuheben.

Nach dem Mittagessen wanderte er zur Wallfahrtskirche hinauf; dort setzte er sich in die Sonne und betrachtete mit einem Fernglas die Gegend, wobei er den ummauerten Park und seine Einzelheiten, soweit sie von hier oben zu erkennen waren, nicht vergaß. Das schien ihm großes

Vergnügen zu machen, er verbrachte den ganzen Nachmittag damit, hätte freilich auch das Innere der Kirche
gern nochmals besichtigt und einen der Türme bestiegen,
aber das Portal war verschlossen. Nun, dies eilte vorerst
nicht. Erst bei Sonnenuntergang ging er wieder in das
Dörfchen hinunter, zog sich um und folgte der Einladung
Lady Margarets.

Während er noch das Parktor hinter sich zuschloß und
dabei dachte, wie unbequem dies war und weshalb man
nicht schon vor einigen hundert Jahren ein Pförtchen
daneben angebracht hatte, was doch sonst allgemein
üblich war, verließ jemand das Haus und kam ihm auf
dem Einfahrtsweg entgegen, der breit und von Unkraut
überwuchert war, wie hier alles. Ein weibliches Wesen,
eher klein als groß und ziemlich rund.

Besonders rund, das sah er alsbald, war das Gesicht, und
zwar nicht nur wegen des Bauernkopftuchs, das dieses
Wesen umgebunden hatte, sondern überhaupt und von
Natur aus. Der Nasenkopf bildete den Mittelpunkt eines
blassen, schwammigen Tellers, in dem es nichts Bemerkenswertes gab als die Augen, die zwar hell blaugrau,
dabei aber doch von einer seltsamen Farblosigkeit waren
und zunächst an die eines toten Fisches erinnerten.

»Ich bin Catherine«, sagte das Wesen, »und wollte gerade
nachsehen, ob Sie wohl kommen, denn wir essen immer
sehr pünktlich.«

Fox hörte, daß Französisch ihre Muttersprache sein
mußte. »Ich glaube, mich keine Minute verspätet zu
haben, Madame«, sagte er und blickte in diese merkwürdigen Augen, deren Pupillen so klein waren, als seien

sie mit einer Stricknadel in die helle Farblosigkeit der Iris gestochen. Er dachte, daß er noch nie derart unangenehme und dabei doch faszinierende Augen gesehen habe. Diese Catherine sah jemandem ähnlich, dessen Photographie er kannte, aber es fiel ihm nicht ein, wer das war. Offenbar erwartete sie nicht, daß er ihr die Hand gab, sondern hielt die ihren unter dem breiten schwarzen Wollschal, den sie umgelegt hatte, und das war ihm lieb, es hätte ihn Überwindung gekostet – wie soll man einen toten Fisch anfassen? Natürlich war das Unsinn. Aber Fox kannte diese Augenblicke, in denen

das instinktive Gefühl stärker war als ein vernünftiges Benehmen. Wenn ich ihr ebenso zuwider bin wie sie mir, dachte er, wird es wohl eine beispiellos herzliche Freundschaft geben. Daß sie mich zum Teufel wünscht, steht jedenfalls fest. Wir müssen das ändern.

»Ich hoffe, mein Besuch stört Ihre Hausordnung nicht allzusehr«, sagte er mit seinem strahlendsten und liebenswürdigsten Lächeln. »Menschen, die so sehr an Einsamkeit gewöhnt sind wie die Bewohner dieses ehrwürdigen und schönen Hauses, empfinden einen Fremden wohl immer als unwillkommenen Eindringling.«

»Wir leben hier durchaus nicht so einsam, wie Sie glauben«, antwortete Catherine. Inzwischen hatte man die Haustür erreicht, sie legte die Hand auf die Klinke, aber bevor sie öffnete, sagte sie noch: »Nur leben wir in einer anderen Welt, die von der übrigen getrennt ist.«

»Durch eine hohe Parkmauer, ja.«

»Oh, es gibt noch viel höhere Mauern, aber die meisten wissen das nicht.«

Lady Margaret empfing ihn in einem Raum, der wohl Eß- und Wohnzimmer zugleich war und in seinen schönen Maßen zwar dem ähnelte, den Fox morgens kennengelernt hatte, sich von jenem aber freilich dadurch unterschied, daß er mit gewöhnlichen Alltagsmöbeln ausgestattet war.

Über dem Tisch, der, zum Essen gedeckt, in der Mitte stand, verbreitete ein Kristallkronleuchter ein nüchternes und nur leidlich helles Licht. Das Ganze war, verglichen mit dem Eindruck des Vormittags, ein wenig enttäuschend, in dem großen Kamin jedoch glühte ein stattlicher Haufen von Holzscheiten und strahlte einen warmen rötlichen Schimmer aus, der alles freundlicher machte.

Noch ehe man sich setzte, gab Lady Margaret ihrem Gast einen alten Zeitungsausschnitt, den sie für ihn herausgesucht hatte, weil er einiges Wissenswerte über Funde – angeblich aus der Eiszeit – enthielt, die in der Umgegend gemacht worden waren. Dadurch kam das Gespräch sofort auf dieses ihm willkommene Thema, er sorgte dafür, daß es immer lebhafter wurde, allerdings redeten zunächst nur er und Lady Margaret, Catherine beschränkte sich darauf, zuzuhören und den jeweiligen Sprecher mit ihren starren Augen anzusehen.

Nach kurzem erreichte Fox den Punkt, von dem er bereits wußte, daß er die Dame des Hauses fesselte, nämlich jene prähistorischen Reste, die auf Religiöses oder Zauberei oder Magie hinzudeuten schienen, und schüttelte dabei Meinungen und Theorien aus dem Ärmel, die phantastisch genug waren – ein Glück, daß Professor Helfering diese halsbrecherischen Seiltänzereien seines Schülers nicht hörte, aber Fox machte sich kein Gewissen daraus, denn er spürte, wie es ihm gelang, die Aufmerksamkeit seiner beiden seltsamen Zuhörer zu fesseln. Als er eine mit besonders kühnen Schlüssen gestützte Kurve hinter sich hatte, fragte Catherine plötzlich:

»Woher wissen Sie das alles?« Ihre Stimme schnitt das laufende Band glatt durch.

»Wissen!« sagte Fox, verblüffter, als er zeigen wollte. »Ich weiß es freilich nicht. Aber man muß sich ein Bild machen, und ich finde, das Bild ist gar nicht so übel, oder?«

»Seien Sie vorsichtig!« erwiderte Catherine, und zum erstenmal war in dem blassen, runden Schwammgesicht eine Art Lächeln, allerdings ein sehr eigenartiges.

»Natürlich kann ich mich irren, aber –«

»Es ist nicht deshalb«, sagte sie und warf Lady Margaret einen Blick zu. »Ich glaube übrigens nicht, daß Sie sich irren. Nur – wir sind hier auf einem besonderen Boden, ich muß Ihnen das mitteilen. Sie sprechen von Vorgeschichtlichem, von Dingen, die vielleicht ein Jahrzehntausend oder noch mehr zurückliegen. Das mag schon sein. Aber Sie sprechen davon, als wäre es tot und vergangen!« Er hielt es für gut, sie fragend anzusehen.

»Sind Sie nicht auch der Meinung«, sagte Catherine, »daß unsere Gegend sich trotz dieser langen Zeit nur wenig verändert hat?«

»Das mag wohl sein.«

»Daß der Boden der gleiche geblieben ist?«

»Sicher . . .«

»Also wird es wohl auch noch dieselben Kräfte wie damals geben, und deshalb, sage ich, sollte man vorsichtig sein. Sie, Monsieur, scheinen die Fähigkeit zu haben, diese Kräfte in einem besonderen Maße zu erleben.« Catherine brachte das mit einer verhaltenen Leidenschaftlichkeit vor, die man ihr nicht zugetraut hatte, und ihre Augen, die unverwandt auf ihn gerichtet waren, bekamen dabei etwas so Fanatisches, daß er fast erschrak.

»Catherine . . .«, sagte Lady Margaret.

»Sei still!« rief aber Catherine heftig und böse und noch viel fanatischer. Fox war von diesem Ton aufs unangenehmste berührt, mit einem Schlag wußte er, wer hier eigentlich Herr im Haus war, und begann nun auch zu ahnen, was hier gespielt wurde.

Man sah, daß Lady Margaret, furchtsam genug, nach einem Wort suchte, um diesem kurzen, aber blitzgrellen Ausbruch seine Bedeutsamkeit zu nehmen.

Aber in diesem Augenblick geschah etwas. Durch den schweren Eßtisch, an dem sechs Leute reichlich Platz gehabt hätten, ging ein berstender Knall, so daß sie alle zusammenfuhren.

In die betretene Stille, die darauf folgte, sagte Catherine mit einem Achselzucken und überraschend ruhig: »Ah – voilà!«, und sie machte eine Kopfbewegung, die ergänzend andeutete: Das war ja zu erwarten!

Lady Margaret hatte ihre Hände auf dem Tisch ineinandergelegt und spielte nervös mit den Fingern, offensichtlich wußte sie nicht, wie sie sich verhalten sollte.

Fox konnte nichts Besseres tun als schweigen.

Catherine, die nach den beiden Explosionen, nämlich der ihren und der des Tisches, nun die Peinlichkeit der Lage doppelt empfinden mochte, begann als erste zu sprechen.

»Ich glaube nicht, Monsieur«, sagte sie, »daß Sie der Zufall in dieses Haus geführt hat.«

»Einverstanden!« sagte Fox aufmerksam.

»Sie haben uns mitgeteilt, wie sehr Sie sich für okkulte Dinge interessieren, und ich vermute, daß Sie selbst erhebliche mediale Fähigkeiten besitzen, vielleicht ohne es zu wissen.«

Fox überlegte einen Atemzug lang, dann sagte er mit einem gelassenen Lächeln: »Nehmen Sie getrost an, daß ich es weiß.« Zum zweitenmal an diesem Tag spürte er, daß er jetzt große Komödie spielen mußte, und seine Vorliebe dafür ließ ihn hellwach werden. Noch mehr: er mußte va banque spielen, denn jetzt plötzlich war die Gelegenheit da, einen Blick in das Geheimnis dieses Hauses zu tun.

Auf seine Worte hin ging eine merkwürdige Veränderung mit Catherine vor. Der blasse, runde Schwamm ihres Gesichts erschlaffte, die Augen verloren jede Angriffslust und wurden matt und farblos wie vorher, sie machte im Sitzen eine kleine Verneigung und sagte: »Ich habe etwas dergleichen geahnt, als ich Sie sah. Die Unsichtbaren wissen, wen sie zusammenführen, und die Ereignisse sind eine wunderbare Kette der Weisheit.«

Hoffen wir, daß du recht hast! dachte Fox und erwiderte mit respektvollem Ernst: »Nehmen wir an, daß die Fügung es so bestimmt hat.«

Lady Margaret spielte nicht mehr mit den Fingern, sie saß ganz ergeben da und sah aus wie ein Schaf.

»Sie wissen aber«, fuhr er milde und etwas weniger feierlich fort, »daß man nichts gewaltsam unternehmen darf. Es steht nicht in unserer Macht, jene seltenen Augenblicke herbeizuzwingen, in denen sich der Vorhang teilt. Erlauben Sie, daß ich mich für eine Minute der Sammlung an den Kamin zurückziehe.« Denn es geht nur mit Unverschämtheit, dachte er, stand auf, setzte sich in die rötlichgoldene Dämmerung vor dem Kamin und spielte Versenkung.

Die beiden Frauen, mit der deutlichsten Hochachtung vor seiner Meditation, störten ihn nicht, sondern began-

nen möglichst geräuschlos den Tisch abzudecken, offenbar waren sie der Meinung, daß diese überirdische Stunde
nicht durch Barbes grobknochige Erscheinung entweiht
werden dürfe.

Fox wußte recht genau, daß sein Profil vor der stillen
Kaminglut einen guten Eindruck machen mußte und
nahm sich Zeit, das Bild gehörig wirken zu lassen. Er
hatte genug zu denken.

So war dies also! Lady Margaret: sonst eine gewiß nicht
dumme Frau, im Schlepptau einer fanatischen Spiritistin,
die ihr an Energie weit überlegen war. Nun, jeder Mensch
hat irgendwo einen schwachen Punkt, und je abseitiger
dieser Punkt ist, desto schwächer pflegt er zu sein.
Catherine: vermutlich keine Betrügerin, aber jenen
dunklen Mächten verfallen, an die sie glaubte und die
für sie deshalb wirklich vorhanden waren, denn der
Glaube versetzt nicht nur Berge, er macht sie auch. Und
sie sprach von den Unsichtbaren ... Fox lächelte innerlich! Auch er dachte an Unsichtbare, freilich an andere,
die nicht in Eßtischen knallten, sondern die Elgin und
Ali lautlos aus der Welt geschafft hatten – er hatte in der
Zwischenzeit noch weitere, ganz gleiche Fälle in den
Akten der Pariser Polizei entdeckt und sich eine bestimmte Meinung gebildet. Völlig ungeklärt war jedoch,
ob und wie Catherine, Lady Margaret und dieses alte
Haus mit jenen Unsichtbaren zusammenhingen. Die sehr
schwachen Spuren, denen er hierher gefolgt war, führten
nur bis an die Tür. Mir scheint aber, dachte er, daß es
sich lohnen wird, dieses Abenteuer noch weiter zu verfolgen, oh, vielleicht lohnt es sich sehr bald, die Vorsehung

jedenfalls steht auf meiner Seite, sonst hätte sie nicht im richtigen Augenblick die alte Tischplatte zerrissen.

Er sah hinüber und bemerkte, daß Catherine eben das Tischtuch weggenommen hatte. Lady Margaret war hinausgegangen. Fox stand auf, betrachtete dies und jenes und besonders die Holzplatte, sie war dick und massiv und zeigte nicht den kleinsten Sprung. Das wollte freilich nichts heißen. Catherine faßte seinen Blick falsch auf und erlaubte sich die Bemerkung: »Gewöhnlich arbeiten wir mit dem kleinen Tisch dort vor dem Kamin.«

Er nickte, als verstünde sich das von selbst, aber ihr Ton behagte ihm keineswegs. Also sagte er: »Mein liebes Fräulein Catherine, wir wollen nicht vergessen, daß man dergleichen Dingen ihre Außerordentlichkeit lassen und sie nicht in den Alltag herabwürdigen soll. Ein Uneingeweihter könnte behaupten, daß ein alter Tisch knallen darf, wann und wo er will, dabei ist nichts Übernatürliches. Ich hoffe, daß ich bald Gelegenheit haben werde, mit Ihnen ausführlicher darüber zu sprechen. Alle Dinge haben ihren besonderen Willen.«

Er war der Meinung, damit dem Programm des Abends eine wesentlich andere und harmlosere Richtung gegeben zu haben. Aber Catherines Antwort brachte bereits wieder etwas Überraschendes. »Gewiß!« sagte sie ergeben und sah mit einer leeren Bewunderung zu ihm auf. »Genau das erklärt auch immer der Meister.«

»Es versteht sich von selbst«, erwiderte Fox und hielt ihre Augen mit den seinen fest. »Wie glücklich sind Sie aber, Mademoiselle, den großen Weg an der Hand eines Wissenden gehen zu dürfen!«

»Wir sind auch dankbar dafür«, antwortete Catherine.
»Nur schade, daß Herr Professor Garrot so selten kommt.
Würden Sie mich für eine Minute entschuldigen?«
Er nickte ihr zu, setzte sich wieder ans Feuer, zwischen
seinen Brauen war eine tiefe Falte. Garrot? Fox hatte
keine Verbindung mit den Kreisen, die Spiritismus und
dergleichen Dinge trieben. Er hielt wenig, fast nichts
davon und war vor allem der Meinung, daß der Mensch
kein Recht habe, sich an jenen Dunkelheiten zu ver-
greifen, die eine tiefe Weisheit über vieles breitet. Aber
jetzt bedauerte er seine Unkenntnis, freilich aus Gründen, die mit Geistern in einem nur sehr losen Zusammenhang standen. Garrot? Der Name war ihm schon einmal
begegnet, und zwar nicht so, wie tausend andere Namen
bedeutungslos vorübergleiten. Er deckte die Hand über
die Augen. Garrot? Er hatte das Wort nicht gehört,
sondern gelesen, also gesehen. In Schreibmaschinen-
schrift. In einem Brief? Nein. In ... oh, in einem Akt,
einem Polizeibericht, ohne besondere Wichtigkeit, nebenbei erwähnt, und zwar –
Lady Margaret trat ein, hinter ihr Catherine, die Tee
brachte und die gefüllten Tassen auf den kleinen runden
Tisch vor dem Kamin stellte; sie drehte auch die Lampe
an, die auf dem Kaminsims stand.
»Ich weiß nicht, ob Sie heute schon die Zeitung gelesen
haben«, sagte Lady Margaret, »für uns ist dies nämlich
die Stunde, in der wir es zu tun pflegen, und ich hoffe,
es kränkt Sie nicht, wenn wir auch heute dabei bleiben?
Je einsamer man lebt, desto konservativer wird man in
seinen Gewohnheiten.« Sie lächelte entschuldigend. »Ich

141

vermute, daß hier schon die Rentierjäger abends ihre Zeitung gelesen haben.«

»Es ist mir nur lieb«, antwortete Fox. »Ehe ich es aber vergesse, Madame: Da ich mich wahrscheinlich doch nicht so schnell von dieser Gegend trennen kann – würden Sie erlauben, daß ich gelegentlich Ihren Park besuche, auch ohne Ihnen immer meine Aufwartung zu machen? Ich möchte Sie keinesfalls stören.«

»Weshalb nicht? Wir sind freilich nicht darauf eingerichtet, Sie werden finden, daß der Park sehr verwildert ist. Ich selbst mache wenig Gebrauch von ihm, seit mir vor einigen Jahren das Vergnügen durch einen höchst unnötigen Prozeß verdorben worden ist, an den ich nicht gern erinnert werde.«

Fox bedankte sich für die Erlaubnis und nahm das Zeitungsblatt, das sie ihm reichte. Das erste, was er sah, war, daß gestern die Parlamentswahlen stattgefunden hatten, das zweite, daß Herr Anquetil junior einen Sitz bekommen hatte. Ohne weiterzulesen, geriet er ins Nachdenken. Anquetil würde also demnächst in Paris sein und seinem politischen Ehrgeiz die Zügel schießen lassen. Die Führung der Handelsdelegation war für ihn vorteilhaft gewesen. Ein Mensch, dachte Fox, der es versteht, alles zu seinem Vorteil auszuwerten – nun, das ist an und für sich wohl kaum ein Fehler, und jeder lebt nach seinen Neigungen, nur der Geschmack ist verschieden. Ich werde ihn bei nächster Gelegenheit aufsuchen und dabei selbstverständlich erfahren, daß man von dem Mörder des armen Ali noch immer keine Spur gefunden hat.

Er spann seine Gedanken weiter, sie kamen in bestimmte

142

Bahnen, freilich auch zu Fragen, auf die es im Augenblick noch keine Antwort gab. Er hatte wohl recht lange gegrübelt. Lady Margaret faltete ihre Zeitung zusammen. »Sie müssen wissen«, sagte sie, an das vorige Gespräch anknüpfend, »daß dieses ganze Anwesen, als Sir Robert es kaufte, in einem unbeschreiblich verkommenen Zustand war, zunächst mußte das Haus in Ordnung gebracht werden, und dann starb er. Mich auch noch um den Park zu kümmern ging einfach über meine Kräfte, und so blieb alles beim alten. Man gewöhnt sich aber daran, und heute ist mir der Gedanke eigentlich zuwider, an Stelle der schönen Wildnis vor einer wohlfrisierten Sehenswürdigkeit zu stehen. Die Natur tut, was ihr entspricht, und ich weiß nicht, ob wir ein Recht haben, sie daran zu hindern.«

»Wie kamen Sie überhaupt zu dem Kauf? Ich meine, es ist wohl etwas ungewöhnlich, in dieser Gegend ... weitab von den Annehmlichkeiten des heutigen Lebens ...«

Lady Margaret zögerte einen Augenblick.

»Es wurde Sir Robert dringend empfohlen«, sagte Catherine, ohne auf eine mißbilligende Kopfbewegung ihrer Freundin zu achten. »Denn zunächst war er es, der mit den geistigen Mächten in Verbindung stand, und sie nannten ihm den Namen.«

»Der Ortschaft?«

»Ja, es wurde ihm versprochen, daß sein Wunsch, Einblick in höhere Welten zu erlangen, hier erfüllt werden würde. In uns dürfen Sie nur die Erben dieses Wunsches erblicken.«

Fox war der stillen Meinung, daß Sir Robert zu diesem

Einblick in höhere Welten ziemlich schnell gekommen sei, immerhin hatte das Orakel auch hier das Richtige getroffen.

Die Uhr schlug neun, Catherine räumte die Zeitungen und das Teegeschirr weg und setzte sich wieder.

»Es wird Sie vielleicht befremden«, sagte Lady Margaret, wenn auch nicht ohne eine gewisse Verlegenheit, »aber dies ist von jeher die Stunde, in der wir unsere Weisungen entgegennehmen, und wir müssen sie innehalten.«

Sie legte die Hände auf das Tischchen, dasselbe tat Catherine; Fox sah ein, daß er die Kette schließen müsse. Er tat es, ohne eine Miene zu verziehen. Also Tischrücken! dachte er und erinnerte sich an ferne Zeiten, in denen er sich einmal vorübergehend für solche Dinge interessiert hatte.

Hinter ihnen glühte das Holz im Kamin, es mußte ein besonderes Bild sein.

Noch ehe die Stimmung allzu konzentriert wurde, vergewisserte er sich mit einem Blick, daß der kleine Tisch nur ein Bein hatte, das sich unten dreiteilte. Ein sehr praktisches Möbel also für höhere Welten. Lady Margaret, die seinen Blick nicht verstand, sagte: »Dies ist der Tisch, den schon mein Mann mit Vorliebe benützte, er hat viel miterlebt.«

»Auch Professor Garrot bevorzugt ihn«, ergänzte Catherine und wollte noch Weiteres erzählen, kam aber nicht mehr dazu, denn in dem Tisch machte sich bereits jenes eigentümliche Ziehen bemerkbar, durch das sein Gleichgewicht bedroht schien, obwohl er sich noch nicht rührte. Es war, als ob ihn jemand von unten her in eine schiefe

Drehbewegung versetzen möchte, ohne vorerst die dazu
nötige Kraft zu haben.

Alsbald jedoch mußte diese Kraft genügen. Der Tisch
neigte sich mit einer Entschiedenheit, die etwas Ver-
blüffendes hatte, und fiel dann mit einem ziemlich harten
Ruck wieder in seine ursprüngliche Stellung zurück.

»Sie sind da!« flüsterte Catherine.

Als aber Catherine das Alphabet langsam herzusagen
begann, um auf diese Weise die Mitteilungen der Unsichtbaren zusammenzubuchstabieren, und damit jedes-
mal von vorn anfing, wenn der klopfende Tisch eine
längere Pause gemacht hatte, fand Fox, daß dies doch

eine recht umständliche Methode für so hochgeistige Dinge sei. Er gab sich ehrliche Mühe, seine Hände ruhig zu halten und jedes Drücken auf die Tischplatte zu vermeiden, und er war überzeugt, daß ihm dies gelang. Aber der geheimnisvolle Tisch konnte wahrscheinlich Gedanken lesen und klopfte das Wort, an das Fox dachte. »Salut!« sagte also der Tisch – eine nicht sonderlich bemerkenswerte, immerhin aber höfliche Offenbarung, mit der man zufrieden sein konnte. Nach einer halben Stunde empfahl sich Fox. Die Mitteilungen aus dem Jenseits, die er hatte mitanhören müssen, waren recht albern gewesen, zum Klopfen schienen nur schwachsinnige Geister abkommandiert zu werden. Er hatte Mühe, seine üble Laune nicht zu zeigen, und nahm ein grenzenlos fades Gefühl mit. Trotz dieser flauen Leere schlief er ungewöhnlich schlecht. In seinem Kopfe buchstabierte es. Garrot ... Garrot ... wer war das?

VII

Sehr früh am Morgen fuhr Fox nach Paris, mit der Absicht, noch vor Sonnenuntergang wieder in Tassy zu sein; vermutlich würde man seine Abwesenheit überhaupt nicht bemerken. So war er bereits in der Stadt, als eben die Büros geöffnet wurden, und da er überall gute Bekannte hatte, machte es keine sonderliche Schwierigkeit, in der Einwohnerkartei nachzusehen, noch ehe der eigentliche Parteiverkehr anfing. Als er sich an die Arbeit machte, hätte er nicht angeben können, weshalb er diesen Professor Garrot gerade in Paris suchte.

Natürlich gab es bei drei Millionen Menschen einen ganzen Stoß von Karten mit dem Namen Garrot. Er ließ sie langsam durch die Finger laufen, und als er ungefähr in der Mitte angelangt war, stutzte er und hielt inne. Auf der Karte »Garrot, Martin« stand die Bleistiftnotiz »Vorname nach eigener Anmeldung Martin, richtig aber wahrscheinlich Mehemed«, und darunter in Klammern eine aus Buchstaben und Ziffern zusammengesetzte Kennzeichnung, in der Fox sofort die Nummer eines Polizeiberichtes erkannte. Der Beamte, dem er die Karte zeigte, schüttelte den Kopf. Nein, die Einwohnerbehörde machte niemals derartige Bleistiftnotizen, das war ausgeschlossen. Eine Polizeinummer? Möglich, er wußte da nicht genau Bescheid.

Fox schrieb sich die Karte ab. Der Mann war in Barcelona geboren, fünfzig Jahre alt, unverheiratet, Professor für Sprachen, wobei man freilich das Wort »professeur« nicht als Titel zu verstehen brauchte. Und während er den Namen Mehemed schrieb, fiel ihm ein, wonach er seit gestern und bisher vergeblich suchte. Es waren noch keine vier Monate her, daß er den Akt mit jener Nummer durchgeblättert hatte – das Schriftstück bezog sich auf einen Fall, der mit gewissen Araberumtrieben im Nordosten der Stadt zusammenhing. Man war damals auf Beziehungen der Verdächtigen zu einem Mehemed Garrot gestoßen und hatte seinen Namen vermerkt, es zeigte sich aber sofort, daß der Mann unbeteiligt war. Daher also die Bleistiftnotiz. Fox atmete auf, sein Gedächtnis ließ ihn nicht im Stich, an dem gestrigen Versagen war wohl der verstimmende Einfluß höherer Welten schuld gewesen.

Freilich hielt er einstweilen noch immer nichts weiter in der Hand als vereinzelte Scherben. Vieles, ja das Wichtigste fehlte, es war auch noch immer möglich, daß sie überhaupt nicht zusammengehörten – genau wie bei einer Ausgrabung, aber dafür war er ja Archäologe, in dieser Hinsicht glichen sich seine beiden Berufe.

Unter der wenigen Post, die er in seiner Wohnung vorfand, war nichts Bemerkenswertes, ausgenommen ein Brief mit dem Stempel Bordeaux, dessen Umschlag eine sonderbar unbeholfene Handschrift zeigte. Er kam von

Leila. Sie teilte ihm mit, daß sie das Glück gehabt habe, nach dem Ablauf ihres Engagements in Marseille sogleich ein neues in Bordeaux zu finden, wo sie bis Pfingsten bleiben würde, um dann voraussichtlich in ihre Heimat zurückzukehren. Nicht ausdrücklich, aber zwischen den Zeilen war zu lesen, daß sie ihm in der bewußten Angelegenheit nichts Neues sagen konnte, man hatte sich wohl überhaupt nicht mehr darum gekümmert. Fox steckte den Brief ein, er wollte ihr demnächst ein paar freundliche Zeilen schreiben.

Nun aber endlich Yvonne! Er griff eben nach dem Telephon, um ihr guten Tag zu sagen, als er durch fette Überschriften in der danebenliegenden Zeitung an die stattgehabten Wahlen erinnert wurde. Ah, jawohl, Herr Anquetil war im Augenblick wichtiger, Yvonne mußte noch ein wenig warten – kein großes Unglück, vermutlich war sie noch gar nicht aufgestanden.

Den am politischen Himmel aufgehenden Stern ausfindig zu machen, war nicht ganz einfach, aber nach zahlreichen Telephongesprächen, die eine wahre Katzengeduld erforderten, glückte es doch, und Fox verabredete sich mit Anquetil zum Mittagessen. Er hatte einiges mit ihm vor.

»Mein lieber Herr Anquetil!« sagte er also und schüttelte jenem beide Hände, als sie sich dann trafen. »Wenn Sie wüßten, wie sehr es mich freut, Sie in Paris und am Ziel Ihrer Wünsche zu sehen – aber halt, das ist der falscheste Ausdruck, der mir auf die Zunge kommen konnte, denn Sie sind ja noch keineswegs am Ziel, sondern haben zunächst die erste Runde hinter sich gebracht, freilich mit einem gloriosen Erfolg. Ihr Herr Vater wird stolz sein, einen so großen Sohn zu besitzen.«

Herr Anquetil bedankte sich für diese Ansprache mit einem Lächeln, es war das Lächeln des Vielbeschäftigten, Verantwortungsbelasteten, auf dessen Schultern die Sorge für das Wohlergehen der Nation ruhte. Das hatte er also schon recht gut gelernt. »Sie sind sehr liebenswürdig«, sagte er, »aber Sie kennen meinen Vater nicht. Er stammt aus der vorigen Generation und behauptet, ein Recht zu haben, alles Politische mit Abscheu zu betrachten. Für ihn bleibt die Hauptsache, sein Volk mit Zuckerwaren zu versorgen.«

»Sollte das nicht ein wenig Ähnlichkeit mit den Bemühungen eines Politikers haben?« fragte Fox. »Nun, es ist von jeher das Vorrecht der alten Leute, sich für weise zu halten. Aber ich kenne Ihren Vater gut genug, und eben deshalb wollte ich Sie unbedingt sehen, um Ihnen Glück zu wünschen: Denn was mich betrifft, so stehe ich auf Ihrer Seite – oh, ich weiß, das kann Ihnen ziemlich gleichgültig sein, da ich nur einer von jenen Achthunderttausend bin, die auf Ihrer Seite stehen ... eine überwältigende Idee, es kommt mir eben erst zum Bewußtsein, lassen Sie sich betrachten, man begegnet nicht alle Tage einem Repräsentanten der Weltgeschichte!« Viel dicker konnte er nicht auftragen, aber Herr Anquetil schluckte es anscheinend widerstandslos und mit Behagen. Mein Gott! dachte Fox – und sagte: »Ich brauche mich nicht nach Ihrem Befinden zu erkundigen. Je höher man steigt, desto besser wird die Luft.«

»Ich wollte, Sie hätten recht«, erwiderte Herr Anquetil mit einem koketten kleinen Seufzer. »Indessen ist es doch so: Je höher man steigt, desto schwerer wird auch die Last, die man schleppen muß. Erlauben Sie also«, fügte er mit einer eleganten Wendung hinzu, »daß ich diese Last sogleich etwas erleichtere, indem ich Ihnen meine Dankesschuld abtrage!«

»Mir?« fragte Fox mit der ahnungslosesten Überraschung. »Dankesschuld?«

»Sie sind ein großzügiger Mensch, ich weiß es, ein Mann, der es versteht, Gefälligkeiten zu vergessen, die er anderen erwiesen hat. Erinnern Sie sich bitte an jenes betrübliche Vorkommnis in Marseille, dem der Dolmetscher meiner Handelsdelegation zum Opfer fiel.«

»Wahrhaftig! Hat man den Täter gefunden?«

»Leider nicht. Sie rieten damals mir und der Polizei, die Angelegenheit so diskret wie möglich zu behandeln und besonders dafür zu sorgen, daß nichts in die Presse kam. Man hat Ihren Rat befolgt, jede politische Weiterung wurde vermieden, die Reise der Delegation ging reibungslos und zur allgemeinen Zufriedenheit vonstatten.«

»Ja, und?«

»Nun ...«, sagte Herr Anquetil und rieb sich das Kinn zwischen Zeigefinger und Daumen. »Wäre es nicht so glatt gegangen, so hätte man mich kaum als Kandidaten für die Nationalversammlung aufgestellt, das war damals nämlich noch unsicher.«

»Ein Gedanke, auf den ich allein nicht verfallen wäre!« erwiderte Fox. »Aber gewiß – so, wie Sie es mir auseinandersetzen, mag es wohl sein. Da sehen Sie, daß gelegentlich auch ein kleiner Mann in seiner Dummheit etwas fertigbringt, was der Allgemeinheit nützt.«

»Mein lieber Doktor«, sagte Anquetil mit einer scharmanten Handbewegung, die das Gespräch unerwartet auf eine andere Ebene hob, »für so dumm, daß ich Sie für dumm halte, dürfen Sie mich nun auch nicht halten, obwohl ich Abgeordneter bin.«

Fox lachte, sehr einverstanden mit diesem Stellungswechsel. »Ein sehr schwieriger Satz, der nur aus geistiger Überlegenheit erfließen kann!«

»Ich möchte um etwas Ähnliches bitten, nämlich, mich nicht für dümmer zu halten, als ich bin. Es ist ja möglich, daß es den Anschein hat, aber was wollen Sie, man muß mit den Wölfen heulen.«

»Wissen Sie, woher dieses Sprichwort kommt?« fragte Fox.

»Ich weiß es nicht, Wölfe gibt es wohl hauptsächlich in Rußland. Weil wir gerade auf dem Gebiet der Außenpolitik sind: Nein, von dem Marseiller Täter hat man also noch keine Spur.«

»Sie sind überzeugt, daß diese Spur in die Außenpolitik führt?«

»Führen könnte, und deshalb ist sie so bedenklich und gefahrvoll.«

»Wenn ich nicht irre, steuern aber gerade Sie auf dieses Gebiet hin?«

»Ich?« fragte Anquetil. »Na – und wenn, dann keinesfalls gerade! Ihnen kann ich das ja sagen, denn wenn es einen Menschen gibt, der mir auf diesem Weg nicht in die Quere kommen wird, dann sind Sie es.«

Fox lachte herzlich, er lachte sogar entschieden zu lange, und zwar deshalb, weil er in diesem Augenblick einen guten Einfall hatte. Mit aller Virtuosität bog er ins Wichtige und Ernsthafte ab, blickte erst einmal nach rechts und links, ob auch niemand zuhörte, und sagte gedämpft: »Ich müßte mich sehr täuschen – oder Sie sind, noch ehe das Jahr zu Ende ist, Staatssekretär oder Minister.«

Mit Herrn Anquetil ging daraufhin eine bemerkenswerte Veränderung vor. Erst wurde er blaß, dann rot, und auf seiner Stirn, unter dem Haaransatz, zeigten sich winzige helle Tröpfchen. Er war auf diesen Überfall keineswegs gefaßt gewesen und blickte Fox durchdringend an. »Es ist in der Tat sehr warm hier ...«, sagte er schließlich, »aber das erklärt Ihren Fieberzustand doch nicht restlos. Nein, mein Lieber. Ich bin ein Neuling, wenn auch nicht in meiner Partei, in der man mich schon lange gebührend zu schätzen weiß, so doch im Parlament –«

Fox wiegte den Kopf. »Ich hoffe doch, daß es nicht darauf, sondern auf die Fähigkeiten und Erfolge ankommt.«

»Ich wüßte nicht –«

»Ich auch nicht«, sagte Fox, »das heißt: noch nicht! Es hat keinen Sinn, von Dingen zu reden, die erst im Werden sind, und besonders ich habe eine ausgesprochene Abneigung dagegen. Ich glaube jedoch – nein, das wäre zuviel behauptet, hören Sie jetzt aber gut zu, Herr Anquetil! –, ich halte es nicht für ausgeschlossen, daß der Tod des armen Ali für Sie noch recht vorteilhaft werden könnte. Oder ist es Ihnen unangenehm, wenn ich meine Nachforschungen fortsetze und Sie auf dem laufenden halte? Ich werde das auf alle Fälle tun, dabei ist es zu-

nächst keineswegs notwendig, daß ich Sie mit den Ergeb-
nissen belästige.«

Herr Anquetil kaute an seinem Zahnstocher, den er nervös zwischen den Lippen hin und her schob.

Eine Minute verging, vielleicht auch zwei.

Dann sagte Herr Anquetil: »O doch. Das interessiert
mich sogar außerordentlich. Sie glauben, daß es da gewisse Perspektiven gibt? Sie befassen sich augenblicklich damit?«

»Nicht erst augenblicklich, sondern schon lange, aber
ich sehe jetzt, daß sich ein Ergebnis abzuzeichnen beginnt.«

Und wiederum nach einer längeren und bedeutungsvollen
Pause fragte Herr Anquetil: »Es wird Ihnen große Kosten machen?«

»Ja, ganz abgesehen von der Gefährlichkeit.«

»Wieviel?« fragte Herr Anquetil kurz und monumental.

»Darüber sprechen wir, wenn ich Erfolg haben sollte«,
sagte Fox mit einer wegstreifenden Handbewegung.
»Vielleicht überlegen Sie sich, was Ihnen eine außer-
gewöhnliche politische Karriere wert ist?«

»Sie würden die Sache unter allen Umständen mit völ-
liger Diskretion behandeln?«

»Ich bin sogar dazu gezwungen – warum, das kann ich
Ihnen jetzt noch nicht auseinandersetzen, verlassen Sie
sich aber darauf.«

»Abgemacht!« sagte Herr Anquetil und hielt ihm die
Hand hin. »Und jetzt –«

»Jetzt«, erwiderte Fox und stand auf, »ist es allerhöchste
Zeit, daß ich mich um meine Freundin kümmere. Von

154

unserer Sache hören Sie, wenn ich so weit bin, wie ich zu kommen hoffe. Darf ich bitten, mich Madame Anquetil zu Füßen zu legen?«

Er ging, tief zufrieden. Um so zufriedener, als er sich sagen mußte, daß dies wieder einmal eine von jenen Improvisationen gewesen war, die ihm ab und zu glückten. In ziemlicher Unklarheit hatte er die Unterredung begonnen − freilich mit einem gewissen Ziel −, und sie war über Erwarten schnell in eine durchaus gangbare Bahn gekommen. Es ist wahr, dachte er, ich werde für den Herrn Abgeordneten die Kastanien aus dem Feuer holen, aber er wird sie mir wenigstens gut bezahlen. O Eitelkeit der Welt!

Also Yvonne. Nein, einen Augenblick, da wäre vielleicht erst noch unser interessanter Professor Garrot?

Unversehens war er aus der engen Seitenstraße auf einen Boulevard hinausgeraten, der von freundlicher Sonnenwärme und Helligkeit angefüllt war. Er setzte sich vor eines der großen Cafés, um diese Mittagszeit waren noch viele Tischchen leer. Wahrscheinlich würde es vorteilhafter sein, man ließ diesen Herrn auf sich zukommen, das würde ja wohl binnen kurzem einmal geschehen. Oder sollte man die Polizei bitten, Näheres über ihn festzustellen? Er ließ den Gedanken sogleich fallen, denn wenn es sich bei diesem Professor für Sprachen wirklich um jenen Garrot handelte, den er zu finden hoffte, so konnte er dadurch gewarnt werden. Nein, keine Voreiligkeiten. Dazu war die Sache zu wichtig, vielleicht sogar zu gefährlich. Elgin ... So kam er wieder einmal auf das ungelöste Rätsel jener Notiz, durch die er Lady Margaret

Richmond kennengelernt hatte. Zugegeben, er war noch
nicht sehr weit, aber jetzt gerieten die Dinge wohl mit
zunehmender Geschwindigkeit ins Gleiten, er kannte das.
Vorsicht also, daß die Lawine nicht über einen hinweg-
ging.

Yvonne machte große Augen, als Fox vor ihrer Türe
stand. Den ganzen Tag über hatte sie an ihn gedacht!
»Ich hoffe, das ist nichts Außergewöhnliches!« sagte er
und überreichte ihr mit einer großartigen Bewegung die
Blumen, die er mitgebracht hatte.

Konnte er nicht noch ein wenig eingebildeter sein? Und vielleicht war er dermaßen eingebildet, daß er glaubte, sie hätte aus Liebe an ihn gedacht?

Nicht? Oh, wie enttäuschend. Übrigens war er auch nicht aus Liebe gekommen.

»Dann geh nur gleich wieder, bei mir ist nichts zu holen.«

Doch, nämlich ihr Wagen. Er hatte sich entschlossen, einige Zeit in Tassy zu bleiben, und da wurde der Mietwagen zu teuer, das sah sie wohl ein.

Sie sah es nicht ein. Sie brauchte ihren Wagen selber. Ihre Mutter kam nächste Woche heim, also würde Yvonne das Feld räumen, wie gewöhnlich. Paris war langweilig und jetzt, da der Frühling begann, viel zu steinern. Wohin sie fahren würde, wußte sie noch nicht.

»Du weißt manches noch nicht«, sagte er.

Die Neugier hüpfte ihr aus den Augen. Zum Beispiel?

»Zum Beispiel – laß mich überlegen –, ja, zum Beispiel, daß du verheiratet bist.«

»Nicht möglich! Und mit wem, wenn ich fragen darf?«

»Mit wem! Mit mir natürlich.«

Wunderbar, fiel ihm nichts Dümmeres ein?

Ob der Gedanke so dumm sei, erwiderte Fox, das werde sich erst herausstellen, dergleichen zeige sich ja immer erst nach einiger Zeit. Aber jetzt sehe sie wohl ein, daß er einen gewissen Anspruch auf ihren Wagen habe?

»Es gleicht sich aus«, sagte Yvonne, »als deine Frau habe ich selbstverständlich Anspruch darauf, mitgenommen zu werden, sonst sind wir sofort geschieden, daß du's nur weißt.«

»Hm – die Reise könnte ein bißchen gefährlich werden.«

»Eben deshalb! Daß du nicht nur spazierenfahren willst, kann ich mir denken. Wenn du so auffallend sorglos tust, rumpelt es hinter dem Horizont. Ich hoffe aber, daß diesmal niemand auf mich schießt?«

»Kaum«, sagte er. »Und wenn überhaupt, dann werden wir es so einrichten, daß zur Abwechslung einmal ich es bin, auf den geschossen wird. Aber das sind Nebensachen, und –«

»Natürlich, die Hauptsache ist der Wagen.«

»Fürs erste, ja. Was bringt man aus ihm heraus?«

Yvonne runzelte die Stirn, denn jetzt wurde es wirklich Ernst, das hörte sie am Ton. Was man aus ihm herausbrachte? Sie war noch nie schneller als hundertzwanzig gefahren, aber das war nicht die Grenze. Hundertvierzig, schätzte sie. Und dann durfte man das enorme Beschleunigungsvermögen nicht vergessen. »Ich lege aber keinen Wert darauf, daß du mit hundertvierzig an einen Baum rennst, er wäre dann kaum mehr zu reparieren.«

»Der Baum?«

»Der Wagen!«

Das Gespräch war bezeichnend für sie beide. Je genauer sie wußten, daß die Sache unbehaglich wurde, desto beharrlicher redeten sie daran vorbei – und trotzdem verstanden sie einander vollkommen. Vor allem hatte Yvonne gelernt, daß sie ihn niemals geradezu fragen, sich aber in jedem Fall auf ihn verlassen durfte.

»Einstweilen«, sagte Fox nebenhin, »mußt du nur wissen, daß ich in Professor Helferings Institut arbeite, mich ungeheuer für prähistorische Höhlenbilder interessiere – und für wackelnde Tische.«

»Für was?«

»Das wirst du schon sehen. Und vergiß nicht, bei passender Gelegenheit verstohlen, aber schwärmerisch zu mir aufzublicken.«

Die Höhlenbilder und sogar noch die Tische würde sie hinnehmen, erwiderte Yvonne, aber das mit dem Aufblicken – wie sollte sie das machen!

Nun, es wurde probiert. Nach einigen Versuchen konnte sie es recht gut, ja fast unwiderstehlich.

Dann gingen sie. Fox gab den geliehenen Wagen zurück

und bekam dafür den von Yvonne. »Fahre mich jetzt wieder heim«, sagte sie, »ich muß noch packen.«

Fox schüttelte den Kopf. »Unnötig, du brauchst erst in ein paar Tagen zu kommen. Ich rufe dich an.«

»So! Und wie –«

»Es gibt auch eine Eisenbahn«, sagte er mit einem Blick auf die Uhr und hatte es plötzlich furchtbar eilig. »Aber natürlich fahre ich dich heim, ich weiß doch, was sich gehört.«

Als er gegen vier Uhr ihr Haus verließ, rannten die Zeitungsjungen mit den Abendausgaben durch die Straßen. »Wieder zwei geheimnisvolle Morde – Der Dolch wird Mode!«

Fox, im Wagen sitzend, las. In einem verdächtigen Arrondissement von Paris hatte man einen Kriminalbeamten tot auf der Straße gefunden. In Boulogne sur Mer war ein tunesischer Matrose ermordet worden, als er während eines kurzen Landurlaubs aus einem Kino gekommen war. In beiden Fällen war die Tat mit dem Messer ausgeführt worden. Die ganze erste Seite des Blattes war von diesen Ereignissen ausgefüllt – von einem jener Berichterstatter, die aus den knappen Mitteilungen der Polizei einen großen Artikel zu machen verstehen, obwohl sie in Wirklichkeit nicht mehr wissen, als in drei Zeilen enthalten ist. Von den Tätern keine Spur. Aber die Wendung »Der Dolch wird Mode« beschäftigte Fox – hier hatte der Schreiber vielleicht das Richtige getroffen, ohne es zu ahnen.

Er faltete die Zeitung zusammen und wollte sie in die Tasche stecken. Dann aber stieg er noch einmal aus,

legte das Blatt irgendwohin und läutete zu Yvonnes
Wohnung hinauf.

»Ja?« fragte sie im Türlautsprecher.

»Nichts. Ich wollte nur deine Stimme noch einmal hören.
Auf Wiedersehen, Yvonne!«

Als der Wagen die letzten Ausläufer von Paris hinter
sich und die Route nationale Nummer 20 frei vor sich
hatte, trat Fox auf das Gas. Es war erstaunlich. Nach
einer Minute hatte er tatsächlich hundertvierzig, hielt
das Tempo für ein paar Sekunden, ging langsam zurück,
zog den Wagen aber doch immerhin unbedenklich mit
hundert durch eine mittelmäßige Kurve, versuchte noch
einmal die Beschleunigung und beruhigte sich dann endgültig. Nichts war ihm mehr zuwider als die sinnlose
Raserei, aber man mußte wissen, was der Wagen im Falle
der Not hergab.

Nun schnurrte er durch den schönen Vorfrühlingsnach-
mittag, allerdings nicht mit dem Behagen, das er sonst
wohl empfunden hätte. Daß der Dolch Mode wurde, ging
ihm nicht aus dem Kopf. Erstens schienen diese Ereignisse, die einander so merkwürdig ähnlich sahen, über-
handzunehmen, also mußte hier bald zugegriffen werden. Zweitens aber hing damit, wenn Fox nicht irrte,
so unheimlich viel zusammen, daß man nicht vorsichtig
genug sein konnte, wenn es keinen weltweiten Skandal
geben sollte. Diesen aber durfte es – drittens – unter keinen Umständen geben, und zwar aus Gründen, unter
denen sein eigenes Leben eine gewisse Rolle spielte.

Vielleicht war ich heute ein wenig zu leichtsinnig, dachte
er, vielleicht hätte man sich doch vergewissern sollen, wo
sich Herr Garrot augenblicklich aufhält. Yvonne ist ein
allerliebstes Mädchen, aber dieses Geschlecht hat nun
einmal die fatale Eigenschaft, den Menschen immer dann
unsicher zu machen, wenn strenge Vernunft am nötigsten
ist. Den Menschen, das heißt, einen gewissen Fox. Ich
kann Ihnen voraussagen, mein Herr, daß Ihnen das
noch einmal den Kopf kosten wird. Und dabei lächelte
er, denn er dachte daran, wie sie das schwärmerische
Aufblicken geübt hatten. Wirklich allerliebst. Es war

162

schon beinahe einen Kopf wert. Nur – muß es unbedingt der meine sein ?

Als er Tassy erreichte, war noch heller Nachmittag. Von Süden her, über das Tal der Loire, strich ein sanfter Windhauch, man konnte sich einbilden, daß er nach Mittelmeer duftete, nach Blütenbeeten an der Côte d'Azur. Und die Amseln sangen.

Fox stellte den kleinen Wagen in den Schuppen seines Gasthauses, in eine Ecke, wo man ihn nicht sah. Dann spazierte er an den wenigen Gehöften vorbei am Bach entlang und das Landsträßchen hinaus mit der Absicht, sich den Park ein wenig anzusehen. Zunächst freilich sah er die Mauer an, und zwar von außen. Er wollte wissen, ob es tatsächlich keinen zweiten Zu- oder Ausgang gab.

Es gab keinen. Und hier war nun also jene entfernte Ecke, über die sich Monsieur le Curé so ärgern mußte. Fox blieb tiefsinnig vor ihr stehen, an der Stelle, wo der Bach, aus dem Park kommend, unter dem erkennbar neuen Mauerwerk hindurch in die freie Wiese hinausfloß. Ein Pfad, kaum sichtbar und also selten begangen, führte bis hierher, möglicherweise die Spur eines Fischers, denn Forellen gab es, da standen sie in dem klaren Wasser. Gab es wohl auch schon Vergißmeinnicht ? Auch ernste Männer haben bisweilen eine unwiderstehliche Sehnsucht nach Vergißmeinnicht. – Fox suchte nicht ohne Eifer. Zwar fand er keine, so lange er auch an beiden Bachufern herumturnte und dabei auf flachen Steinen über das Wasser balancierte ... auf Steinen, die recht praktisch immer gerade dort lagen, wo man sie benötigte. Und nun war es doch ein außerordentliches Spiel des Zufalls, daß sie im plätschernden Wasser sogar unter dem sehr niedrigen Mauerbogen hindurch in den Park führten, wohin man also trockenen Fußes gelangte, vorausgesetzt, daß man sich zusammenklappen konnte wie ein Taschenmesser.

Fox konnte es, das bewies er sich sogleich. Merkwürdig aber, wie es bisweilen in der Welt zugeht: Gerade als er in tiefster Hocke und in der denkbar unbequemsten Haltung genau unter dem Mauerbogen war, fiel ihm ein, daß dies wohl die beste Gelegenheit sei, das Feuerzeug aus der Hosentasche zu verlieren. Er hielt inne, blickte angelegentlich in das glashelle Wasser – oh, wahrhaftig, der Gedanke war nicht so übel gewesen, hier hatte schon einmal jemand etwas verloren. Da lag es, auf dem hellen Sand des Bachgrundes, und es war zwar kein Feuerzeug, aber doch etwas Ähnliches.

Fox machte große Augen. Er kannte es genau, sogar genauer, als ihm lieb war, denn er hatte vier Jahre seines Lebens damit gespielt, und zwar als Schütze eins an einem Maschinengewehr. Dies war nun keine besonders hübsche Erinnerung, trotzdem zog er den Ärmel bis zum Ellbogen hoch und griff ins Wasser.

Einen Augenblick später stand er innerhalb der Mauer am Ufer und betrachtete seinen Fund. Sonderbar: Obwohl das Ding, wie sich erkennen ließ, schon seit längerer Zeit im Wasser gelegen haben mußte, schimmerte es unter der feinen Schlammhaut, die sich darauf niedergeschlagen hatte, schwärzlich blank – kurz und gut, dies war eine vorschriftsmäßig mit einem Hauch von Fett überzogene Maschinengewehrpatrone.

Aber aus dem letzten Krieg konnte sie nicht stammen, sonst wäre sie doch schon oxydiert.

Kein schöner Zug von Lady Margaret: als Sonntagnachmittagsvergnügen mit ein paar Feuerstößen die Gegend abzupinseln!

Fox blickte umher. In dieser Ecke der Parkwildnis war kaum zu befürchten, daß jemand seine eigentümlichen Studien beobachtete. Vorsichtshalber verließ er aber doch die Stelle und setzte sich abseits auf einen Steinblock.

Maschinengewehrpatronen sind gesellige Wesen, man findet sie selten allein, sondern meist mit einer langen Reihe von gleich liebenswürdigen Schwestern sorgfältig gegurtet. Vielleicht war diese hier aus dem Gurt herausgeglitten, elende Schlamperei, als jemand die schwere Last unter dem niedrigen Mauerbogen hindurchgeschleppt hatte. Es mußte nicht so sein, aber nach den langjährigen Erfahrungen, über die Fox verfügte, sprach die Wahrscheinlichkeit dafür.

Er wischte seinen Fund sorgfältig ab und steckte ihn ein. Etwa dreißig Meter entfernt sah er im freundlichen Abendlicht ein dunkles Dach zwischen Bäumen und Gebüsch. Ein graugrün überwucherter Parkweg führte dorthin, er folgte ihm, es ließ sich nicht feststellen, ob hier bisweilen Menschen gingen.

Das Dach gehörte zu einem aus Balken und Brettern gezimmerten Holzschuppen, der auf einem Steinfußboden stand. Die Tür war im Laufe der Jahre abhanden gekommen, der Schuppen fast leer, abgesehen von einem alten zweirädrigen Handkarren, der auf einem Laubhaufen lag, ein paar rostigen Gartengeräten und einigen Stangen, die zusammen mit einer Leiter in der Ecke lehnten. Fox rüttelte ein wenig erst an der Leiter, die ziemlich lang war und keinen sehr vertrauenerweckenden Eindruck machte, dann an den Stangen – eine Amsel flog heraus, und als er mit der Taschenlampe hinaufleuchtete, sah er ein halb fertiges Nest, also pflegte auch in dieser Ecke die Ruhe nicht gestört zu werden.

Hier, dachte er im Weitergehen, sollte man ein Bub von zehn Jahren sein. Welche herrliche Wildnis, wie unendlich viele Dinge, die sich entdecken ließen, wie viele Bäume, auf die man klettern könnte. Und was ließ sich hier träumen und erfinden.

Nicht ohne Absicht machte er einen weiten Bogen um das Haus, so daß er, fast an der Mauer entlang, bis zum Eingangstor gelangte.

Catherine kam eben aus dem Dorf zurück.

»Ich war im Gasthaus«, sagte sie, »aber dort wußte man nur, daß Sie vor einiger Zeit fortgegangen waren. Ich wollte Sie bitten, unbedingt heute abend zu uns zu kommen. Wir erwarten Besuch. Professor Garrot hat telegraphiert, daß er auf der Rückreise von Grenoble nach Paris bei uns übernachten wird!« Catherine war sehr aufgeregt und begeistert, fast hätte man behaupten können, daß ihr schwammiges Gesicht in der Abenddämmerung leuchtete, ein Leuchtschwamm.

»Das ist wunderbar!« sagte Fox. »Seit gestern überlege ich, wie es sich wohl ermöglichen ließe, einen so bedeutenden Mann persönlich kennenzulernen. Sie sehen ihn oft?«

»Leider nicht«, antwortete Catherine. »Nicht öfters als drei- oder viermal im Jahr, er hat so viel zu tun.«

Fox fragte: »Wenn ich nicht irre, ist er Professor für Physik?«

»Für Sprachen, und sehr berühmt, soviel ich weiß. Er versteht, glaube ich, alle Sprachen, die es überhaupt gibt. Ich kann das natürlich nicht beurteilen, aber Sir Robert versicherte es uns, und er war sehr mit ihm befreundet.«

»Es muß eine alte Freundschaft gewesen sein, da Sir Robert doch schon lange tot ist.«

»Ja, und er pflegte zu erzählen, daß sie sich in einem ägyptischen Tempel kennengelernt hatten, nicht weit von den Pyramiden. In einem ägyptischen Tempel! Das Schicksal geht wunderbare und bedeutende Wege, nicht wahr?«

»Sehr wunderbar!« bestätigte Fox. »Wenn man bedenkt,

daß es zwei Touristen in einem ägyptischen Tempel zusammenführt – kaum zu glauben.«

»Nun«, sagte Catherine, »das ist in diesem Fall vielleicht nicht so erstaunlich, denn Herr Garrot war damals ein junger Professor an der Universität Kairo.«

»In Kairo?« fragte Fox kopfschüttelnd. »Verzeihen Sie, das kann ich nicht recht glauben, weil er in diesem Falle ja Mohammedaner sein müßte, soviel ich weiß.«

»Das ist er ja auch!« antwortete sie. »Das heißt – nun – wie soll ich mich ausdrücken – Mohammedaner seiner Herkunft und Erziehung nach, aber inzwischen, nicht wahr . . . durch seine Erhebung auf eine höhere Ebene . . . Sie dürfen nicht glauben, daß er einen Fes trägt und dreimal täglich nach Mekka hin betet. Denn was ist die Religion, wenn man –«

»Ja, sicherlich«, sagte Fox, den die Tatsachen, die er da hörte, weit mehr interessierten als Catherines Meinung über die Religion. »Man hat ihn also später an die Pariser Universität berufen?«

»Das weiß ich nicht«, sagte sie. »Es wäre möglich, aber ich glaube es nicht. Bedenken Sie doch, daß dieser Mann in einem ganz anderen Sinne berufen ist. Sie verstehen, was ich meine. Sie werden ihn ja kennenlernen und sich selbst Ihre Ansicht bilden können. Und – ja, verzeihen Sie, wenn ich diese Bemerkung mache: Der Meister liebt es nicht, gefragt zu werden. Was er uns mitteilen will, darüber entscheidet er selbst.«

»Wie nicht anders zu erwarten ist!« bemerkte Fox. »Und Sie glauben, daß ihn meine Anwesenheit wirklich nicht stören wird? Ich möchte das unbedingt vermeiden.«

»Nein, das glaube ich nicht. Er wird sofort fühlen, mit wem er es zu tun hat.«

»Wieso ?« fragte Fox mit seinem vertracktesten Gesicht.

»Ich meine: daß Sie zu den Unsrigen gehören. Nicht ohne Grund haben die Unsichtbaren Sie hier wohlwollend begrüßt.«

»Es wird aber richtig sein, wenn ich mich umziehe«, sagte Fox, teils aus Achtung vor den Unsichtbaren, teils weil es bei dem idyllischen Erlebnis am Bach doch nicht ganz ohne nasse Füße abgegangen war. »Wann wird gegessen ?«

»Kommen Sie lieber erst nach dem Essen, sagen wir um acht Uhr, wenn es Ihnen recht ist.«

Es war ihm keineswegs recht, weil er sehr gern die Ankunft des großen Mannes und seine Begrüßung miterlebt hätte. Aber jetzt ließ sich daran nichts mehr ändern.

Bei seinem gründlichen Zweifel an allem, was Zufall heißt, machte sich Fox auf dem Heimweg ganz bestimmte Gedanken. Er fragte sich, ob die Tatsache, daß Herr Garrot gerade heute nach Paris zurückfuhr und dabei den Umweg über Tassy machte, ausnahmsweise wirklich Zufall sein möchte – oder ob dies etwa in einem Zusammenhang mit den aufsehenerregenden Zeitungsmeldungen des Nachmittags zu bringen sei. Nach dem, was er vermutete und argwöhnte, ließ sich ein solcher Zusammenhang ohne Schwierigkeit denken; noch stand nichts fest, aber seine Vermutungen erschienen doch immer weniger gewagt, und vor allem wurde das Tempo, wie er vorausgesehen hatte, schneller, die Ereignisse begannen sich zu drängen. Wenn er mit seinen Überlegungen nicht völlig auf Abwegen war, mußte er wohl bald deutlicher sehen. Selten hatte er eine Begegnung gespannter erwartet als diese mit Professor Garrot.

Während er sich wusch und umkleidete, legte er sich die Rolle zurecht, die er spielen würde, eine ungewöhnlich harmlose Rolle, und kam wieder einmal in die Stimmung eines Schauspielers vor dem Aufgehen des Vorhangs, nur daß bei ihm jedes Lampenfieber fehlte.

Bereits als er durch das Gittertor den Park betrat, in dem ein lauer, dunkler Frühlingsabend webte, sah er Lady Margarets Haus hell erleuchtet, ein recht festliches Bild. Etwas abseits, so daß man ihn erst beim Näherkommen erblickte, stand ein sehr großer amerikanischer Wagen. Fox machte die paar Schritte Umweg, um das Kennzeichen und die Marke zu betrachten. Es war eine Pariser Nummer, und nach der Marke zu urteilen, verfügte Herr Garrot über einiges Kleingeld.

An der Tür des Eßzimmers begegnete ihm Barbe, sie trug zur Feier des Tages eine weiße Schürze und sogar ein winziges weißes Häubchen, wie es vor einem halben Jahrhundert in feinen Häusern Brauch gewesen war; aber an ihrer Grobknochigkeit änderte das nichts, sie sah einigermaßen komisch aus.

Fox fand die Gesellschaft noch am Tisch, und sie war wesentlich größer, als er vermutet hatte. Professor Garrot war in Begleitung von vier jungen Leuten gekommen, wahrscheinlich Studenten – Fox konnte sich darüber zunächst keine Gedanken machen, weil er von Lady Margaret dem Meister vorgestellt wurde.

Er hatte den Mann noch nie gesehen, trotzdem erkannte

er ihn sofort. Eine mittelgroße, etwas rundliche Figur, dunkles und sehr gewelltes Haar, ein gelbliches Gesicht mit seltsamerweise blauen Augen; im übrigen recht gut angezogen. Professor Garrot hätte ein wohlsituierter Kaufmann aus dem Süden sein können, der güterwagenweise Orangen importierte – unwillkürlich blickte Fox nach seinem kleinen Finger, natürlich, da blitzte der mehrkarätige Einsteiner, der zu diesem Typ gehörte. Daß der Mann in Barcelona geboren war, mochte zutreffen, aber seiner Abstammung nach war er sicherlich kein Spanier, darüber gab es bei Fox, der so manches Jahr im Orient verbracht hatte und Bescheid wußte, keinen Zweifel. Dieser Herr Garrot war maurischer Herkunft, er gehörte zu jener Mischrasse aus Berbern und Arabern, zu denen die Rifpiraten und Tuaregs zählen, übrigens auch die ausgestorbenen Guanchen der Kanarischen Inseln, ein hochbegabter Menschenschlag, der im Mittelalter das eroberte Spanien zu einer nie wieder erreichten Blüte gebracht hatte.

Fox also, der ihn noch nie gesehen, erkannte ihn trotzdem sofort, und zwar nach der Beschreibung des Antiquars Lilienberg: Dies war jener Monsieur Holon, der bei Lilienberg das seltene Werk über die Assassinen gekauft und mit einem Scheck Lady Margarets bezahlt hatte.

VIII

Das Ereignis des Abends war, daß er ohne jedes Ereignis blieb. Professor Garrot kam aus Grenoble, wo er eine Woche lang Gastvorlesungen über orientalische Sprachen gehalten hatte. Dadurch erklärte sich auch, daß er in Gesellschaft von vier seiner Schüler aus verschiedenen Ländern des Vorderen Orients reiste; die jungen Leute studierten in Paris und hatten ihn freundlicherweise begleitet, um die Hörer in Grenoble mit Proben der jeweiligen Sprachen ihrer Länder bekannt zu machen. Nun fuhren sie alle miteinander nach Paris zurück. Garrot hatte den Umweg gemacht, weil er unter keinen Umständen versäumen wollte, seine verehrte Freundin Margaret zu begrüßen; da er jedoch in Paris einen gelehrten Bekannten erwartete, der dort um dreiundzwanzig Uhr mit dem Flugzeug ankam, mußte er alsbald wieder aufbrechen.

Heute abend?

Ja, leider. Niemand bedauerte das mehr als er selbst, es ließ sich jedoch nicht ändern, er würde aber sehr bald Gelegenheit haben, das Versäumte nachzuholen.

Großer Kummer bei Lady Margaret und noch mehr bei

Catherine. Sie waren beide so betrübt, daß sie am Tisch saßen wie welke Blumen, und da die vier jungen, ihnen bisher unbekannten Leute, überaus höflich und zurückhaltend, beharrlich schwiegen, so wäre die Stimmung verdorben geblieben, hätte nicht Herr Doktor Reineke sich nach Kräften bemüht, ein wenig Leben in diesen merkwürdigen Kreis zu bringen.

Denn merkwürdig war der Kreis, wenigstens für ihn, der so sehr wünschte, den Orient kennenzulernen, freilich ohne Aussicht auf Erfüllung dieses Wunsches.

Oh, weshalb?

Ein längerer Aufenthalt – ein kurzer würde sich nicht lohnen – war mit Rücksicht auf sein Arbeitsgebiet nicht zu rechtfertigen, auch das Geld spielte dabei keine geringe Rolle.

Garrot fragte mit mäßiger Teilnahme nach diesem Arbeitsgebiet, und da sich zeigte, daß er von prähistorischen Zeichnungen nichts verstand, konnte Fox beträchtlich zur Belebung dieser kurzen Stunden beitragen. Er machte das glänzend, kam alsbald auf jene mehr oder weniger magischen Dinge, die er suchte, und pünktlich wie auf ein Stichwort stellte nun Catherine die nähere Verbindung zwischen ihm und Garrot her. Dies also war ausgezeichnet gegangen.

Unversehens nahm ihn Garrot beiseite und setzte sich mit ihm vor den Kamin, in dem heute freilich kein Feuer brannte. »Ich habe von Catherine gehört«, sagte er, »daß Sie sehr unterrichtet sind über jene Dinge, die mich mit diesem Hause verbinden, das freut mich. Werden Sie länger hierbleiben?«

Fox hielt das nicht für ausgeschlossen, und in diesem Fall war es möglich, daß auch seine Frau herkam.

»Es wäre mir lieb. Die Damen des Hauses«, sagte Garrot und neigte sich mit einer Art würdevoller Vertraulichkeit zu ihm, »bedürfen nämlich, wie soll ich mich ausdrücken, einer gewissen Führung, weil sonst die Gefahr besteht, daß sie alles ins Groteske übertreiben und irgendwelchen Leuten in die Hände fallen – Sie wissen, was ich meine. Es ist leider immer dasselbe.«

»Ist etwas dergleichen hier schon vorgekommen?«

Garrot hob die Schultern.

Fox lächelte verständnisvoll und bedauernd.

»Es würde mich wenig berühren, wäre ich mit dem verstorbenen Sir Robert nicht so eng befreundet gewesen. So jedoch fühle ich mich in gewisser Weise verantwortlich.

Es ist nicht günstig, wenn fremde Leute hier auftauchen.« Wiederum lächelte Fox verständnisvoll – vielleicht sogar verständnisvoller, als Herr Garrot annehmen konnte. Da Lady Margaret dem Meister gegenüber offenbar mit Schecks ziemlich freigebig umging, konnten fremde Leute hier natürlich nur ungünstig wirken. Der geistige Rapport erschien dadurch bedroht. »Darf man wirklich hoffen, daß Sie demnächst Ihren Besuch wiederholen? In diesem Falle müßte ich es möglich machen, hierzubleiben, denn ich erhoffe mir viel davon.«

Garrot, im Sessel zurückgelehnt, stützte das Kinn in die Hand und dachte nach.

Sein Profil, vor dem Lichte des Kronleuchters, war nicht unbedeutend. Während Fox es betrachtete, wurde ihm zum erstenmal seit langem etwas unbehaglich zumute. Ganz bestimmt war er bei der Beurteilung dieses Mannes zu voreilig gewesen und hatte sich täuschen lassen durch den südländischen Allerweltstyp – plötzlich spürte er, daß dieser Typ hier nur eine Maske war, sorgfältig ausgewählt und bewundernswert festgehalten, für den Augenblick jedoch mit Absicht ein wenig gelockert, weil Garrot daran lag, auf den deutschen Archäologen Eindruck zu machen. Keine schlechte Idee! dachte Fox. Sogar eine ausgezeichnete Idee: ich soll hier aufpassen, daß ihm niemand in die Quere kommt. Den Gefallen kann ich ihm tun.

Garrot, als wäre nur eine Sekunde vergangen, knüpfte an die letzte Frage an. »Bestimmt! Ich werde schon deshalb bald wieder hier sein, weil mir Ihre Darlegungen über die Höhlenmalereien wertvoll erscheinen. Sie werden bemerkt

176

haben, daß ich so gut wie nichts davon weiß. Kann man übrigens diese Höhlen besichtigen?«

»Sehr viele«, antwortete Fox. »Einige nicht, wenigstens noch nicht, weil die Eingänge zu eng, oft sogar gefährlich sind. Es ist nicht jedermanns Sache, zwanzig Meter auf dem Bauche zu kriechen, und zwar in einem Gang, der so niedrig ist, daß man mit dem Rücken anstößt. Andererseits ist das freilich ein entscheidender Glücksumstand, denn nur dadurch war es möglich, daß jene Höhlen ihr Geheimnis wohlbehalten durch die Jahrtausende bewahren konnten.«

»Ich hoffe also, darüber bald mehr von Ihnen zu erfahren«, sagte Garrot. »Vielleicht sehen Sie mich früher wieder, als sich heute vermuten läßt. Pläne auf lange Sicht machen, das kann ich nicht, Paris ist eine unglaublich lebendige Stadt, ich bin durch meine Schüler und Freunde, die aus aller Welt kommen, sehr in Anspruch genommen. Seit diese Orientalen die Schätze aus Tausendundeiner Nacht in ihrem ölhaltigen Sande gefunden haben, sind sie sehr anspruchsvoll geworden, besonders die Zahl der arabischen Prinzen vermehrt sich täglich und fast beängstigend. Haben Sie vorhin zufällig meinen Wagen betrachtet? Das hätten Sie tun sollen. Einer von den Beherrschern der Gläubigen hat ihn mir dagelassen, aus Mitleid, weil er mich einmal aus dem Omnibus steigen sah. Ich erwähne das nur, damit Sie mich nicht etwa für einen Millionär halten.« Garrot stand auf und gab ihm die Hand. »Wir sehen uns also noch!« sagte er. »Es tut mir aufrichtig leid, aber ich muß tatsächlich um elf Uhr in Paris sein.«

Wenige Minuten später bestieg er mit seinem sonderbaren

Gefolge den Märchenwagen. Einer der jungen Leute saß am Steuer. Das Fernlicht ließ den Park mit seinen Bäumen zu einem gespenstisch erhellten Tunnel werden, und als das Auto am Tor war, orgelte die Dreiklanghupe geradezu sultanisch.

Die Damen standen gleich betrübten und eingeschüchterten Witwen in der Haustür, der Glanz einer höheren Welt war verloschen.

Fox begleitete sie nicht erst wieder hinauf, sondern benützte die Gelegenheit, sich ohne viele Worte zu verabschieden. Als er den Park verließ, hörte er durch die stille Nacht in weiter Ferne, schon jenseits der Weinfelder, noch einmal die Hupe Professor Garrots.

Vom Turm der Dorfkirche schlug es halb zehn Uhr. Im Pfarrhaus war noch Licht. Fox ging durch den kleinen Vorgarten und zog bescheidentlich an dem Messinggriff der Türglocke.

Es war Monsieur le Curé selbst, der ihm öffnete.

»Verzeihen Sie die Störung zu so ungewöhnlicher Stunde«, sagte Fox, »ich erinnerte mich aber im Vorübergehen daran, daß Sie mir empfohlen haben, Sie nicht allzu demonstrativ zu besuchen, wenn ich nicht bei des Teufels Großmutter in Ungnade fallen möchte.«

»Sie haben ihre Bekanntschaft gemacht?« fragte der Pfarrer. »Dann kommen Sie schleunigst herein, wir müssen unbedingt etwas zur Rettung Ihrer Seele unternehmen! Zunächst, denke ich, holen wir etwas Gutes aus dem Keller, was meinen Sie?«

Er ließ ihn eintreten und bat, ihn für einen Augenblick zu entschuldigen, hob im steingepflasterten Flur eine höl-

zerne Falltür auf und stieg mit dem Leuchter in der Hand zum Keller hinab.

Fox setzte sich. Er empfand diese Umgebung heute als besonders wohltuend, denn obgleich die Luft ein wenig muffig war und nach kaltem Pfeifentabak roch, atmete hier doch aus den alten Wänden etwas ganz anderes als in Lady Margarets Haus. Die Katze sprang ihm auf den Schoß und blickte ihn ernsthaft an. »Yvonne!« sagte er und streichelte sie.

Der Pfarrer kam mit einem verheißungsvollen Krug zurück. »Hier sehen Sie gewissermaßen den Stein des Anstoßes«, erklärte er und stellte ihn auf den Tisch. »Zu dem herrlichen Hügelchen, auf dem dieser Wein wächst, kam ich ehedem auf kürzestem Wege, nämlich als die Mauer noch eingestürzt im Grase lag. Jetzt muß ich einen weiten Bogen machen, wenn ich nicht durch den Bach waten will.«

»Es liegen Trittsteine im Wasser«, sagte Fox.

»Nicht von mir!« erwiderte der Pfarrer. »Einen weiten Bogen um den Teufel zu machen gehört zu meinem Beruf.«

»Ich glaube, ich kann Sie beruhigen«, sagte Fox. »Die Damen sind reichlich sonderbar, zugegeben, und sie befassen sich auch ein bißchen mit der Schwarzen Kunst, wenn Sie das Tischrücken dazu zählen wollen, was freilich die Sache zu wichtig nehmen hieße. Im übrigen aber sind sie harmlos, oder ich müßte mich sehr täuschen. Wer aber ist dieser Professor Garrot?«

»Garrot?« fragte der Pfarrer kopfschüttelnd. »Mir unbekannt. Jedenfalls wohnt er nicht hier, sonst wüßte ich's natürlich.«

Ablenkend fragte Fox: »Ich komme mit zwei Bitten zu Ihnen. Gestern war ich wieder oben bei der Wallfahrtskirche und wollte das Innere genau betrachten, vielleicht auch auf einen der Türme steigen. Aber die Tür war zugeschlossen. Würden Sie mir für morgen vormittag den Schlüssel anvertrauen? Ich bringe ihn mittags zurück. Dann erwähnten Sie neulich, daß Sie einen Kupferstich des alten Schlosses besitzen, das auf dem Gelände Madame Richmonds stand. Darf ich ihn einmal sehen?«

Der geistliche Herr ging in den Flur hinaus. Er brachte einen wuchtigen alten Schlüssel, der dort wohl griffbereit

180

an einem Nagel zu hängen pflegte, und einen großen, unter Glas und Rahmen befindlichen Kupferstich, der vergilbt war und manchen Sporflecken aufwies. »Vergnügen Sie sich damit!« sagte er, legte das Bild auf den Tisch und schenkte von neuem ein.

Fox zog die Hängelampe tief herunter und beugte sich über den Stich, der ein weitläufiges Renaissanceschloß zeigte. Es hatte einen Innenhof, vier Ecktürme und war von einem Wassergraben umgeben. Auch kleine Nebengebäude waren sichtbar. In einer Ecke des Blattes war der Grundriß des Ganzen.

»Das ist ja eine Riesenanlage!« sagte Fox. »Wie konnte man das zerstören!«

»Hugenotten«, sagte der Pfarrer achselzuckend. »Andere Zeiten. Die Herren von Tassy hatten überhaupt kein Glück, davon gibt es Überlieferungen, die man glauben mag oder nicht. Vermutlich ist die Parkmauer aus den Steinen der Ruine gebaut.«

»Angesichts dieser Pracht fällt es schwer, sich die heutige Lage zu vergegenwärtigen, man findet sich nicht gleich zurecht. Halt, hier im Himmel ist der Windgott Boreas, der pausbäckig bläst – hier also ist Norden.« Auch Gartenanlagen hatte es gegeben, geometrisch abgezirkelt und langweilig. Dies alles war vom Erdboden verschwunden. Erhalten schien allein der Bach, der auf der Abbildung den Wassergraben speiste und das Schloßgelände wohl ungefähr an derselben Stelle wie heute den Park verließ. Je länger Fox den Kupferstich betrachtete, desto mehr kam er zu der Überzeugung, daß Lady Margarets Haus nicht innerhalb des früheren Gebäudeumrisses stand, sondern daneben; dies kam ihm um so wahrscheinlicher vor, als man für die Grundmauern des Hauses wohl ebenfalls die Steine der Ruine verwendet hatte. »Aber Wein wurde schon damals gebaut«, sagte er und deutete auf einen im Hintergrund sichtbaren Rebhügel.

»Sie sehen sogar hier in der Ecke des Schloßgartens eine Kelter«, bemerkte der Pfarrer. »Da sie unter einem Dach steht, ist sie freilich nicht gleich zu erkennen.«

»Wenn Sie erlauben, werde ich das Bild gelegentlich photographieren – zur Erinnerung«, sagte Fox.

»Sie sind also entschlossen, länger hierzubleiben? Haben Sie schon etwas gefunden?«

Fox blickte verdutzt auf, erinnerte sich aber sogleich, daß er ja auf der Jagd nach Rentierknochen und dergleichen war, und wich der Frage aus. Denn von dem, was er wirklich gefunden hatte, wollte er lieber doch nicht reden.

Der Pfarrer hängte das Bild an seine Stelle, Yvonne sprang wieder auf Fox' Knie, es wurde noch ein vergnügter Abend.

Am Morgen machte Fox den Spaziergang zum Wallfahrtshügel und kletterte auf den Turm. Das war mühselig, denn die Treppe, an vielen Stellen schadhaft, führte stellenweise durch völlige Dunkelheit, aber er hatte das vorausgesehen und eine Taschenlampe mitgenommen. Endlich erreichte er die Glockenstube, und von dort oben aus war es nun nicht sonderlich schwierig, die Lage des früheren Schlosses auszumachen, sein vortreffliches Bildgedächtnis half ihm dabei.

Mittags lieferte er den Schlüssel wieder im Pfarrhof ab und ging dann – durch das Einfahrtstor – in den Park; er hatte nichts dagegen, gesehen zu werden, aber das schien nicht der Fall zu sein, wenigstens kümmerte sich niemand um ihn. So spazierte er kreuz und quer durch die seltsame Wildnis. Hier und da ließen Erdbuckelchen noch Trümmer des Schlosses vermuten, aber sie waren so dicht überwuchert, daß ihre Ruhe gewiß schon seit vielen Jahrzehnten nicht gestört worden war. Manche von ihnen waren von dicken Baumwurzeln umschlungen.

Das warme Wetter der letzten Tage hatte ein goldgrünes Frühlingsnetz auf den Park sinken lassen, Zitronenfalter flogen in der durchsonnten Stille, der wunderbare Chor der Vögel ließ sich durch den einsamen Spaziergänger nicht stören, und heute hatten sich am Bachrande nun wirklich die ersten Vergißmeinnichtblüten aufgetan.

Wo der Bach unter der Mauer hindurch den Park verließ, war der Anblick wohl besonders hübsch, jedenfalls konnte Fox sich lange nicht davon losreißen. Die Sonne machte um diese Stunde das klare Wasser vollends durchsichtig, so daß jede Einzelheit auf dem Grunde deutlich wurde. Es lag aber nichts Bemerkenswertes mehr da.

Und dort drüben stand also der Schuppen, den er seit gestern kannte. Nachdem er den Kupferstich gesehen und vorhin von der Höhe des Turmes die Lage nachgeprüft hatte, wußte er, daß an dieser Stelle die Weinkelter gewesen war. Nun wunderte er sich auch nicht mehr über den Fußboden aus dicken, rechteckig behauenen Steinen, auf denen der Schuppen stand. Der Widerspruch zwischen der großen, aber leichtgezimmerten Holzbude und diesem Quaderboden war ihm schon gestern aufgefallen. Jetzt gab es eine Erklärung dafür: Die schwere Kelter, die Traubenfuhrwerke mit ihren großen Bottichen, der nasse Betrieb rundum hatten eine feste Grundlage erfordert. Und wohin war dann der Most gekommen, wo hatte er seine brausende oder stille Wandlung durchgemacht? Es mußte Keller gegeben haben, und vermutlich waren sie nicht gerade am anderen Ende des Parks gewesen. Der Gedanke ließ ihn schon seit der vergangenen Nacht nicht los.

Er betrat den Schuppen, der jetzt, zur Mittagsstunde, leidlich hell war. Da lag der alte zweirädrige Handkarren auf dem Laubhaufen.

Fox betrachtete ihn und rüttelte ein wenig daran herum, das Ding war in Ordnung; das Rad in der Luft ließ sich leicht drehen, und auch das untere war nicht zerbrochen. Aber wer in aller Welt konnte auf den Gedanken verfallen, diesen doch immerhin schweren Karren nicht einfach so hinzustellen, wie man ihn aus dem Freien hereinrollte, sondern ihn umzukippen und auf die Seite zu legen? Übrigens: Was hatte der Laubhaufen, auf dem der Karren lag, in dem Schuppen zu suchen? Vernünftigerweise mußte er draußen liegen.

Daß jemand kam, war um diese Zeit noch weniger anzunehmen als sonst. Mit einem kräftigen Ruck stellte Fox den Karren auf die Räder und schob ihn beiseite. Das Laub war schnell weggeräumt.

Er sah, was er erwartet hatte, eine Falltür, die sich an einem Eisenring hochheben ließ. Aber sie war nicht aus

Holz wie die im Hausflur des Pfarrers, sondern ein eiserner Deckel.

Fox zog sie mit einiger Mühe hoch. Steinstufen führten so weit abwärts, daß er auch mit dem Schein der Taschenlampe das untere Ende der Treppe nicht erkennen konnte. Er zweifelte nicht daran, am Eingang der früheren Gär- und Lagerkeller zu stehen, und vermutete deshalb, daß diese unterirdischen Räume ziemlich weitläufig seien. In der Genugtuung des Augenblicks war er im Begriff, hinunterzusteigen, hielt aber inne und betrachtete mißtrauisch den zurückgekippten Eisendeckel. Diese Tür konnte wahrhaftig eine Falle werden, wenn er drunten war. Schlug jemand den Deckel zu und brachte das Laub und den Karren wieder an die alte Stelle, dann war und blieb Will Fox verschwunden. Ein etwas kümmerliches

185

Ende! dachte er. Denn daß man ihn gerade hier suchen würde, erschien ihm völlig ausgeschlossen, zumal er vermutete, daß keiner der Hausbewohner von diesem Keller etwas ahnte. Vielleicht wäre es besser, zu warten, bis Yvonne da war?

Er blickte noch einmal in den Park hinaus.

Dann wandte er sich um und stieg die Treppe hinunter.

Die steinernen Stufen waren trocken und gut erhalten. Hätte er Zeit gehabt, ihre Kanten genau zu untersuchen, so wäre wohl festzustellen gewesen, ob die Treppe in neuerer Zeit benutzt worden war. Aber das ließ sich nötigenfalls nachholen, zunächst mußte er wissen, wie es unten weiterging und aussah.

Die Treppe endete in einem leeren Kellergewölbe, mehr

lang als breit, an dessen Seiten, und zwar zwischen vierkantigen Pfeilern, die Fässer ihren Platz gehabt haben
mochten. Hinten sah er eine Türöffnung in einen zweiten,
ähnlichen Raum, von dem nach rechts hin ein Gang abzweigte. Der Steinboden war mit einer handhohen, gelb-
lichen Staubschicht bedeckt, und hier bedurfte es nun
freilich keiner genauen Untersuchung: Man erkannte sofort Fußspuren, so scharf ausgeprägt, daß sie unmöglich
alt sein konnten, sogar die Riffelung von Gummiabsätzen
war deutlich, und sie alle führten in den nach rechts ab-
zweigenden Gang.
Er folgte ihnen.
Aber in der Bogenöffnung hielt er inne und leuchtete voraus.
Auf einer Kiste, keine zwei Meter von ihm entfernt, stand
ein Maschinengewehr, mit einer Zeltbahn zugedeckt.
Es war nicht das einzige. Rechts und links, alle auf Kisten,
reihten sie sich aneinander, mit Säcken und anderen
Fetzen so gut wie möglich gegen den Staub geschützt,
aber doch auf den ersten Blick erkennbar, eine liebens-
würdige Versammlung. Und was die Kisten enthielten,
darüber brauchte man nicht lange nachzudenken. Nämlich – laut Aufschrift – Datteln. Datteln aus Dakar, aus
Casablanca, aus Tanger. Fox ging langsam und haltungs-
voll zwischen diesen beiden Reihen hindurch, als schritte
er die Front einer Ehrenkompanie ab. Weiter hinten gab
es keine Maschinengewehre mehr, dafür um so größere
Kisten. Er hob einen der lose daraufgelegten Deckel:
Handgranaten, Stielhandgranaten, Eierhandgranaten.
Nach einer zweiten, rechtwinkligen Biegung des Ganges

187

kam in diesem merkwürdigen Museum die Abteilung für Maschinenpistolen.

Hier aber endete fürs erste seine Wißbegier, er hatte genug gesehen. Es gibt Augenblicke, in denen auch ein sonst ausgeglichenes Gemüt von einem Unbehagen erfaßt wird, das verzweifelte Ähnlichkeit mit Furcht hat. Fox war lange genug Soldat gewesen, um sich einer solchen Regung nicht zu schämen. Er murmelte etwas angemessen Frontmäßiges, machte kehrt und setzte sich beschleunigt ab. Jetzt fehlte nur noch, daß die bewußte Falltür –

Nein, Gott sei Dank, die Kellertreppe herunter rieselte freundliches Tageslicht.

Das also war noch einmal gut gegangen.

Als er droben stand, atmete er so tief wie schon lange nicht mehr, und damit kam ihm die volle Klarheit des Bewußtseins zurück, die von diesem bösen Traum in der Unterwelt wie erstickt gewesen war. Er schloß die Falltür, schob den Laubhaufen wieder darauf, kippte den Handkarren in seine frühere Lage und überzeugte sich, daß sein Besuch keine auffälligen Spuren hinterlassen hatte. Dann aber verließ er den Schuppen und dessen Umgebung so schnell wie möglich.

Weitab von diesem Tatort setzte er sich auf einen Baumstumpf und starrte vor sich hin – er war im Begriff, es zu tun, aber da er sah, daß seine Schuhe gelbgrau waren von dem Kellerstaub, zog er sie aus und reinigte sie sorgfältig. Während dieser nützlichen Tätigkeit mußte er lachen, es war wohl eine Reaktion, eine Entspannung der Nerven, aber auch der groteske Gedanke: Daß die Hugenotten, vor vierhundert Jahren, ihrer Zeit doch recht weit voraus gewesen seien, mindestens in der Bewaffnung. Oder sollte man Lady Margaret vielleicht mitteilen, daß unter ihrem Grund und Boden die interessantesten Dinge aus der Nacheiszeit zu finden waren ? Welche Überraschung, und sogar Gummiabsätze hatten die Leute schon gehabt.

Höchst albern, sagte er zu sich selbst, aber durchaus verständlich, daß der Mensch nach einer solchen Begegnung die gute Laune erst wiederfinden muß. Plötzlich überfiel ihn ein Wolfshunger, das war kein Wunder. Ins Gasthaus zu kommen, eilte ihm so sehr, daß er den Park nicht durch das Tor, sondern im Bachbett unter dem niedrigen Mauerbogen verließ.

Während des Essens betrachtete die Wirtin ihren Gast, den sie übrigens sehr schätzte, mit erkennbarer Mißbilligung.

»Ich bin unglücklich, Monsieur, daß es Ihnen heute nicht schmeckt, wo ich mir doch gerade heute besondere Mühe gegeben habe.«

»Aber es schmeckt mir ausgezeichnet, Madame!«

»Weshalb, um Himmels willen, schlingen Sie dann so achtlos ? Es ist eine Sünde, ich kann das gar nicht mit ansehen. Morgen werde ich Ihnen einen Haferbrei kochen, der tut es genauso.«

»Sie haben recht«, sagte Fox kleinlaut, »ich bin ein durchaus unwürdiger Gast und verdiene hinausgeworfen zu werden.«

»Ich will es mir überlegen«, antwortete sie. »Vielleicht versprechen Sie mir, sich zu bessern ? Mit den Männern muß man Geduld haben.«

»Die Geduld eines Engels.«

»Mehrerer Engel!«

»Ein Glück also, daß meine Frau bald kommt, dann können Sie sich in die undankbare Aufgabe teilen, Geduld zu haben. Und wie steht es dann mit mir? Sie, Madame, brauchen in Zukunft nur die Hälfte, ich aber die doppelte Geduld!«

»Dafür gehören Sie zum stärkeren Geschlecht«, sagte die Wirtin lachend und ging in die Küche, um ihm den unentbehrlichen Kaffee zu machen.

Fox stützte den Kopf in beide Hände.

Eines stand jetzt für ihn fest: Die Bewohner von Lady Margarets Haus ahnten nicht, welche eigentümliche Handelsniederlassung sich in ihrem Anwesen befand. Daß Garrot es wußte, war zu vermuten, aber nicht unbedingt gewiß. Er hatte seine Kenntnis der Lage und seine Freundschaft mit Sir Robert zu diesem Zwecke gründlich ausgenützt, eine große Geisterkomödie auf die Bühne gebracht, die noch heute ausgezeichnet funktionierte – heute vielleicht besser denn je – und verfolgte seine Ziele mit einer Umsicht und Beharrlichkeit, die lobenswert gewesen wären, hätten sie sich auf andere Dinge erstreckt. Fox konnte sich recht gut vorstellen, wie Herr Garrot etwa in stürmischen Nächten eine wunderbare spiritistische Sitzung inszenierte und damit die Aufmerksamkeit restlos fesselte, während seine sogenannten Studenten ein paar hundert Meter weiter den Weinkeller auffüllten.

Ob dieses Lager nun dazu bestimmt war, bei passender Gelegenheit nach Nordafrika weitertransportiert zu werden, oder ob es für den Fall eines Aufstandes in Frankreich

selbst gedacht war, das spielte für Fox zunächst keine
Rolle. Er vermutete das letztere, denn für den Export
lag Tassy ungünstig weit vom Meer entfernt, und er hatte
oft genug von den Drohungen der nordafrikanischen Aufständischen gelesen, den Krieg nach Frankreich zu tragen.
Das aber war eine Frage, um die er sich nicht zu kümmern
brauchte und auch gar nicht kümmern durfte, ohne auf
ein Gebiet zu geraten, dem er als Ausländer unter allen
Umständen aus dem Wege gehen mußte.
Alle diese Erwägungen jedoch brachten ihn nicht weiter,
solange nicht die Beweise dafür vorhanden waren, daß
Garrot die Fäden in der Hand hatte. Fox war davon freilich überzeugt, aber mit bloßen Überzeugungen ließ sich
hier nichts erreichen. Maschinengewehre, die stumm im
Keller stehen, sind das Ungefährlichste, was es gibt.
Natürlich hätte es nur eines Telephongesprächs mit Paris
bedurft, und der ganze Laden wäre in zwei Stunden aus-
geräumt gewesen. Aber darauf kam es nicht an, wenigstens nicht ihm. Man mußte wissen, wer hinter dem
Ladentische stand. Angenommen, Garrot wurde jetzt, zu
dieser Stunde, verhaftet, so konnte er leugnen, ohne daß
man ihm das geringste wirklich nachzuweisen vermochte.
Ein Waffenlager? Was hatte ein Universitätsprofessor
mit einem Waffenlager zu tun! Assassinen, mohamme-
danische Bruderschaft? Lächerlich! Kreuzzugsroman-
tik!
Bei alledem durfte Fox sich nicht darüber täuschen, daß
er nicht zu lange warten konnte. Schon vor Wochen hatte
er interne Berichte der Pariser Polizei gesehen; ungefähr
zwanzig Polizisten waren bereits ums Leben gekommen

191

bei Zusammenstößen mit den Arabern, die hauptsächlich im Nordosten der Stadt hausten – in einer Gegend, die Fox absichtlich nicht betrat, weil er mit Recht fürchtete, erkannt zu werden. Wenn dort wirklich etwas vorbereitet wurde, wer hinderte Garrot oder einen anderen, von dem Lager in Tassy Gebrauch zu machen? Nach Paris waren es hundert Kilometer.

Oder nein, doch nicht. So nicht. Denn man konnte mitten in Frankreich nicht mit einer Lastwagenkolonne erscheinen und ein so großes Waffenlager einfach aufladen und nach Paris bringen. Trotzdem ... was war in der Welt möglich und was nicht? Ganz am Rand erhob sich übrigens eine kleine Nebenfrage: Wenn Garrot das war, wofür er ihn hielt, und wenn er argwöhnisch wurde oder schon war – wer würde der schnellere sein? Wahrhaftig, dachte Fox, es wird Zeit, daß Yvonne kommt, damit doch wenigstens ein Mensch auf der Welt weiß... schon heute vormittag hätte es schiefgehen können.

»Madame«, sagte er zu der Wirtin, die mit dem Kaffee kam, »ist Ihnen bekannt, daß demnächst hier in Tassy etwas Schreckliches passieren wird?«

»Nein, um Himmels willen – und was?«

»Ich werde einen Hosenknopf verlieren, wenn ich ihn nicht alsbald festnähe.«

»Sie sollten mehr Rücksicht auf meine Nerven nehmen, Monsieur, ich habe tatsächlich einen Augenblick lang geglaubt... aber kommen Sie, ich werde das machen.«

»Unmöglich!«

»Weshalb?«

»Sie bringen mich in Verlegenheit, der Knopf befindet

192

sich nicht hinten, ich möchte sogar behaupten : im Gegenteil. Ich kann nichts dafür, auch wenn Sie rot werden, was
Ihnen übrigens allerliebst steht. Halten Sie es für wahrscheinlich, daß in Ihrem Nähkörbchen eine Rolle schwarzer Zwirn ist ?«

»Glauben Sie nicht, daß bei Ihren Künsten drei oder vier
Meter genügen würden ?«

»Keinesfalls, denn wenn ich nähe, reißt der Faden wenigstens zehnmal ab. Dafür hält die Sache dann aber.«

Gut, er bekam seinen Kaffee, die Zwirnrolle und eine
Nadel und ging – freilich nicht in sein Zimmer, sondern
wieder einmal spazieren. Unter dem Bachbogen in der
Parkmauer hindurchzukommen, machte ihm bereits
keine Schwierigkeiten mehr. Im Schuppen spannte er
einen einzigen Zwirnsfaden so, daß er unbedingt reißen
mußte, wenn jemand den Karren wegnahm.

Dann schlenderte er durch den Park zum Haus und machte
Lady Margaret einen Besuch.

»Wenn ich nicht sehr irre«, sagte sie, »so war der Eindruck, den Sie auf Professor Garrot gemacht haben, sehr
günstig. Es ist sonst nicht seine Art, sich so eingehend mit
einem bisher Unbekannten zu unterhalten. Das freut mich
besonders deshalb, weil er nun um so eher sein Versprechen halten wird, schon in den nächsten Tagen wie-
derzukommen.«

»Will er das ?«

»Ja«, sagte Catherine leicht verzückt, »und er hat uns
sogar eine Sitzung in Aussicht gestellt.«

»Dafür müßte man ihm freilich dankbar sein.«

»Und da auch Sie hier sind, darf man gewiß viel davon

erwarten. Uns sind auf diese Weise schon unendlich wert-
volle Ratschläge zuteil geworden.« Offenbar drückte sie
sich so geschraubt aus, weil sie dies bei jenseitigen Dingen
für angebracht hielt.

Lady Margaret hüstelte. Das hätte sie nicht tun sollen –
Catherine fuhr gereizt auf.

»Du wirst das nicht bestreiten, Margaret!«

»Nein.«

»Ich weiß, woran du denkst, aber dafür mußt du nicht
Herrn Garrot, sondern diesen abscheulichen Pfarrer verantwortlich machen!«

Lady Margaret sagte: »Ich habe Ihnen wohl schon erzählt, daß es vor Jahren einen Prozeß gegeben hat, weil
ich die eingestürzte Parkmauer wiederaufrichten ließ.
Aber Professor Garrot hatte selbstverständlich recht, als
er mir dies riet, denn es braucht ja wirklich nicht jeder in
unserem Park herumzulaufen.«

Fox nickte.

»Ich finde es geradezu rührend«, ergänzte Catherine, »daß
er sich sogar um solche Kleinigkeiten kümmert.«

Fox fand es ebenfalls rührend. Der Zugang zum Schuppen
war dadurch gesichert, Lady Margaret mit einem schönen
Prozeß beschäftigt worden, und das interessante Lager
im Keller hatte in aller Ruhe angelegt und vergrößert
werden können. Jedem das Seine.

Catherine schien sein nachdenkliches Schweigen falsch
auszulegen, sie fühlte eine Mißbilligung darin, vielleicht
sogar eine Spur von Tadel für den Meister, der über jede
Kritik erhaben war, und das konnte sie natürlich nicht
dulden. »Wenn ich nicht irre«, sagte sie, »hat Ihnen Lady

Margaret schon einmal angedeutet, daß Sir Robert damals das Haus nicht ohne reifliche Überlegung gekauft hat, er war mit Professor Garrot befreundet, und dieser riet es ihm.«

»Kannte Professor Garrot denn das Anwesen?«

»Ob er es wirklich kannte, weiß ich nicht«, antwortete Catherine. »Es war – nun, es läßt sich wohl kaum anders nennen als eine Offenbarung. Sir Robert, unserer Weltanschauung von jeher zugetan, hörte von Garrot, daß dieser in einer Sitzung den Hinweis auf Tassy erhalten hatte.«

»Wie merkwürdig«, sagte Fox. »Sir Robert war bei dieser Sitzung nicht anwesend?«

»Ich begreife nicht, daß Sie das merkwürdig finden. Sie waren es doch, der neulich die Meinung vertrat, daß es Orte gibt, an denen von jeher etwas Besonderes haftet.«

»Allerdings, aber –«

»Nun, weshalb soll dann der Meister nicht eine Mitteilung empfangen haben, daß Tassy zu diesen bevorzugten Orten gehört?« fragte Catherine, in ihrem Ton lag die Bereitschaft, aufzubrausen.

»Es ist erstaunlich!« sagte Fox und wich schüchtern zurück. »Aber glauben Sie mir, ich habe einen solchen Grad von Verbundenheit mit dem Jenseitigen noch nicht erlebt. Es interessiert mich brennend! Auf Grund dieser Mitteilungen gelang es dem Meister, Sir Robert zu dem Kauf zu bestimmen?«

»Genauso war es«, bestätigte Catherine stolz.

Daraufhin blieb ihm nichts weiter übrig, als ehrfürchtig zu schweigen. Lady Margaret saß da und schwieg ebenfalls, aber Fox hatte den Eindruck, daß es möglicherweise nicht die reine Ehrfurcht sei – vielleicht erinnerte sie sich an manchen Scheck, den sie seit jenen ersten Offenbarungen dem Meister gegeben hatte, ohne den Zweck zu erfahren. In Catherinens Gegenwart jedoch würde sie darüber gewiß nichts verlauten lassen. Heute zum erstenmal empfand Fox eine Art Mitleid mit ihr.

So bald wie möglich verabschiedete er sich. Wahrscheinlich rechnete Catherine damit, ihn abends wiederzusehen, aber er wußte das abzubiegen.

Von der winzigen Postagentur aus, die neben dem Kramlädchen des Dorfes war, rief er Yvonne an und bat sie, morgen zu kommen, er werde in Orleans auf sie warten. Wenn es ihr nichts ausmache, fügte er hinzu, möge sie so lieb sein, aus seiner Wohnung die Post mitzubringen, den Schlüssel hatte sie ja.

Den Abend verbrachte er in seinem Zimmer und las den dicken Stoß von Auszügen durch, die er im Laufe der letzten Monate über die Assassinen gemacht und nach Tassy mitgenommen hatte; er suchte eine bestimmte Notiz und fand sie endlich. Es war fast Mitternacht, als er sich schlafen legte. Ein Glück, daß Yvonne noch nicht da war, denn beim Anblick der vielen Zigarettenreste im Aschenbecher und leider auch auf dem Fußboden hätte sie ihm gewiß eine Gardinenpredigt gehalten. Merkwürdig, daß die Frauen gegen kleine Laster die größte Abneigung haben.

IX

Am Morgen des nächsten Tages also ging Yvonne in seine Wohnung, nahm die wenige Post aus dem Türbriefkasten und hätte nun bereits umkehren können. Weil aber der Zug nach Orleans erst in zwei Stunden abfuhr und aus reiner Fürsorge warf sie noch einen Blick in die Zimmer, daß heißt, sie wollte es tun, blieb jedoch sofort erschrocken stehen.

Die beiden Türen des Diplomatenschreibtisches waren offen, die Züge und die mittlere Schublade herausgezogen. Ausgeschlossen, daß Fox ihn so zurückgelassen hatte – hier war eingebrochen worden.

Yvonne tat, was vermutlich sehr wenige Frauen getan haben würden, sie ging quer durch die Stube und öffnete die Tür zum Schlafzimmer, um dort nachzusehen, fand aber alles in Ordnung; auch die Kleider und die Wäsche waren, wie es schien, unangetastet.

Sie kehrte zum Schreibtisch zurück und betrachtete ihn. Er war nicht ausgeleert, aber man sah, daß alles darin Befindliche durchsucht worden war und durcheinanderlag. Ob etwas fehlte, konnte sie natürlich nicht wissen. Es schien jedoch nicht so. Die schöne, ganz flache Achttageuhr in dem schweren Goldgehäuse, die Fox im vorigen Jahr von der Gräfin Respiani bekommen hatte, stand jedenfalls am gewohnten Platz auf der Tischplatte und tickte; sie war so klein, daß man sie ohne weiteres in die Tasche stecken konnte, aber darauf hatte der ungebetene Besucher verzichtet.

Um so weniger darf man hier etwas anrühren! dachte Yvonne.

Sie überlegte noch eine Weile, ging herum, sah diesen und jenen Gegenstand von Wert, den ein gewöhnlicher Dieb sicher mitgenommen hätte.

Das Schloß und das Sicherheitsschloß der Wohnungstür waren in Ordnung und ließen keine Gewaltanwendung erkennen. Also hatte jemand zweite Schlüssel. Also bestand die Möglichkeit, daß er wiederkam, besonders wenn er nicht gefunden hatte, was er suchte.

Mit ihren Gedanken so weit, hätte Yvonne am liebsten die kleine Uhr vom Schreibtisch in ihre Handtasche gesteckt, aber sie beherrschte sich, denn wenn die Uhr fehlte, würde der Unbekannte bei einem zweiten Besuch sofort merken, daß jemand hiergewesen war. Yvonne sah die Post durch, die sie vorhin an sich genommen hatte. Zwei Privatbriefe behielt sie, ohne recht zu wissen, weshalb, alles andere legte sie in den Türbriefkasten zurück und schloß das Türchen wieder. Damit, schien ihr, war der Beweis geliefert, daß inzwischen niemand dagewesen und also der Einbruch noch nicht entdeckt war.

Sie schloß die Wohnung ab mit dem Gefühl, daß sie sich nicht übel benommen hatte, trat in den Lift, und erst da, als sie die gefährliche Region über und hinter sich wußte,

bekam sie Herzklopfen. Das würde kein angenehmes
Wiedersehen mit Fox, und sie hatte sich doch so darauf
gefreut.

Kurz nach Mittag kam sie in Orleans an. Er stand am
Bahnsteig mit einem Sträußchen Schlüsselblumen und
ahnte nicht, welche fatale Anspielung er da in der Hand
hielt. »Du wirst Hunger haben«, sagte er und nahm ihren
Koffer, »gehen wir also zunächst essen. Ich finde, du bist
geradezu blaß vor Hunger.«

Aber bereits bei der Suppe konnte sie nicht mehr schweigen und erzählte die peinliche Neuigkeit. Dabei begann
sie etwas stockend, kam aber bald in Schwung und wußte

ihr Erlebnis so dramatisch und anschaulich darzustellen, daß er sie mit keinem Wort unterbrach. Yvonne war nicht verwundert, daß sich während ihrer Erzählung nichts in seinem Gesicht rührte. In solchen Augenblicken blieb er vollkommen ruhig, wenigstens äußerlich, und hörte zu, als ob ihn die Angelegenheit gar nichts anginge.

Als sie fertig war, sagte er: »Du hast dich großartig benommen, Yvonne, ich danke dir, besonders dafür, daß du die Polizei nicht benachrichtigt hast. Das ist sehr gut, du wirst später erfahren, warum. Im übrigen brauchst du dich nicht aufzuregen, in meiner Wohnung war nichts zu finden, denn das allein Wichtige, einige Papiere nämlich, habe ich nach Tassy mitgebracht. Trinken wir ein Glas Sekt, Yvonne, du hast es verdient, ich ringe sogar mit dem Entschluß, ob ich dir nachher nicht noch hundert Gramm Pralinen kaufen soll.«

»Übernimm dich nicht!« sagte sie strahlend.

»Nein, wirklich, du bist eine ausgezeichnete Frau...«, und das war das letzte, was sie während dieses Mittagessens von ihm hörte, denn, wie sie erwartet hatte, verfing er sich jetzt dermaßen in seinen Gedanken, daß man das Haus wegtragen konnte, ohne daß er es merkte. Nun, auch dies erlebte sie nicht zum erstenmal.

Von allen, die sich für den Inhalt seines Schreibtisches interessieren konnten, wußte nur Garrot bestimmt, daß Fox nicht in Paris war. Vorgestern abend hatten sie sich in Lady Magarets Haus kennengelernt, wenige Stunden darauf war Garrot wieder nach Paris gekommen. Der Mann arbeitet anerkennenswert schnell, dachte Fox. Vorausgesetzt überhaupt, daß er mit der Sache zu tun hat –

und das ist, wie die Dinge jetzt liegen, womöglich noch unklarer als bisher. Denn wenn er den Wunsch gehabt hätte, in meiner Wohnung Nachschau zu halten, mußte er mich nicht nur als den Doktor Wilhelm Reineke kennen. –

Der Gedanke ließ ihn innerlich zusammenschrecken. War es am Ende so, daß Garrot recht gut wußte, mit wem er es zu tun hatte, Fox aber noch zweifelnd an einer undurchsichtigen Mauer herumtastete, während jemand hinter ihm stand und seine Anstrengungen gelassen beobachtete? Der Gedanke, das ließ sich nicht leugnen, konnte einem den kalten Schweiß auf die Stirn treiben. Die Schlüssel zur Wohnungstür ließen sich ja nicht herbeizaubern, allein das brauchte eine lange Vorbereitung. War es wirklich so, dann wurde Fox von einem Geheimbund beargwöhnt und wahrscheinlich bereits verfolgt, der die halbe Welt umspannte und dem schon seit tausend Jahren nicht die schlechtesten Männer zum Opfer gefallen waren. Vielleicht war er – buchstäblich über Nacht – aus dem Jäger der Gejagte geworden, und das Netz, an dem er so geduldig strickte, würde über ihm selbst zusammenschlagen.

»Wieso?« fragte Yvonne.

»Was?«

»Du hast eben ›gute Nacht‹ gesagt!«

»Habe ich?« Er lächelte. »Es sollte aber keinesfalls andeuten, daß deine Gegenwart einschläfernd wirkt.«

»Dummes Zeug!« sagte Yvonne. »Mir scheint, ich bin zur rechten Zeit gekommen. Immer, wenn du ein solches Gesicht machst, brennt's unter dem Dach, mein Lieber.«

Fox antwortete nicht. Das Wort Dach... der Schuppen im Park... nein, so weit war man wohl doch noch nicht. Hätte Garrot etwas Bestimmtes gewußt, so wäre es ihm ein leichtes gewesen, einen oder zwei von den vier Burschen dazulassen, und in diesem Falle wäre Fox gewiß nicht aus dem Keller herausgekommen. So weit also war es noch nicht. Wie weit aber dann? Er hatte das niederträchtige Gefühl eines Mannes, der sich auf einen im Wasser liegenden Baumstamm gestellt hat, um von da aus besser angeln zu können, und der entdeckt, daß der Baumstamm ein Krokodil ist.

»Wir sind heute nachmittag zum Tee eingeladen«, sagte er, »und zwar in dem Haus, dessentwegen ich hier bin. Sei so gescheit und harmlos wie immer, Yvonne, und vor allem: vergiß nicht, daß du die Frau des Archäologen Doktor Reineke bist. Es tut mir ja leid, dich mit einem solchen Esel verheiratet zu sehen, aber eine Zeitlang mußt du es schon aushalten.«

An diesem Nachmittag hatte Fox wieder einmal Gelegenheit, sich zu wundern, freilich war es eine durchaus harmlose Gelegenheit. Mit seiner jungen Frau machte er den Antrittsbesuch bei Lady Margaret, und bis zum Gittertor benahmen sie sich höchst albern, weil sie Ehepaar probten. Die schwarz und weiß gefleckten Hunde vor den Bauernhäusern bellten ihr Mißfallen wütend hinaus, und Fox war überzeugt, daß das Unternehmen schiefgehen werde.

Kaum aber befand sich Yvonne innerhalb der Parkmauer,

so verwandelte sie sich in der ungeahntesten Weise und wurde eine junge Frau aus der Provinz, die einen schlecht verdienenden Privatdozenten geheiratet und gegenüber einer richtigen Lady unwahrscheinlich komische Hemmungen hatte. Gleich zu Anfang spielte sie eine wunderbare Szene: sie wußte nicht, ob sie im Teezimmer, bei diesem offiziellen Besuch, beide Handschuhe anbehalten sollte oder nur einen oder vielleicht keinen, und wenn nur einen, dann war die Frage, ob den rechten oder den linken. Dies alles geschah so verstohlen und zugleich erkennbar, so nebenbei und doch so verzweifelt deutlich – selten war es Fox schwerer gefallen, ernst zu bleiben, er bewunderte ihr Talent – aber, um Himmels willen, konnte sie diese Rolle denn eine ganze Stunde durchhalten?

Sie konnte es. Er hatte sie noch nie so gesehen, sie spielte das bretonische Bauernmädchen, das in ihr steckte, in den Vordergrund, einfach hinreißend, und Fox merkte zu seiner größten Zufriedenheit, daß Lady Margaret und auch die stets argwöhnische Catherine sich insgeheim fragten, wie dieser doch recht gescheite Doktor Reineke ein solches Wollschäfchen habe heiraten können.

Nach einer Stunde verabschiedeten sie sich, Yvonne nahm seinen Arm und wandelte hochachtbar den Parkweg entlang – draußen aber bekam er einen Rippenstoß, und Yvonne beendete ihre Glanzrolle leise schluchzend mit den Worten: »Gelegentlich hättest du deinem armen Frauchen schon ein wenig helfen können!«

»Yvonne!« sagte er. »Du bist die genialste Schauspielerin, die ich je gesehen habe. Keinen Augenblick mehr werde ich dir trauen! Denn wer will entscheiden, ob du Komödie spielst oder nicht?«

»Das hat man davon!« antwortete sie seelenvergnügt.

»Aber es war ganz leicht, ich brauchte nur meinen anderen Menschen herauszukehren. Hat nicht jeder zwei solche Bestien in sich?«

»Wenn ich eine Million hätte, würde ich sie für dich bezahlen!«

»Das tut mir wohl. Aber die hundert Gramm Pralinen hast du mir nicht gekauft.«

»Eine so geniale Frau – und so kleinlich!« antwortete Fox. »Ich biete dir eine Million, und du denkst an ein Tütchen Pralinen. Nach dem, was ich vorhin erlebt habe, würde ich es überhaupt nicht wagen, dir so etwas zuzumuten.«

»Gut, sagen wir also: ein halbes Kilo, du kannst es mir morgen aus Paris mitbringen.«

»Aus Paris?«

Yvonne sah ihn erstaunt an. »Willst du denn nicht nachschauen, wie es in deiner Wohnung aussieht?«

»Nein, ich ziehe es vor, in deiner Gesellschaft hier zu bleiben und nichts zu ahnen.«

»Kaum begreiflich!«

»Gehen wir noch eine Stunde spazieren, Yvonne, zur Wallfahrtskirche hinauf, ich möchte mit dir allein sein und dir eine Geschichte erzählen. Wenn du sie gehört hast, wird alles begreiflicher sein.«

Als sie in der Abenddämmerung zurückkamen, sangen die Amseln, aber Yvonne achtete nicht darauf, sie war sehr nachdenklich. Als sie sich im Zimmer ein wenig zum Essen zurechtmachte, nahm Fox einen Aktendeckel aus der Schublade, der so viele beschriebene Blätter enthielt, daß er ihn mit einer Schnur hatte zubinden müssen.

»Hier!« sagte er und löste den Faden. »Das sind meine gesammelten Notizen über die Assassinen, und ich vermute, wenn ich sie in meinem Schreibtisch gelassen hätte, wären sie heute nicht mehr dort.«

»Aber –«

»Sehr richtig, hier können sie noch leichter verschwinden, der Einbruch in Paris ist eine Warnung. Das wäre recht unangenehm, du weißt jetzt, warum. Abgesehen davon jedoch: Es ist ein wissenschaftliches Material, wie man es nicht wieder finden wird. Was machen wir?«

»Wir machen ein Paket«, erwiderte Yvonne, »und schikken es an meine Tante in Louha, die es ungeöffnet aufheben soll, das ist doch ganz einfach. Du weißt, die Granitblöcke der Mauern von Louha sind einen Meter dick, und die Fenster vergittert. Übrigens müßte es doch sonderbar zugehen, wenn jemand es gerade dort suchen würde.«

»Unterwegs aber?«

»Wir lassen das Paket einschreiben.«

Er lachte, nicht sehr vergnügt. »Ich weiß etwas Besseres. Nach dem Essen werden wir den Pfarrer besuchen und ihn bitten, es in seine Obhut zu nehmen. Wenn ich ihm andeute, daß es Akten sind, die mit Lady Margarets Haus zusammenhängen und unter keinen Umständen in falsche Hände geraten dürfen, wird er sie mit Argusaugen bewachen. Eine gründliche Feindschaft ist auf jeden Fall sicherer als eine Postquittung.« Er schlug den Akt auf, sah Leilas Brief, den er dazugelegt hatte, nahm ihn heraus und überlegte. »Leila...«, sagte er, »ich bin ihr noch die Antwort schuldig. Das ist vielleicht ganz gut. Auch die Nachlässigkeit hat bisweilen Vorteile. Du kennst Orleans nicht, die Kathedrale?«

»Nein.«

»Unverzeihlich, meine liebe Yvonne. Du solltest das nachholen.«

Während des Essens ließ er sich von der Wirtin den Fahrplan geben, blätterte darin und sagte, wie angenehm es doch bei diesen vorzüglichen Verbindungen sei, zu reisen.

»Besonders wenn man in Tassy wohnt«, bemerkte die Wirtin, »wir haben zehn Kilometer bis zum nächsten Bahnhof.«

»Und eine idyllische Ruhe, Madame. Aber sehen Sie, hier, Orleans hat sogar einen Flugplatz, das wußte ich noch nicht.«

Sie machten ihren Besuch beim Pfarrer und gaben ihm das kleine Paket zur Aufbewahrung. Am nächsten Morgen fuhren sie nach Orleans, und Fox bat Yvonne, ihn mit dem Wagen abends am Flugplatz abzuholen. Inzwischen, hoffte er, werde sie etwas für ihre Bildung tun und alle Sehenswürdigkeiten der Stadt besuchen.

Am vorhergehenden Tag war in Paris etwas sehr Langweiliges und deshalb Lästiges geschehen. Um elf Uhr war eine Sitzung der Nationalversammlung anberaumt, aber schon um acht Uhr läutete das Telephon in Herrn Anquetils Hotelzimmer – er hatte noch keine Wohnung –, und das Sekretariat seiner Partei benachrichtigte ihn, daß um neun Uhr dreißig eine Besprechung aller Abgeordneten der Partei stattfinden werde, zu der er unbedingt erscheinen müsse, da die Partei heute im Parlament einen äußerst wichtigen und dringlichen Antrag stellen werde, der vorher noch einmal besprochen werden sollte.

Nicht in der besten Laune machte Anquetil sich fertig und bestellte das Frühstück in sein Zimmer. Zugleich wurden ihm die Morgenzeitungen gebracht. In der vergangenen Nacht war es im Nordosten der Stadt zu Aus-

schreitungen gekommen, bei denen mehrere Araber und zwei Polizisten das Leben verloren hatten. Er studierte die Berichte genau und nahm sich vor, nachher seinen Parteifreunden gegenüber einiges darüber verlauten und durchblicken zu lassen, daß er über diese Dinge vielleicht etwas mehr wisse als andere Leute. Das konnte nichts schaden. Noch unterwegs legte er sich verschiedenes zurecht, womit er Eindruck zu machen hoffte. Wahrhaftig, sein Freund Fox hatte ihm da eine gute Spur gewiesen.

Mit diesen Absichten betrat er das Fraktionszimmer. Als sich kurz danach zeigte, welches der Antrag war, den die Partei noch heute einzubringen gedachte, verfiel Herr Anquetil in Sprachlosigkeit, die sich allerdings sehr bald ins Gegenteil verwandelte. Man wollte nichts anderes als die sofortige Bildung eines Ausschusses beantragen (und dessen Vorsitz haben!), der sich mit der Untersuchung jener unheimlichen Geschehnisse zu befassen hatte, die seit Monaten die Öffentlichkeit beunruhigten und über die Herr Anquetil soeben beim Lesen der Morgenzeitungen nachgedacht hatte!

Herr Anquetil war ein guter Taktiker. Er hörte den ebenso wichtigen wie wässerigen Darlegungen einiger weniger Parteifreunde zu, die, wie üblich, redeten, weil sie nichts zu sagen hatten. Dann aber meldete er sich zum Wort, streifte geheimnisvoll sein sogenanntes Erlebnis in Marseille, wies im Zusammenhang damit auf die geglückte Reise der Handelsdelegation und deren günstige Folgen hin und ließ am Schluß ahnen, daß er, gestützt auf höchst wichtige und ebenso mysteriöse Verbindungen, sich seit langem eingehend mit dem ganzen Fragenkomplex beschäftigte – vielleicht sogar werde man demnächst von ihm hören – »ich kann und will heute nicht mehr sagen und danke Ihnen für Ihre Aufmerksamkeit«.

In der Tat, die Aufmerksamkeit war ungewöhnlich groß gewesen. Alte Parteihasen, die am Anfang seiner Rede sich noch leise bei ihrem Nebenmann erkundigt hatten, wer das eigentlich sei, schüttelten ihm die Hand und kannten, wenn auch nicht gerade ihn, so doch seine vorzügliche Schokolade, und der Fraktionsvorstand zog sich zu einer kurzen Besprechung ins Nebenzimmer zurück. Wie ausgezeichnet, daß man über einen solchen Sachverständigen verfügte!

Als Herr Anquetil am Abend dieses Tages schlafen ging, war er Vorsitzender des neugebildeten Ausschusses, sein Name stand bereits in den Nachtausgaben. Die Prophezeiung seines Freundes Fox schien früher in Erfüllung zu gehen, als man hatte ahnen können, Herr Anquetil wußte, daß er heute seinen Fuß auf die zweite Stufe der Erfolgsleiter gesetzt hatte.

Das war freilich auch das einzige, was er wußte, außer etwa der Tatsache, daß er vormittags bei der Besprechung sich selbst mit Schokolade begossen und dabei einen großartigen blauen Dunst fabriziert hatte, hinter dem außer seinem Vertrauen auf Fox nichts steckte und der, wenn sich seine ganze Bläue und Dunsthaftigkeit zeigte, ihm eines Tages schlecht bekommen konnte. Nun, man muß etwas riskieren! dachte Herr Anquetil. Aber er schlief miserabel und träumte von einer Rutschbahn, die jedoch merkwürdigerweise bergauf führte – es war zum Schwindligwerden. Und immer, wenn er aufwachte, plagte ihn der

Gedanke: Wo zum Teufel dieser Fox sein mochte, hoffentlich ließ er den Herrn Ausschußvorsitzenden nicht im Stich. Ich hätte ihm... nein, wie sagt man in diesem Fall... ich hätte ihm gleich neulich etwas Bestimmtes zur vorläufigen Deckung seiner Auslagen – ich bin eben immer noch zu zartfühlend, das ist es. Aber man wird sich doch wohl darauf verlassen können, daß der Mann die Zeitungen liest! –

Selbstverständlich las Fox die Zeitungen, gegenwärtig sogar viel genauer als sonst. Das Flugzeug, in das er am Morgen in Orleans stieg, war noch nicht gestartet, als er bereits von Herrn Anquetils neuer Würde wußte, und er lächelte etwas verkniffen bei der Andeutung, daß der Abgeordnete keineswegs zufällig für diesen Posten in Vorschlag gebracht worden war, sondern weil er »in gewisser Hinsicht als Sachverständiger gelten konnte«, da er sich schon seit längerer Zeit mit jener Untergrundbewegung befaßt hatte, die nachgerade die öffentliche Sicherheit bedrohte.

Unterwegs hatte er Muße, über diese Angelegenheit nachzudenken. Gerade für ihn bedurfte es keines Scharfsinns, um die Entwicklung der Dinge des Herrn Anquetil vollkommen richtig zu rekonstruieren, denn er war der einzige, der sich über diese Entwicklung nicht wunderte. Mit derselben Sicherheit wußte er, daß Anquetil jetzt sehnlich auf ein Lebenszeichen von ihm wartete. Ich werde ihm eine kurze Nachricht schicken, daß er ohne mich nichts unternehmen soll! dachte er. Ja, das ist unbedingt notwendig, damit er mir nicht noch zu guter Letzt in den Kram pfuscht. Er soll die nächsten Tage dazu benützen,

seinen herrlichen Ausschuß zu organisieren und sich Briefbogen drucken lassen, das ist eine Beschäftigung, bei der er
wenigstens keine Dummheit machen kann. »Jene Untergrundbewegung« – soso. Und was wird jene Untergrundbewegung zu Herrn Anquetil sagen? Nichts wird
sie sagen, sie wird ihn nicht einmal eines Achselzuckens
würdigen, und das ist gut so. Aber freilich: sehen lassen
darf ich mich mit ihm unter keinen Umständen, es könnte
ihm schlecht bekommen, wahrscheinlich auch mir.

Er schrak zusammen, als die beiden Motoren des Flug-
zeugs, plötzlich gedrosselt, leiser brummten, und blickte
auf das bunte Land hinunter, wo Felder und Weingärten
und Sand und See aneinanderstießen – man war in
Bordeaux.

Leila wohnte in einer dunklen Gasse der Altstadt, in einer
von jenen billigen Pensionen, wie sie in aller Welt zu finden sind, gewöhnlich betrieben von einem abgehalfterten
Artistenehepaar, das seinen Lebensabend mehr oder
weniger friedlich damit verbringt, möblierte Zimmer an
junge Kollegen zu vermieten. War schon die Gasse finster,
eng und von abenteuerlichen Gerüchen erfüllt, so war es
das Haus noch mehr. Fox tastete sich die steile Holz-
treppe hinauf, ihm gefiel diese unbekannte Dunkelheit so
wenig, daß er stehenblieb, als ihm jemand von oben ent-
gegenkam... es war aber nur ein weibliches Wesen,
und die Treppe war so eng, daß er den fremden Atem
spürte.

Die alte Frau, die ihm die Wohnungstür öffnete und ihn
im schwachen Licht eines drinnen brennenden Lämpchens
mißtrauisch betrachtete, trug ein Kleidungsstück, von

dem er bisher nur in Romanen aus dem vorigen Jahrhundert gelesen hatte, nämlich eine Nachtjacke, und es
war vielleicht ganz gut, daß das Lämpchen nicht heller
brannte.

»Ah, bringen Sie endlich das Geld!« sagte die Frau, als er
nach Leila fragte. »Es wird Zeit, wissen Sie, denn man
kann von mir nicht verlangen, daß ich ganze arabische
Völkerstämme durchfüttere, ohne jemals einen Sou zu
sehen.«

Fox antwortete: »Ich wußte nicht, daß es Ihnen so eilt.«

»Eilt!« erwiderte die Frau. »Eilt! Ich kann es mir einfach
nicht leisten, Wochen hindurch Kredit zu geben. Man lebt
von der Hand in den Mund.«

»Wieviel also?« fragte er.

Die Alte wurde zusehends freundlicher. »Ich habe alles
genau aufgeschrieben«, sagte sie, »niemand soll denken,
daß ich einen Centime zuviel verlange. Bitte, Monsieur,
kommen Sie mit mir, ich werde Ihnen das Kontobuch
zeigen, damit Sie sehen, daß ich niemanden übervorteile.«

»Davon bin ich überzeugt«, sagte Fox, ohne die Schwelle
der Küche zu überschreiten, denn in einem dampfenden
Kochtopf schien Stockfisch zu sein. »Wieviel also? Zählen Sie bitte zusammen.«

Zwei Minuten später war die Angelegenheit erledigt. Die
Alte verschwand dienstfertig hinter einer Tür, erschien
sogleich wieder und ließ ihn eintreten.

Obwohl es bereits elf Uhr war, lag Leila noch im Bett,
sie blickte dem unerwarteten Besucher erst mit Verwun-
derung und dann, als sie ihn erkannte, mit Verlegenheit
entgegen.

Fox nickte ihr freundlich zu und zog einen Stuhl neben
ihr Bett.

»Ich hoffe, du bist nicht krank, kleine Leila?«

»Nein«, sagte sie mit ihrer sonderbar rauhen und dabei
doch leisen Stimme. »Aber es geht mir doch nicht gut,
verzeihen Sie, daß ich so empfange, ich konnte nicht
ahnen –«

»Weshalb hast du mir nicht geschrieben, daß es dir nicht
gut geht?«

Leila schwieg und blickte auf die schäbige Wolldecke. Endlich sagte sie:

»Ich hätte dieses Engagement nach Bordeaux nicht annehmen sollen. Ich bin hier nur zwei Wochen aufgetreten, dann nicht mehr, weil man mir die Gage schuldig blieb und mich von einem Tag auf den andern vertröstete. Der Direktor ist ein Betrüger.«

»Und?« fragte Fox.

»Ich habe hier so große Schulden...«

»Erstens sind diese Schulden seit einer Minute bezahlt«, sagte Fox, »und zweitens waren sie nicht groß. Nein, sei still, Leila, du darfst mich jetzt nicht unterbrechen. Du trittst also nicht mehr jeden Abend auf?«

»Überhaupt nicht mehr.«

»Das ist ausgezeichnet.«

»Es ist trostlos, Monsieur. Wie soll ich denn aus dieser Stadt wegkommen, wie soll ich jemals wieder heimkommen!«

»Darüber brauchen wir uns jetzt nicht mehr den Kopf zu zerbrechen«, sagte er. »Du hast also Zeit?«

»Zeit ist das einzigste, was ich habe.«

»Ein ungemein glückliches Zusammentreffen.«

»Finden Sie!« sagte das Mädchen bitter. »Darf ich mich jetzt bei Ihnen bedanken?«

»Höre, Leila, du bist hier in eine Lage geraten, aus der man dir so schnell wie möglich heraushelfen muß. Ich werde das tun, und du... du wirst mir sogar Gelegenheit geben, dir dankbar zu sein.«

»Das ist ganz unmöglich«, erwiderte Leila.

Er sah auf die Uhr.

»Ich bin hierhergekommen, um dir zu erklären, daß ich seit dem Tode deines Bruders unablässig bemüht bin, diesen rätselhaften Vorfall – und noch viele andere – zu untersuchen. Vielleicht gelingt mir in nächster Zeit etwas Entscheidendes, ich weiß es nicht, aber ich hoffe es. Und du kannst mir dabei helfen.«

»Ich?«

»Du kannst mir dabei um so mehr helfen, als du jetzt nicht mehr abends auftreten mußt, ich habe das nicht gewußt, es macht alles viel einfacher. Du brauchst also nicht in Bordeaux zu bleiben?«

»Gewiß nicht, ich möchte die Stadt so bald wie möglich verlassen, ich habe hier kein Glück.«

Fox überlegte. Daß Leila frei war, bedeutete für ihn in der Tat eine so große Überraschung, daß er sich erst an den Gedanken gewöhnen mußte. Er hatte dieses arabische Mädchen in seine Pläne einbezogen, deshalb war er hier,

aber er hatte sich auf eine verwickeltere Rechnung gefaßt gemacht.

Daß nun alles unvermutet einfacher ging, war ein gutes Vorzeichen.

»Noch heute abend«, sagte er, »werde ich in Orleans ein Zimmer für dich mieten und dir die Adresse schreiben. Ich gebe dir genügend Geld, daß du einige Zeit dort leben kannst, auch wenn ich dich nicht sehen sollte.«

»Verzeihen Sie, ich verstehe nicht –«

Fox zog seinen Stuhl noch näher an das Bett heran. »Du brauchst es auch vorläufig nicht zu verstehen. Für dich ist die Hauptsache, daß du endlich aus diesem gräßlichen Loch herauskommst und dich nach diesen unglücklichen Wochen erholen kannst. Habe nur ein wenig Geduld, alles wird sich so auflösen, wie wir es wünschen. Frage nicht, kleine Leila, sondern warte. Du weißt, daß ich es immer gut mit dir und deinem Bruder gemeint habe, ich werde es dir auch jetzt wieder beweisen, aber du mußt klug sein und gehorchen.«

Zur gleichen Stunde, als Fox in Bordeaux sein sonderbares Gespräch mit Leila hatte, ging Yvonne in Orleans die Rue Jeanne d'Arc entlang. Nach seinem Wunsch hatte sie sich die Zeit damit vertrieben, daß sie gewissenhaft die bedeutendsten Sehenswürdigkeiten aufsuchte, war nun ziemlich müde und hungrig und überlegte, wo sie zu Mittag essen könnte.

An diesem heiteren und warmen Frühlingstag hatten die Restaurants und Kaffeehäuser ihre hübschen bunten

Tische auf die Straße gestellt, auf der Sonnenseite waren sogar schon die Markisen heruntergelassen, ihr farbiger Schatten wirkte verlockend. Von dort aus winkte jemand, und Yvonne war nicht besonders entzückt, als sie Catherine und neben ihr Lady Margaret erkannte.

Die beiden hielten es für selbstverständlich, daß sie sich zu ihnen setzte. Mußte man sich denn nicht wundern, daß halb Tassy heute in der Stadt war, und weshalb hatte Doktor Reineke seine arme kleine Frau allein gelassen?

Die arme kleine Frau verspürte wenig Lust, alle neugierigen Fragen zu beantworten – sie hätte es auch nicht gekonnt –, sondern sie wich aus und wunderte sich nun ihrerseits darüber, den beiden Damen hier zu begegnen.

Darauf lächelten Catherine und Lady Margaret einander vielsagend zu, taten zunächst ein wenig geheimnisvoll, konnten schließlich aber doch nicht schweigen: Jawohl, es war ungewöhnlich, daß sie zusammen nach Orleans fuhren, aber heute lag ein dringender Grund vor: Am heutigen Vormittag war ein Brief des Meisters gekommen, in dem Professor Garrot mitteilte, daß er sein Versprechen, Tassy bald wieder zu besuchen, früher als erwartet halten könne. Zwar ließ sich noch nicht genau sagen, wann er eintreffen würde – bei einem solchen Manne durchaus verständlich –, aber die Möglichkeit bestand jederzeit, und er würde diesmal allein sein, um sich seinen geistigen Freundinnen ganz widmen zu können. Begriff Yvonne, daß es dazu gewisser Vorbereitungen bedurfte?

Yvonne begriff. Zwar dachte sie, man könnte dies auch

einfacher ausdrücken, etwa indem man sagte, daß Einkäufe gemacht werden müßten, aber eine so triviale Feststellung entsprach gewiß nicht der Verbindung mit
höheren Welten. Nun, das brauchte sie nicht zu kümmern,
und deshalb hätte sie gewiß kein Wort darüber verloren.
Die andern aber waren in der Mehrheit, der Augenblick
war günstig, Yvonne eine unerleuchtete, noch nicht er-
weckte Seele. Catherine begann eine fanatische Bered-
samkeit zu entwickeln, aus der Yvonne weniger den
Bekehrungswunsch als das Bedürfnis verspürte, von einer
hohen Stufe des Daseins zu ihr hinabzublicken. Das
mochte sie besonders gern. Aber sie hörte geduldig zu.
»Mich wundert nur«, sagte Lady Margaret, »daß Ihr
Mann, der doch zu den Eingeweihten gehört, Sie nicht
schon längst zu sich emporgezogen hat?«
»Ich spreche nicht gern davon«, erwiderte Yvonne. »Ihnen
aber kann ich's ja sagen: Ich bin einfach zu dumm für
solche Dinge.«
Lady Margaret und Catherine hatten sich das zwar schon
selber gedacht, trotzdem konnte man es doch nicht einfach zugeben, also gerieten sie durch dieses Geständnis
in eine kleine Verlegenheit, sie sagten nichts weiter als
»oh...!«, und Yvonne blickte aus unschuldigen grünen
Katzenaugen von einer zur anderen, denn für so viel
Dummheit durfte man wohl Mitgefühl verlangen.
Wo war übrigens Doktor Reineke, weshalb ließ er seine
hübsche junge Frau so allein herumlaufen?
»Er hat eine wichtige Besprechung oder so etwas«, antwortete Yvonne, »aber ich weiß wahrhaftig nicht, mit
wem und weshalb, und ich weiß auch nicht wo.«

Nachgerade waren die Damen aus Tassy geneigt, solchen Versicherungen zu glauben. Ein Glück, daß die junge Frau so wenig Anschlußbedürfnis hatte, man konnte sie allein lassen, ohne sie zu kränken – und das taten die Damen so bald wie möglich.

Yvonne sah ihnen nach, ihre Augen waren heute besonders grün.

X

Es war begreiflich, daß in Lady Margarets Haus eine gewisse Unruhe herrschte, wenigstens im Vergleich zu der Lautlosigkeit, mit der das Leben zu anderen Zeiten zwischen den alten Mauern dahinzugleiten pflegte. Professor Garrot hatte so überaus liebenswürdig geschrieben; es erschien nicht ausgeschlossen, daß er diesmal mehrere Tage dablieb, ein Glücksfall, auf den man sich nicht genug vorbereiten konnte. Die Damen wünschten sehr, sich mit Doktor Reineke zu beraten, unerklärlicherweise blieb dieser unsichtbar, während er doch sonst an fast jedem Morgen im Park spazierengegangen war.

Catherine machte sich auf die Suche nach ihm, das tat sie nicht gern, keiner sollte sich einbilden, daß sie hinter ihm herlief, und schon gar nicht diese junge Frau, diese Yvonne, die ebenso hübsch wie dumm war. Es ging aber nicht anders, man brauchte Doktor Reineke und versprach sich viel von seinen Unterredungen mit dem Meister.

Yvonne saß vor dem Gasthaus unter der alten Linde und stickte. Zugegeben, ein allerliebstes Bild des Friedens, und die kleinen Sonnenkringel, die durch das junge Laub fielen, zitterten auf ihrem Haar, das die höfliche Lady

Margaret tizianblond und die weniger höfliche Catherine einfach rot nannte, und Yvonnes Haut war wie Perlmutter, was jedoch das Essen betraf, so hätte sie sich etwas mehr beherrschen dürfen, aber der Geschmack ist freilich verschieden.

Als sie Schritte hörte, blickte sie von ihrer Handarbeit auf, und die Nackenlinie war wie auf einem Bild von Rubens – Catherine, dieser Schwamm, stellte das mißfällig fest.

»Ich störe nicht?«

»Unmöglich, da ich doch in der Sommerfrische bin«, antwortete Yvonne, »ach, man könnte den ganzen Tag unter

diesem Baum sitzen und den Grasmücken zuhören.« –
»Jaja«, sagte Catherine ungeduldig, denn von der Natur
hielt sie nichts, sie war ihr zuwenig durchgeistigt. »Sie
sind allein, wie ich sehe ?«

»Um so lieber ist mir Ihre Gesellschaft.«

»Ich suche eigentlich Ihren Mann.«

»Ja, tun Sie das«, erwiderte Yvonne.

Catherine fragte etwas verblüfft: »Sie wissen nicht, wo
er ist ?«

»Nein, aber ich möchte es wissen.«

»Es müßte sich feststellen lassen«, sagte Catherine mit
hochgezogenen Brauen.

Yvonne schüttelte mit einem sanften Lächeln den Kopf.
»Das denkt man so. Sie kennen ihn nicht. Wann sind wir
uns in Orleans begegnet ?«

»Lassen Sie sehen . . . vor vier Tagen, wenn ich nicht
irre ? Warum ?«

»Ja, seitdem ist er also verschwunden«, antwortete
Yvonne, damit beschäftigt, eine andere Farbe unter ihrer
Stickseide herauszusuchen, was große Aufmerksamkeit
erforderte.

»Wie meinen Sie das ?«

»Genau wie ich es sage. Ich hatte ihn an jenem Morgen
zum Flugplatz gefahren und sollte ihn nachmittags wieder abholen. Das Flugzeug kam auch pünktlich an, aber
er war nicht darin.«

»Ja, und ?«

»Nichts weiter«, sagte Yvonne. »Unter einem grünen
Baum kann man natürlich keine grüne Seide heraus-
suchen, aber ich bin einfach zu faul, aufzustehen.«

»Ich bitte Sie!« sagte Catherine aufgeregt. »Wie soll ich das verstehen? Wollen Sie damit andeuten, daß Sie sich seither überhaupt nicht um ihn gekümmert haben?«

»Wahrhaftig!« antwortete Yvonne. »Was sollte ich denn tun? Ich wußte nicht, wohin er geflogen war. Es hätte auch keinen Zweck gehabt, in Orleans zu übernachten, denn selbst wenn er noch gekommen wäre, so hätte er ja mein Hotel nicht gekannt. Also bin ich an jenem Abend nach Tassy zurückgefahren, und hier sitze ich nun und muß mich ärgern, weil ich in Orleans nicht mehr Stickseide gekauft habe.«

»Aber Ihr Mann!«

»Nein, mit Stickseide kennt er sich nicht aus.«

»Ich meine: Es wird ihm hoffentlich nichts zugestoßen sein!«

»Ach, das hätte man wohl in der Zeitung gelesen.«

Catherine blickte sie fassungslos an, und Yvonne war im stillen der Meinung, daß sie die Sache jetzt doch bis zum Äußersten getrieben habe. Dummheit ist eine sehr weite Ebene, darüber hinaus reicht nur noch der geistige Hochmut, aber kann man sich in der Tat auf dessen Unendlichkeit verlassen?

»Sie werden sehen«, sagte Yvonne also, bestrebt, in meßbare Gebiete zurückzukommen, »Sie werden sehen, eines Morgens oder Abends ist er da. Ich bin das gewohnt, deshalb regt es mich nicht mehr auf.«

Catherine erwiderte, sie möchte sehr wünschen, daß Yvonne recht behielte. Im Augenblick empfand sie die Abwesenheit Doktor Reinekes doppelt peinlich, denn heute früh war die Nachricht gekommen, daß Professor Garrot gegen Abend eintreffen werde.

»Soviel ich weiß«, sagte Yvonne mit schöner Seelenruhe, »interessiert sich mein Mann nicht sonderlich für diesen Professor Garrot.«

Catherine wurde blaß, ein bleicher Schwamm, aber ihre Augen begannen zu phosphoreszieren, und die Pupillen waren so klein wie Nadelspitzen. »Ich vermute«, sagte sie mit einem leichten Tremolo in der hochsteigenden Stimme, »daß Sie über die Meinung Ihres Gatten in diesem Punkte doch nicht ganz unterrichtet sind. Außerdem kommt es nicht darauf an, was er von Professor Garrot, sondern was Professor Garrot von ihm denkt. Es sollen sehr wichtige Sitzungen veranstaltet werden.«

»Bleibt Herr Garrot denn länger hier?«

»Das kann man bei ihm nie wissen, sondern nur hoffen.«

»Hoffen wir also, vielleicht hat er gerade nichts Gescheiteres zu tun«, sagte Yvonne mit einer leeren Nachdenklichkeit und zählte die Stiche. »Aber es wäre ja möglich, daß mein Mann im Laufe des Tages kommt, ich will es ihm dann gleich mitteilen, nicht wahr. Andernfalls müßten Sie mit mir vorliebnehmen.«

Catherine ersparte sich jede Antwort und stand auf. Yvonne, sehr höflich, legte eilends ihre Handarbeitssachen in das Körbchen und begleitete die Besucherin erst die kurze Dorfstraße, dann am Bach entlang und durch die Einfahrt in den Park. »Sie wissen nicht, wie gut Sie es haben!« sagte sie und blickte zu den hohen alten Bäumen hinauf, in deren noch lichtem Schatten man dahinwandelte. »Denn hier steht die Zeit still, und wo sich nichts regt, gibt es wohl auch keine Erregung.«

»Das scheint nur so«, erwiderte Catherine.

»Ich begreife Herrn Garrot gut, daß er immer wieder hierherkommt«, fuhr Yvonne fort, »und ich muß gestehen, daß dieser wundervoll verwilderte Park auch auf mich einen zauberhaften Eindruck macht. Kann man denn nicht tagelang darin spazierengehen und immer wieder etwas Neues entdecken?«

»Dabei bin ich gar nicht sicher, ob Professor Garrot den Park jemals betreten hat«, sagte Catherine, »erinnern kann ich mich jedenfalls nicht.«

»Ich werde ihm auseinandersetzen, was er damit versäumt«, sagte Yvonne eifrig.

Auch diesmal war Catherine so überlegen, daß sie nicht antwortete. An der Haustür erkundigte sich Yvonne noch einmal, ob für heute tatsächlich mit Garrots Ankunft zu rechnen sei, und verabschiedete sich, ohne für den Abend eingeladen zu werden; trotzdem schien es für sie festzustehen, daß sie kam.

Im Gasthausgärtchen nahm sie die wenigen Kleinigkeiten zusammen, die sie dort hatte liegenlassen, und trug sie ins Zimmer hinauf. Ein paar Minuten später fuhr sie ihren Wagen aus dem Hof. Die Wirtin nickte ihr durchs Küchenfenster zu und rief: »Bleiben Sie lieber hier, Madame, wir werden Regen bekommen!«

»Unmöglich!« antwortete Yvonne. »Es ist der schönste Tag, den man sich denken kann!«

»Wir wollen sehen, wer recht hat!«

Um die Mittagszeit stiegen die ersten Wolken über die flachen Hügel herauf, der Wind stieß in die Bäume, erst wie im Spiel, dann mißgelaunter und ernstlicher, bald fielen die ersten Tropfen, und es war ein erbärmlich schlechtes Wetter, durch das der große schwarze Wagen des Herrn Garrot sich hindurcharbeiten mußte, sobald er die Hauptstraße Paris – Orleans verlassen hatte und nun dem Westwind entgegenfuhr, der die Regenschauer auf ihn zu trieb.

Es geschah selten, daß Professor Garrot ohne Begleitung reiste. Diesmal war er, abgesehen vom Fahrer, allein.

227

Catherine, die wartend am Fenster gestanden und gesehen hatte, wie der Wagen in den Park einbog, empfing
den Verehrten an der Haustür. Hinter ihr trat Barbe in
Erscheinung, nahm das Gepäck entgegen, das der Fahrer
ihr überantwortete, und sah ohne sonderliche Gemüts-
bewegung, wie jener das Auto an die gewohnte Stelle
brachte, nämlich ein wenig abseits vom Haus, aber doch
so, daß es jederzeit ohne viel Hin und Her wegfahren
konnte. Dann wies sie ihm sein Zimmer an, das auf des
Meisters Wunsch immer zu ebener Erde sein mußte, und
trug Garrots Gepäck in den ersten Stock hinauf.

»Ist es wahr, Catherine«, fragte Lady Margaret, »daß
niemand weiß, wohin Herr Doktor Reineke verreist
ist?«

»Nicht einmal seine Frau weiß es«, antwortete Catherine,
»allerdings bedeutet das wenig, weil sie ja überhaupt nie
etwas weiß. Hätten Sie auf seine Anwesenheit Wert
gelegt, Herr Professor?«

Offenbar hatte Herr Garrot keinen besonders guten Tag,
vielleicht war der plötzliche Wetterumschlag daran
schuld, jedenfalls sah er nicht nur angegriffen, sondern
ärgerlich aus, wie ein Südfrüchtehändler, dem ein Waggon
Zitronen erfroren ist. Die Ruhe besonders der blauen
Augen, die ihm sonst etwas entschieden Außergewöhnliches verlieh, war heute nicht so überlegen, hinter der
Maske des ehrbaren Handelsmannes schien nichts zu
stecken. »Seine Anwesenheit«, sagte er, »wäre mir hauptsächlich deshalb wertvoll gewesen, weil mich diesmal
unser Omar nicht begleiten konnte, wie Sie bemerkt
haben werden. Ich halte es für wahrscheinlich, daß man

mit diesem Herrn Reineke ganz gut arbeiten kann. Er gehört zu den Menschen, denen es von Natur aus gegeben ist, Verbindungen herzustellen – ich weiß das nicht, aber ich fühle es.«

Die beiden Damen blickten andächtig zu ihm auf.

Es hatte nur dieses Beweises einer stillen Verehrung bedurft, um die Schatten auf dem Gemüt des Meisters verschwinden zu lassen. Er entwölkte sich wunderbar, ergriff Lady Margarets linke und Catherines rechte Hand und führte die beiden, zwischen ihnen gehend, zum Teetisch, den sie mit der liebevollsten Sorgfalt gedeckt hatten. Sie fühlten sich grenzenlos beglückt durch diese Auszeichnung, die ihnen noch nie zuteil geworden war. Und da eben jetzt Barbe mit dem Teebrett eintrat und sich dem feierlichen Geleit gleichsam als Nachhut anschloß, bekam das Ganze etwas Festzugmäßiges, vorteilhaft vollends dadurch, daß der an die Scheiben schlagende Regen diesem Festzug ausnahmsweise nichts anhaben konnte.

»Sie glauben nicht«, begann Professor Garrot, indem er den gewohnten Ehrenplatz an der Schmalseite des Tisches einnahm, »Sie glauben nicht, wie unendlich ich mich auf einige Tage Ruhe freue, ja, ich kann behaupten, daß ich aus Paris geradezu geflüchtet bin, um jenen allzu großen Ansprüchen zu entgehen, die mir täglich nahetreten. Ich empfinde es als eine besondere Freundlichkeit der Vorsehung, daß ich diesen stillen Erdenwinkel kenne und aufsuchen darf – erlauben Sie mir, Ihnen dafür auch diesmal von Herzen zu danken.«

»Wenn nur das Wetter besser wäre ...«, sagte Lady

Margaret; das war nicht unbedingt geistsprühend und neu, aber es half doch über die seelenergreifende Rührung des Augenblicks hinweg. Der Regen, meinte Garrot, könne den Frieden des Tages in keiner Weise stören, sondern eher vertiefen und deutlicher machen, und wie zum Beweise knüpfte er an diese Feststellung ein sanftes, aber großes Gespräch über Himmel und Erde, das, bunt bewimpelt von mancherlei Zwischenfragen seiner Zuhörerinnen, in schönen Wellen dahinfloß und die überraschendsten Ausblicke auf beide Ufer des Daseins, in die diesseitige und die jenseitige Welt, ermöglichte.

Als die Abenddämmerung sich in das graue Licht mischte, erschien Yvonne mit der Nachricht, vor einer halben Stunde sei ein Telegramm gekommen, Doktor Reineke hoffe morgen im Laufe des Vormittags in Tassy einzutreffen.

»Sehr gut!« sagte Catherine. »Wo ist er denn nun eigentlich?«

»Ich weiß es nicht!« antwortete Yvonne.

»Aber auf dem Telegramm muß doch stehen, wo es aufgegeben ist!«

»Ach so ...«, sagte Yvonne. »Das ist wahr. Ich werde nachsehen. Übrigens, was mich betrifft, so ist es ziemlich gleichgültig, wo er ist, für mich bleibt die Hauptsache, daß er kommt.«

»Eine ebenso begreifliche wie anerkennenswerte Einstellung«, bemerkte Herr Garrot und sah sie mit onkelhaftem Lächeln an, »die ich in diesem Falle durchaus teile, denn auch mir ist es sehr lieb, daß Ihr Gatte zurückkehrt. Sie sehen«, fügte er hinzu und wandte sich an die Damen

230

des Hauses, »wenn man in Ruhe abwartet, so ordnen sich die Dinge wie nach einem unsichtbaren Muster gleichsam von selbst – was tut's, ob dies heute geschieht oder morgen? Wenn es Ihnen recht ist, bleiben wir beisammen, und während draußen der Regen rauscht, erzähle ich Ihnen die Geschichte des Schlosses Tassy, so wie ich sie damals gehört habe, als Sir Robert dieses Haus kaufte, das, wie Sie wissen, an der Stelle des ehemaligen Schlosses steht.«

Monsieur Garrot konnte wohl außerordentlich gut erzählen. Die Dämmerung verwandelte sich in Dunkelheit, aber wenn Barbe nicht ins Zimmer gekommen wäre, so hätte vermutlich niemand daran gedacht, Licht zu machen. Barbe wollte etwas wegen des Essens fragen. Catherine, sonst die Umsicht in Person, antwortete, sie solle nur alles machen, wie sie es für gut halte, und stand schließlich nur auf, sich um den Tisch zu kümmern, den Barbe nebenan gedeckt hatte, wobei sie durch die halboffene Tür die klingende und doch weiche Stimme Monsieur Garrots so gut hörte, daß sie sehr wohl verstanden hatte, wovon die Rede war.

»Ein ganz unchristliches Wetter, gerade recht für solche blutigen Geschichten«, sagte Barbe also zu Catherine, die neben sie getreten war. »Heute ist Neumond, und hören Sie nur, wie der Wind pfeift und an den Fenstern rüttelt.« Barbe traf mit ihrer Bemerkung das Charakteristische, denn da die Fenster aus kleinen, miteinander verbleiten Glastafeln bestanden, so konnte sich der Wind besonders laut an ihnen zu schaffen machen, sie ächzten und klapperten recht sonderbar, und die Finsternis stand

dicht hinter ihnen wie eine Mauer, freilich wie eine rau-
schende, und auch das war ziemlich gespenstisch. Der
Lichtschein aus dem Zimmer reichte nur bis zu den aller-
nächsten Zweigen hinaus, die wie große Hände auf und
ab winkten. »Hast du die Haustür zugeschlossen?« fragte
Catherine, und Barbe nickte.

In dieser unfreundlichen Nacht, und zwar gegen zehn
Uhr, sagte der Pfarrer von Tassy zu seinem Gast, der
seit etwa einer Stunde bei ihm saß: »Was Sie mir da
erzählt haben, klingt so unglaublich, daß ich es bei jedem
anderen als eine faustdicke Lüge nehmen würde, und
sogar bei Ihnen fällt es mir fast schwer, es für Wahrheit
zu halten – aber nach allem, was ich jetzt gehört habe,
muß ich es wohl tun. Gut – oder vielmehr nicht gut, sondern schlecht, sehr schlecht! Nun, es steht mir nicht zu,
meine Ansicht darüber zu äußern. Ich weiß, weshalb Sie
mich ins Bild gesetzt haben, und achte Ihre Gründe.
Seien Sie versichert, daß ich schweigen werde, wenn
nicht die von Ihnen genannten Umstände ... aber das
wollen wir nun doch um Himmels willen nicht hoffen!«
Er schob seinen Stuhl zurück und ging in der Stube hin
und her.
»Ich schließe mich Ihrem frommen Wunsch an – aber«,
sagte Fox mit einem sonderbaren Lächeln, »ich war
schon öfters in Lagen, die mein Leben als einen sehr
zweifelhaften Besitz erscheinen ließen, aber ich denke,
daß ich noch niemals dermaßen hart an der Kante war,
über die man ins Dunkle kippt, heute ist Dienstag.«

Der Pfarrer blieb stehen und sah ihn an. »Sie haben eine Art und Weise«, sagte er stirnrunzelnd, »als ob es nicht gleichgültig wäre, ob Sie dienstags oder mittwochs ins Dunkle kippen, wie Sie sich auszudrücken belieben, eine hinreichend frivole Wendung übrigens, mit der ich mich keinesfalls einverstanden erklären möchte.«

»Glauben Sie ich?« fragte Fox. »Wenn Sie mich nur ausreden ließen. Ich meinte: Falls Sie bis zum Dienstag nächster Woche nichts von mir hören, bitte ich, Herrn Benoit von der Pariser Polizei, an den dieser Brief adressiert ist, einen Wink zu geben – aber nicht vorher, wir wollen ihn nicht unnötig erschrecken, das müssen Sie mir versprechen. Der Mann ist ein guter Freund von mir. Und jetzt muß ich mich auf den Weg machen; ich danke Ihnen für Ihre freundliche Teilnahme, auf Wiedersehen!«

»Auf Wiedersehen, wahrhaftig auf Wiedersehen!« sagte der Pfarrer, schüttelte ihm die Hand und begleitete ihn hinaus.

Im Flur blieb Fox noch einen Augenblick stehen und holte tief Atem. »Ja«, sagte er, »das ist dieser Geruch, den ich schon als Kind geliebt habe, weil er etwas Geheimnisvolles hat, wenigstens für mich, dieser Duft von sehr altem Holz und Äpfeln und gescheuerten Dielen...«
Dann öffnete er die Haustür und nickte dem Pfarrer noch einmal zu.

Der Wind stieß ihm aus der Finsternis entgegen wie ein schwarzer Bock. Aber der Regen war nicht mehr so heftig wie am Abend, man konnte vermuten, daß der Wind ihn bis zum Sonnenaufgang vertreiben würde.

Fox schlug den Weg zu Lady Margarets Haus ein; gut

daß er ihn so genau kannte, es war stockdunkel. Aber dann sah er in der schwarzen, ungewissen Masse des Parks zwei oder drei Lichtpünktchen, die bald verschwanden, bald wieder auftauchten: erhellte Fenster, vor denen die Zweige schwankten.

Das Gittertor stand offen.

Vor zwei Stunden, das hatte Fox gesehen, war es noch geschlossen gewesen. Die beiden Flügel waren so schwer, daß der Wind sie unmöglich zudrücken konnte.

Langsam ging er auf das Haus zu, blieb dabei aber vorsichtig manchmal stehen. Auf dem freien Platz vor dem Haus hielt er sich rechts, bis er an die Stelle unter den Bäumen kam, wo Garrots großer Wagen zu stehen pflegte. Auch jetzt stand der Wagen da, man sah, wie sich das Licht der Fenster in der Schutzscheibe spiegelte.

Aber Fox erschrak nicht wenig, als er beim nächsten Schritt hart an etwas stieß. Es war eine offenstehende Tür des Wagens.

Ein paar Sekunden lang blieb Fox unbeweglich, höchst fatale Augenblicke, während deren er darauf gefaßt war, daß sich in dem Wagen jemand rührte.

Nichts geschah. Er trat vollends hinzu. In dem geringen Lichtschimmer, der vom ersten Stockwerk herabkam, in der Finsternis jedoch genügte, ließ sich erkennen, daß der Wagen leer war. Fox beugte sich hinein, über das Lenkrad. Kein Mensch, kein Gegenstand. Der Zündschlüssel steckte. Er zog ihn ab, richtete sich auf, legte die Hand auf die Motorhaube und die Kühlerverkleidung; dies alles war kalt, der Motor also seit längerer Zeit nicht gelaufen.

Aber die offene Wagentür und der Zündschlüssel gaben
zu denken. Hier bestand doch wohl ein tieferer Zusammenhang mit dem offenen Parktor.

Ohne sich weiter um das Auto und das Haus zu kümmern, ging Fox in den Park hinein. Es war so dunkel,
daß er mit Händen und Füßen tasten mußte, um nicht
ins Gebüsch oder an Bäume zu geraten. Noch nie hatte
der Park eine so endlose Ausdehnung gehabt wie in dieser
Nacht. Windstöße und Regenschauer jagten einander,
in das große, unregelmäßige Rauschen und Heulen hinein knackte und krachte es. Dann lockerten sich Finsternis und Windlärm ein wenig: dies war die schmale
Lichtung, die von dem Bach durchquert wurde, der
seinen Lauf von hier an gegen die Mauer nahm. Jenseits
der Lichtung erhob sich wieder die schwarze Masse der
Bäume, und jetzt konnte der Schuppen nicht mehr weit
sein.

Noch langsamer und vorsichtiger als bisher tastete sich
Fox vorwärts. Da war der Schuppen, man sah es an der
Lücke oben in den Wipfeln.

Fox, schon unter dem vorspringenden Dach, blieb am
Eingang stehen.

Für den Bruchteil einer Sekunde blitzte die Taschenlampe auf, dann war es noch dunkler als bisher. Aber er
hatte genug gesehen:

Der Karren war aufgerichtet und beiseite geschoben, die
Falltür offen.

Als sich die Augen nach der kurzen Blendung wieder an
die Finsternis gewöhnt hatten, ließ sich an der Decke
des Schuppens, über der offenen Falltür, die Spur eines

Lichtschimmers wahrnehmen. Gewiß brannte im Keller, freilich weit weg vom Fuß der Treppe, ein Licht.

Hier gab es nun nichts mehr zu überlegen.

Eines freilich stand fest. Die nächsten Augenblicke, während er nämlich die Stufen hinunterstieg, würden die gefährlichsten sein, weil sie die hilflosesten waren. Er, von oben kommend, konnte nicht sehen, ob jemand unten im Gang stand. Der andere jedoch, wenn er dort stand, brauchte ihn nur zu erwarten.

Aber daran ließ sich nichts ändern. Während des letzten Schrittes, den er der verhängnisvollen Öffnung im Fußboden entgegen tat, sah er mechanisch auf die Uhr an seinem Handgelenk. Das Leuchtzifferblatt zeigte zwanzig Minuten vor elf. Yvonne hat es auch nicht leicht heute abend . . ., dachte er.

Dann stieg er so leise und schnell wie möglich die Treppe hinunter. Die Steinstufen und die Gummisohlen seiner Schuhe waren recht günstig, aber die Geschwindigkeit ließ zu wünschen übrig. Wollte diese elende Treppe denn kein Ende nehmen? Zweimal blieb er horchend stehen. Es schien ihm aber, als ob ein schwaches Geräusch, das er zu vernehmen glaubte, entweder eine Selbsttäuschung oder noch immer ziemlich entfernt war. Indessen blieb dies alles Nebensache – wenn nur drunten niemand auf ihn wartete – wenn nur nicht plötzlich ein Lichtstrahl auf die untersten Stufen schoß. –

Nein. Niemand. Nichts. Mit dem Fuß ließ sich ertasten, daß der ebene Kellerboden begann, und in diesem Augenblick wäre Fox um ein Haar gestolpert; denn hier gab es ein Hindernis, das neulich nicht dagewesen war, der

freie Weg schien versperrt durch hingelegte Mauersteine –
nein, keine Steine, sondern Kisten, aufeinandergestellte
Kisten. Fox befühlte sie, seine Finger glitten über Blech,
über Metallgriffe – ach, gute alte Bekannte!

Hier hatte jemand eine beträchtliche Anzahl Kisten
mit Maschinengewehrmunition aus dem hinteren Keller
bereitgestellt, um sie dann vollends die Treppe hin-
aufzuschleppen. Vermutlich brauchte man sie, demnächst.

Fox, aus alter Zuneigung, setzte sich darauf. Nicht etwa,
weil er sich ausruhen mußte. Aber die Knie zitterten ihm
ein bißchen. Seltsamerweise hatte er in dieser Sekunde
das Gefühl, daß jetzt das Schlimmste überstanden war,
denn wer oder was nun auch kommen mochte, er würde
hier, auf ebenem Boden, keinesfalls mehr überrascht
werden, sondern jetzt war er es, der die Entwicklung der
Dinge erwarten konnte. Seine Hand, in der Manteltasche,
hielt die Pistole, der Daumen streichelte über den Siche-
rungsflügel dieser angenehmen Begleiterin und kippte
ihn spielend vor und zurück.

Indessen fand dieses eigenartige Nachtidyll sehr bald ein
Ende. Der schwache Lichtschein im Keller verstärkte
sich, ein Zeichen, daß jemand mit einer Laterne durch
den Gang, der rechts abzweigte und in dem sich die interessante Waffensammlung befand, herankam.

Fox stand auf und glitt in den tiefen Schatten hinter
einem der vierkantigen Pfeiler, die das Gewölbe stützten.
Aus dem Seitengang trat ein Mann.

In der Linken hatte er eine Laterne, die Rechte hielt den
schweren Kasten, den er auf der Schulter trug und der

eigentlich dazu bestimmt war, von zwei Leuten geschleppt zu werden.

Es war ein junger Mann, nicht groß, aber kräftig.

Fox ließ ihn vorbeigehen, dann hustete er ein wenig.

Der Mann hielt inne.

Das Weitere besorgte ein ganz einfacher Kinnhaken, sicherlich keine Heldentat gegenüber dem Überraschten und Wehrlosen, der zusammensackte, noch ehe er begriffen hatte, was vor sich ging – aber doch eine von

jenen wunderbar einfachen Lösungen, die Fox in ent-
scheidenden Augenblicken bevorzugte. Die Munitions-
kiste polterte zu Boden.

Mit einem schnellen Griff nahm Fox die Laterne, ließ
den Bewußtlosen liegen und rannte in den rechten Gang,
wo er sich überzeugte, daß der Mann allein gewesen war.
Nach wenigen Sekunden war er wieder zurück, setzte
sich auf die Blechkiste dicht neben dem so rasch Ver-
unglückten und streifte ihm den Ärmel bis über den Ellbogen hinauf, so daß die Armbeuge bloßlag. Dann zog
er aus der Tasche ein Ding, das aussah wie ein etwas
groß geratenes Brillenfutteral, und nahm daraus eine
medizinische Spritze und eine Ampulle.

Die Laterne stand ohnehin so, daß sie die nötige Be-
leuchtung lieferte.

Zehn Minuten vor elf.

Mit einer fast zärtlichen Behutsamkeit preßte Fox den
kleinen Kolben langsam vorwärts. Das Gesicht des Mannes, in dem bisher eine tiefe Falte zwischen den Brauen
gestanden hatte, entspannte sich, er ließ den Kopf zur
Seite sinken und seufzte gelöst, aus einer seichten
Bewußtlosigkeit wurde ein tiefer Schlaf.

Ein arabisches Gesicht, ohne Zweifel, darüber konnte
auch die dunkelgraue Litewka nicht hinwegtäuschen, die
er als Fahrer trug. Die wenigen Sekunden, während der
Kolben in der Spritze vorwärts glitt, hatten genügt, Fox
Klarheit zu verschaffen über das, was jetzt zu tun war.

Er stand auf, lud sich den Mann mit einem Schwung auf
die Schulter, schleppte ihn die Treppe hinauf und ließ ihn
in einer Ecke des Schuppens zu Boden gleiten.

Dann schloß er die Falltür und brachte das Laub und den Karren wieder an ihre alte Stelle. Die große elektrische Traglampe, die er aus dem Keller mitgebracht hatte, leuchtete dabei unabgeblendet; als er aber mit dieser Arbeit fertig war, drehte er sie doch aus.

Hinter dem schwachen Lichtkegel seiner eigenen kleinen Taschenlampe ging er eilends den Weg zurück, den er durch den Park gekommen war. Der Lichtschein hätte unerwünschte Aufmerksamkeit auf den nächtlichen Spaziergänger lenken können, darauf mußte Fox gefaßt sein, er hoffte aber, daß es gegenwärtig niemanden gab, der den Park beobachtete. Das Wetter war übrigens wieder genauso schlecht, im Haus leuchteten dieselben Fenster 'wie vorher, und ebenso zeigte sich, daß der Wagen an seinem Platze stand.

Fox stieg ein, steckte das Schlüsselchen ins Zündschloß und wartete einen besonders geräuschvollen Windstoß ab, um den Motor anzulassen. Dann fuhr er ohne Licht zu dem offenstehenden Tor – dies alles war ja recht ordentlich vorbereitet, wenn auch gewiß nicht für ihn – und außerhalb des Parks auf der kleinen Straße an der Mauer entlang zu jener entfernten Ecke, in deren Nähe der Bach den Park verließ. Dort stellte er den Wagen hart an den Straßenrand, benützte das Bachbett – nicht zum erstenmal – als Eingang, holte die Leiter aus dem Schuppen und lehnte sie an die Mauer.

Es war keine Kleinigkeit, den Schlafenden auf diesem steilen Umweg hinauszubringen, aber es gelang. Fox arbeitete mit der Entschlossenheit eines Mannes, dem nichts anderes übrigbleibt, er konnte jetzt nicht vor-

240

sichtig sein. Aber die unruhige Nachtfinsternis war ihm günstig, und der mattgesetzte Fahrer erhielt seinen Platz im Wagen.

Zuletzt brachte Fox die Leiter an ihre alte Stelle, kam, zwar naß, aber zufrieden zurück, band dem Schlafenden noch die Hände und fuhr mit hellen Scheinwerfern auf einem ihm längst bekannten Umweg zur großen Straße, die gegen Norden lief. Es war eine halbe Stunde vor Mitternacht und die Straße bei diesem Wetter so vollständig leer, daß er Gas geben konnte, wie er wollte.

Der Wagen schoß vorwärts, angetrieben durch die unheimlichen Kräfte des großen Achtzylinders, aus dem Fox mit guter Absicht alles herausholte; denn es kam ihm darauf an, zu wissen, in welcher Zeit man mit diesem Fahrzeug die hundert Kilometer bis Paris zurücklegen konnte.

Er schaffte es in achtzig Minuten, wobei er freilich das Glück hatte, daß keine der Bahnschranken, die er passieren mußte, geschlossen war. Von der Stadtgrenze an mußte er allerdings langsamer werden, trotzdem hielt der Wagen Punkt ein Uhr im Hofe des Polizeipräsidiums.

»Ich habe eine Stunde Zeit«, sagte Fox zu dem Beamten, der ihn in Empfang nahm und seinen Ausweis mit aller Hochachtung betrachtete. »In dieser Stunde muß ziemlich viel erledigt werden, hören Sie mir also bitte gut zu. Zunächst –«, er schaltete die Innenbeleuchtung des Wagens ein, »habe ich Ihnen hier etwas mitgebracht, wie Sie sehen. Wollen Sie so freundlich sein und den Mann gut aufheben, er muß streng abgesondert gehalten werden und darf mit niemandem zusammenkommen, alles Weitere werde ich dem Abteilungsdirektor Herrn Benoit erzählen, den ich also unbedingt sprechen muß – würden Sie so liebenswürdig sein, ihn anzurufen?«

»Ein Araber!« sagte der Beamte und nahm das Mitbringsel in Augenschein. »Davon haben wir schon eine ganz hübsche Sammlung.«

»Der Sie diesen Herrn vorläufig aber keinesfalls einreihen dürfen!« sagte Fox betont. »Er könnte zu viele Leute warnen, Sie verstehen? Und nun also Herrn Benoit, von dem ich weiß, daß er auf diesem Gebiet besonders unterrichtet und tätig ist!«

»Eine sehr unruhige Nacht, Monsieur!«

»Sehr unruhig, in der Tat, aber Sie sehen, der Regen läßt nach.«

»Das meinte ich nicht. Ich will sagen, daß sie auch für uns sehr unruhig ist.«

»Viel geschehen?«

»Allerhand, und infolgedessen ist Herr Benoit nicht zu Hause, sondern im Büro.«

»Hier?«

»Jawohl.«

»Ich kann ihn also sofort sprechen?«

»Ich werde Sie zu ihm hinauf begleiten lassen und mich inzwischen angelegentlich mit Ihrem Reiseandenken befassen.«

»Tun Sie das«, sagte Fox, »der Mann wird Ihnen zunächst keine Schwierigkeiten machen, sondern meiner Schätzung nach bis in den Vormittag hinein schlafen. Nur vergessen Sie nicht, ihn völlig zu isolieren, seine

Krankheit ist unter Umständen höchst ansteckend. Spätestens am Nachmittag hoffe ich Sie ohnehin wiederzusehen und danke Ihnen einstweilen für Ihre große Freundlichkeit.« –

Eine Stunde später verabschiedete er sich von Herrn Benoit in dessen Büro. »Ich wollte«, seufzte der Beamte, »alle Besprechungen wären so inhaltsreich und förderlich wie die mit Ihnen! Bei uns aber sind es die ewigen Kleinigkeiten, die alle Nervenkraft aufbrauchen und doch kaum zu etwas führen. Diese Stunde mit Ihnen, Doktor Fox, ersetzt mir eine Sommerfrische, tatsächlich!«

Fox erwiderte, unter einer Sommerfrische stelle er sich nun doch etwas anderes vor. Für ihn sei gegenwärtig die Hauptsache, daß er heute nachmittag den Abgeordneten Anquetil sprechen könne. Würde Herr Benoit so freundlich sein, diesen zu benachrichtigen und sich zu vergewissern, wo er zu erreichen war?

Um zwei Uhr verließ der Wagen die Innenstadt. Der Regen hatte aufgehört, der Wind trocknete schon die Straßen ab.

Es war noch völlig dunkel, als Fox wieder in Tassy ankam. Kurz vor dem Park schaltete er die Lichter aus, stellte dann den Wagen an seinen gewohnten Platz bei dem Haus und verschwand.

Yvonne fuhr ziemlich erschrocken in die Höhe, als jemand ins Zimmer trat und Licht machte.

»Mein Gott«, sagte sie, »du bist es! Und wie siehst du aus? In welchem Straßengraben hast du Purzelbäume geschlagen? Das ist ja schrecklich!«

»Madame sind im Irrtum«, antwortete Fox, während er

seine schmutzigen Kleider auszog, »ich bin es nicht, denn
du weißt aus meinem Telegramm, daß du mich erst am
kommenden Abend erwarten darfst, und nicht einmal
das ist völlig sicher.«

»Dann ist es also dein Geist«, sagte sie, »allerdings ein
ziemlich ramponierter und verschwitzter Geist, wie mir
scheint, er sieht dir nicht besonders ähnlich. Erzähle!«

»Ich denke nicht daran«, erwiderte er, zog sich vollends
aus und ließ das Wasser ins Becken strudeln. »Erzähle
lieber du! Wie war es?«

Yvonne berichtete, Professor Garrot habe ungemein be-
dauert, daß Herr Doktor Reineke noch nicht von seiner
Reise zurückgekommen sei; deshalb habe er es auch
abgelehnt, die von den Damen so sehnlich gewünschte
Sitzung abzuhalten, dafür jedoch die Geschichte des

alten Schlosses Tassy erzählt. »Mir war das entschieden lieber«, sagte sie, »denn, das muß man zugeben, er weiß wirklich herrlich zu erzählen, selten habe ich einer Geschichte mit solcher Spannung zugehört.«

»Wie lange?«

»Sehr lange, es war wie ein Roman, von dem man wünscht, daß er nicht aufhört. Als er aber doch zu Ende ging, glaubte niemand, daß es schon Mitternacht sei.«

»Soso, Mitternacht«, sagte Fox. »Und während dieser ganzen Zeit habt ihr euch nicht vom Fleck gerührt?«

»Es war einfach unmöglich. Der Wind heulte so schön, die Fenster klapperten ganz makaber, in den Bäumen ächzte es – übrigens kein Grund, daß du dich derart romantisch wäschst, mein Lieber, das Wasser spritzt bis hierher.«

»Ich habe dir bereits gesagt, daß ich noch nicht da bin, also kann auch nicht ich es sein, der mit dem Wasser spritzt, eine Logik, gegen die nicht einmal du etwas ausrichten wirst.«

»Jetzt, wo du einigermaßen sauber bist, sieht dein Geist aber sehr angegriffen aus, chéri!«

»Wo steht dein Wagen?«

»Im Hof, wie du es wünschtest –«

»Ist das Hoftor offen?«

»Mehr als das, es ist nämlich gar nicht vorhanden . . .«, sagte Yvonne erstaunt. »Aber die Schlafanzüge liegen in der anderen Schublade, das solltest du allmählich wissen. Da, wo du herumsuchst, sind die Oberhemden.«

»Eben!«

»Du willst dich wieder anziehen?«

»Dein Scharfsinn ist bewundernswert.«

»Und wegfahren ?«

»Bestimmt, wenn auch ungern.«

»Ach, ich arme Frau«, klagte Yvonne. »Dies ist nun aber ganz gewiß das letztemal, daß ich mit dir verheiratet bin.«

»Weiteres heute abend!« sagte Fox.

XI

DIESMAL mit Yvonnes Wagen unterwegs nach Paris, durfte Fox sich Zeit lassen, und das tat er auch, hielt sogar gelegentlich und frühstückte gründlich, mit dem Gefühl, daß er sich's verdient habe in der schlaflosen Nacht, die ihm seiner Berechnung nach über den wahrscheinlich schwierigsten und gefährlichsten Punkt des ganzen Unternehmens hinweggeholfen hatte. Er saß in der Morgensonne, die sich aus dem Dunst und den erschöpften Wolken herausschleierte, überlegte die Reihenfolge der Dinge, die in den nächsten Stunden zu erledigen waren. Kopfzerbrechen machte ihm hauptsächlich die geplante Unterredung mit Herrn Anquetil.

Als ersten jedoch suchte er in Paris Herrn Benoit auf, den er noch immer mit dringenden Geschäften überhäuft, ärgerlich und unausgeschlafen vorfand. Benoit gab ihm einen Zettel, auf dem er notiert hatte, wo und wann der Abgeordnete Anquetil während des Tages zu erreichen war, sagte, daß Anquetil sich ungemein freuen würde, endlich wieder etwas von Fox zu hören, daß jedoch der Gefangene, zwar wohlverwahrt und ohne jede Möglichkeit einer Verbindung mit anderen, noch sehr benommen und deshalb völlig stumm sei. Fox lächelte und dankte Herrn Benoit für seine Bemühungen.

Wenige Minuten später betrat er, ein kleines Tablett mit Kaffeegeschirr tragend, die Zelle des Untersuchungsgefangenen, der auf seiner Pritsche saß, den Kopf in die Hände gestützt, und nicht aufblickte.

»Sie haben heute nacht ein bißchen Pech gehabt, wie ich höre«, sagte Fox freundlich. »Trinken Sie eine Tasse Kaffee, das wird Ihnen guttun.«

Der Mann rührte sich nicht.

»Sie brauchen nicht zu befürchten, daß Ihnen Unrecht geschieht«, sagte Fox, »ich will Sie auch nicht lange mit Fragen belästigen. Vielleicht beruhigt es Sie, zu hören, daß ich kein Polizeibeamter, sondern ein guter Bekannter von Professor Garrot bin, den ich noch heute abend in Tassy treffen werde.«

Schweigen.

»Wünschen Sie, daß ich Herrn Garrot etwas ausrichte? Ich versichere Ihnen: Was Sie mir auch anvertrauen, es wird bei mir gut aufgehoben sein. – Nun, wie Sie wollen. Legen Sie jetzt alles, was Sie in Ihren Taschen haben, neben sich.«

Der Mann bewegte sich noch immer nicht.

»Hören Sie mir gut zu«, sagte Fox, noch in französischer Sprache, wechselte nun aber ins Arabische. »Deine Geheimnisse sind mir nicht unbekannt, mein Freund, aber ich gehöre nicht zu denen, die euch verfolgen. Nimm Vernunft an, leere deine Taschen aus – oder ist es dir lieber, daß einer von diesen Polizisten kommt und es tut? Deine Vorsicht und deine Zurückhaltung sind lobenswert, aber kein Vorteil! Du bist ein kluger Mensch und wirst das einsehen.«

Daraufhin hob der Mann den Kopf ein wenig, streifte Fox mit einem mißtrauischen und feindseligen Blick, brachte aber doch den Inhalt seiner Taschen zum Vorschein und legte ihn mit einer Bewegung, die etwas Verächtliches hatte, neben sich.

Fox sah gleichgültig zu und rührte nichts an. »Ich fürchte, du hast etwas vergessen?« fragte er. »Sei so gut und halte die Arme in die Höhe – es tut mir leid, daß du so wenig Vertrauen zu mir hast. Aber das, was du mir nicht zeigen willst, weil du nicht darfst, soll doch lieber nicht in die Hände fremder Leute kommen!«

Jetzt zum erstenmal war in den Augen des Mannes etwas wie Erstaunen.

Mit einem plötzlichen raschen Griff riß Fox die obersten Knöpfe der grauen Litewka auf und zog aus der linken Brusttasche einen Gegenstand – er hatte zwar gearg-wöhnt, daß dieser dort sein könnte, aber doch kaum erwartet, ihn wirklich zu finden. Es war ein ungewöhn-lich kurzer Dolch mit einer ganz schmalen Klinge.

Fox trat zwei Schritte zurück, betrachtete die Waffe und sah dann den Mann mit einem sonderbaren Blick an.

»Ich weiß nicht«, sagte er, »ob ein so kleines Ding in Frankreich überhaupt verboten ist. Aber ich weiß, was man damit ausrichten kann, und deshalb sehe ich es lieber in meinen Händen als in den deinen, die du jetzt übrigens nicht mehr hochzuhalten brauchst, mein Sohn. Die Begegnung mit dir wird durch diesen Dolch doppelt bedeutungsvoll. Du gehörst also zu den ganz Tüchtigen und hast strenges Schweigegebot, ich kann das verstehen. Es wird besser sein, ich nehme dieses Andenken mit, außer uns beiden braucht niemand zu wissen, daß du es bei dir hattest. Im Augenblick habe ich leider keine Zeit, die Unterhaltung mit dir fortzusetzen, nun, vielleicht bist du ein andermal etwas gesprächiger, ich vermute, daß wir uns wiedersehen – und eben deshalb nehme ich dieses Messer an mich.«

Fox fuhr in seine Wohnung, wo er so lange nicht mehr gewesen war, und fand dort alles, wie Yvonne ihm berichtet hatte. Seit dem unerwünschten und geheimnis-vollen Besuch, der offensichtlich nur dem Inhalt des Schreibtisches gegolten hatte, war, soviel sich erkennen ließ, niemand dagewesen. Er befaßte sich nicht weiter mit dem Vorfall, den er für erledigt hielt, weil sich die Dinge ohnehin weit darüber hinaus entwickelt hatten, und räumte den Schreibtisch wieder ein, das war eine Arbeit von wenigen Minuten.

Dann versuchte er, Herrn Anquetil telephonisch zu erreichen. Es gelang nach einiger Zeit, und er machte den Vorschlag, Anquetil möge zu ihm kommen, da man in seiner Wohnung bestimmt am ungestörtesten sprechen könne. Er habe ihm so wichtige Neuigkeiten mitzuteilen, und es eile sehr –

»Gut, ich komme sofort!« antwortete Herr Anquetil und erschien tatsächlich sehr bald – dicklich, nervös, blaß und gewiß nicht in der besten Laune. Trotzdem erkundigte sich Fox mit der gewohnten Harmlosigkeit nach seinem Befinden.

»Danke, miserabel!« sagte Herr Anquetil und ließ sich in den angebotenen Sessel fallen.

»Man sieht es Ihnen an«, meinte Fox teilnehmend, »die Sorge um das Vaterland lastet schwer auf Ihren Schultern.«

»Sie lastet weder schwer noch leicht, sondern überhaupt nicht!« erwiderte Anquetil gereizt. »Wenn sie lastete, hätte ich nichts dagegen, ich bin durchaus der Mann, sie zu tragen.«

»Ein großes Wort, Herr Anquetil, man sollte es als Schlagzeile über die nächste Ausgabe der Zeitung setzen, denn solche Naturen sind heute selten. Ja, es würde sich sehr gut machen. Sie haben also nicht zuviel, sondern Ihnen fehlt etwas?«

»Sie glauben nicht, wie dringend ich Sie erwartet habe. Hatten Sie mir denn nicht fest versprochen –«

»Wie Sie sehen, bin ich hier und stehe zu Ihrer Verfügung. Es war mir ganz unmöglich, mich früher zu melden.«

»In letzter Minute!« sagte Herr Anquetil erregt. »Ich bin, samt meinem Ausschuß, im Begriff, mich lächerlich zu machen! Die Zwischenfälle mehren sich, es gibt Mord und Totschlag, man erwartet von mir, daß ich untersuche, Kommuniqués veröffentliche, eingreife – und was tue ich? Nichts! Ich hülle mich in Schweigen, meine Andeutungen, die mir den Vorsitz im Ausschuß verschafft haben, werden nachgerade für leere Worte gehalten, ich bin nicht in der Lage, das mindeste hinzuzufügen oder gar etwas zu unternehmen, und weshalb? Weil mein sonst sehr geschätzter Freund Fox mich sitzenläßt.«

»Sie stehen!« sagte Fox. »Sie stehen am Beginn einer ruhmreichen politischen Laufbahn, vorausgesetzt, daß

Sie in den nächsten zwei, höchstens drei Tagen nicht die Geduld verlieren und keine Dummheiten machen.«

»Wenn einem nichts Gescheites einfällt, ist es schwer, keine Dummheit zu machen.«

»Schon wieder ein großes Wort, Herr Anquetil – diesmal würde ich vorschlagen, es auf den Sockel des Bronze-denkmals zu setzen, das Ihnen bestimmt errichtet wird.«

»Heben Sie es für meinen Grabstein auf, damit die Leute gleich wissen, welchen Unglücklichen man da verscharrt hat.«

»Seien Sie doch nicht immer so kokett, werter Herr Anquetil. Ich bin hier, um Ihnen zu versichern, daß die Dinge sich aufs beste entwickeln – oh, ich habe Ihnen sogar etwas mitgebracht!«

Er griff in die linke Brusttasche und überreichte ihm den kleinen Dolch.

Anquetil stutzte bei dem Anblick, zog es aber vor, noch ein wenig länger den Mißmutigen und Bemitleidenswer-ten zu spielen. »Für einen Brieföffner ist er zu plump«, sagte er, »was soll ich damit, wohin gehört er?«

»Vielleicht«, antwortete Fox, »sollten Sie dem Himmel danken, daß er sich nicht dort befindet, wohin er nach der Absicht des Eigentümers gehört.«

»Nämlich?« fragte Herr Anquetil beunruhigt.

»Sehen Sie, diese Klinge ist zwar kurz, aber doch genau so lang, um das Herz zu erreichen, vorausgesetzt, daß der Stich von einer geübten Hand und genau senkrecht geführt wird. Man pflegt diese Waffe in der linken Brust-tasche zu tragen, um sie nötigenfalls sofort bei der Hand zu haben. Soviel ich weiß, ist der ganze Vorgang ziemlich schmerzlos, aber die Folgen sind doch unangenehm, denken Sie an den armen Ali, der in Marseille eine solche Bekanntschaft machen mußte, und an Lord Elgin.«

Herr Anquetil wurde blaß und gab Fox den Dolch zurück. »Sie glauben, daß er mit ... mit unserer Angelegenheit in Zusammenhang steht?«

»Ich glaube es nicht, sondern ich weiß es bestimmt, da ich ihn erst vorhin einem jungen Araber weggenommen habe.«

»Hier, in Paris?«

»In Paris.«

Herr Anquetil wurde noch blasser.

»Machen Sie sich keine Gedanken«, sagte Fox, »der tut Ihnen nichts mehr.«

»Dieser nicht, aber es gibt vermutlich noch andere.«

»Das ist wahr.« Fox glaubte Herrn Anquetil nun genügend aufgeweicht zu haben und begann, in sachlichere Bahnen einzulenken. »Ich hätte Sie nicht hierhergebeten«, fuhr er fort, »wenn ich nicht der Überzeugung wäre, daß ich Ihnen ganz ungewöhnlich wichtige Mitteilungen machen kann – allerdings darf außer Ihnen einstweilen noch niemand davon wissen. Hier sind wir ungestört, niemand hört, was ich Ihnen zu sagen habe. Aber ich denke, ein Glas Wermut wird Ihnen nicht schaden. Weißen oder roten?«

Im Verlauf der nächsten Stunde berichtete Fox Herrn Anquetil ziemlich genau, was er seit dem Tode Lord Elgins und Alis unternommen und entdeckt hatte – ziemlich genau, das heißt, er nannte wohlweislich den

Ort des Waffenlagers nicht, weil er fürchtete, daß der Abgeordnete und Ausschußvorsitzende wegen einiger Privatlorbeeren noch zu guter Letzt auf eigene Faust handeln und alles verderben könnte. Dies war auch der Grund, weshalb er die Ereignisse der vergangenen Nacht so besonders dramatisch schilderte, daß die gewünschte Wirkung bei Herrn Anquetil vollständig erreicht wurde. Erst als dieser sowohl erzählende wie dramaturgische Teil der Veranstaltung zu Ende war, ließ er auch Anquetil wieder zu Worte kommen, der sich bis dahin auf Augenrollen, Händezusammenschlagen und andere kleine Entsetzensäußerungen hatte beschränken müssen. Zugleich sah Fox mit Genugtuung, daß er den Zuhörer jetzt endlich aus seinem kleinbürgerlichen Schokoladenfabrikantenniveau heraus- und in einen seelischen Zustand hineinmanövriert hatte, in dem man einiges von ihm verlangen und erwarten durfte.

»Das ist enorm!« sagte also Herr Anquetil, sichtlich zu einer gewissen Höhe emporgerissen. »Das Vaterland wird Ihnen dankbar sein!«

»Ganz bestimmt nicht!« erwiderte Fox mit allem Nachdruck. »Denn erstens habe ich seit langem alle Ursache, gerade dieser Versicherung gegenüber höchst mißtrauisch zu sein, und zweitens vergessen Sie bitte nicht, daß es sich hier keineswegs um mein Vaterland handelt, sondern ausschließlich um das Ihre! Ich wiederhole, was ich Ihnen schon früher mit aller Eindringlichkeit gesagt habe: Ich wünsche nicht nur völlig im Hintergrunde zu bleiben, sondern es ist aus vielen zwingenden Gründen sogar unumgänglich notwendig. Zugegeben, darin liegt eine gewisse Tragikomik, aber was will man machen, ich muß jetzt ebenso kokett seufzen, wie Sie dies gelegentlich zu tun belieben. Im übrigen verlasse ich mich darauf, daß ich nicht von einem Vaterland belohnt werde, sondern von Ihnen, denn glauben Sie mir, auf diesem Gebiet sind Privatgeschäfte stets lohnender.«

»Mit meiner Dankbarkeit können Sie rechnen, buchstäblich rechnen!« sagte Herr Anquetil, und für einen Schokoladenfabrikanten war er in diesem Augenblick nicht ohne Größe. Auch er griff jetzt nach der linken Brusttasche, in der sich zwar kein Dolch, wohl aber das Scheckbuch befand.

»Ach, lassen Sie das!« sagte Fox. »Mit Schecks kann man gar nicht vorsichtig genug sein, das haben Sie ja eben gehört. Wir sind auch noch nicht soweit, vielleicht kommt noch etwas dazu.«

Herr Anquetil steckte das Scheckbuch also wieder ein.

»Wie Sie meinen. Ich verstehe zwar nicht ganz –«

»Mir«, erklärte Fox, »kommt es nicht so sehr darauf an, das Waffenlager entdeckt und einen kleinen Mann erwischt zu haben, ich hoffe vielmehr, daß mir der große Fisch ins Netz geht.«

»Ist das nicht bereits sicher?«

»Leider nicht«, antwortete Fox. »Selbst angenommen, man entschließt sich zur Gewalt, schickt eine Polizeistreife los und läßt diesen Garrot verhaften. Was hilft das? Er wird mit dem erstauntesten und ehrlichsten Gesicht der Welt erklären, daß er von nichts gewußt, daß sein Fahrer sich in Heimlichkeiten und Verschwörungen eingelassen habe, die ihm, Garrot, bis zu diesem

Augenblick durchaus unbekannt waren, ja daß er selbst das unschuldige Opfer staatsfeindlicher Elemente geworden ist, die er verabscheut.«

»Aber ich bitte Sie –«

»Natürlich, der Staatsanwalt kann einen Indizienbeweis aufbauen, das Gericht wird Garrot verurteilen, schon unter dem Druck der öffentlichen Meinung, ganz zu schweigen von politischen Gründen. Und was wäre die Folge? Die Unabhängigkeitsbewegung der arabischen Völker hat einen Märtyrer mehr für ihre Propaganda. Wem ist damit auf lange Sicht gedient? Ihnen nicht, Herr Anquetil.«

Der Abgeordnete sah das ein. Aber man mußte doch etwas tun! Wenn Fox die öffentliche Meinung als ausschlaggebend anerkannte, glaubte er denn, die öffentliche Meinung würde zögern, sich gegen die Regierung, das Parlament, den Ausschuß und Herrn Anquetil zu wenden, wenn man die Dinge einfach laufen ließ? Die öffentliche Meinung sucht sich ihr Opfer, wo sie es findet, das ist ihre Hauptbeschäftigung. »Erzählen Sie mir doch nichts, Doktor Fox! Als Politiker weiß ich, leider Gottes, in diesem Punkte nun wirklich besser Bescheid als Sie. Wir müssen etwas unternehmen!«

»Mir scheint, ich habe in der letzten Zeit allerhand unternommen«, erwiderte Fox nicht ohne heimliches Vergnügen.

»Dann fehlt eben noch, daß man das Unternehmen zu einem gloriosen Ende führt!«

»Ich bin hier, um Sie darauf vorzubereiten, Herr Anquetil.«

»Das ist ausgezeichnet!«

»Halten Sie sich also bitte bereit«, sagte Fox gleichmütig.

»Bereit? Ich? Wieso!«

»Wie oft soll ich Ihnen noch erklären, daß ich im Hintergrunde bleiben muß?«

»Jaja ... aber was habe ich dabei zu tun?«

»Kurz gesagt: Die Reihe, den Kopf hinzuhalten, ist an Ihnen.«

»Welchen Kopf?«

»Den Ihren, anders wird es kaum zu machen sein.«

»Sie meinen das nicht buchstäblich?«

»Lieber Herr Anquetil, wenn es sich um den Kopf handelt, gibt es immer nur eine Auslegung, ebenso wie es ja auch nur einen Kopf gibt. An diesen Gedanken müssen Sie sich gewöhnen.«

»Sie meinen, es könnte gefährlich werden?« Herr Anquetil schien gerade heute ein Hemd mit einem zu engen Kragen erwischt zu haben und sich darin nicht besonders wohl zu fühlen.

Fox sagte: »Wir – das heißt Sie und ich – werden die Polizei veranlassen, uns ein genügend starkes Streifenkommando zur Verfügung zu stellen und mit diesem das Waffenlager ausräumen. Ich kann Ihnen versprechen, daß Sie mehrere Lastwagen voll Maschinengewehre und ähnlichen Dingen nach Paris mitbringen. Ist das nichts?«

»Aber die Leute werden sich verteidigen!«

»Wenn sie anwesend sind, ohne Zweifel.«

»Man kann doch nicht mitten in Frankreich eine Feldschlacht inszenieren!«

»Leicht!« sagte Fox. »Das werden Sie sehen. Und Sie werden als Held daraus hervorgehen, ganz gleich ob lebendig oder tot.«

»Entschuldigen Sie, mir ist das keineswegs gleich!« »Ihnen vielleicht nicht, aber dem Vaterland. Ein toter Held ist für das Vaterland sogar meist bequemer als ein lebender, ich brauche Ihnen keine Beispiele zu nennen. Natürlich wird Sie niemand hindern, sich zu verteidigen, sagen wir mit einer Pistole. Sie haben doch eine?«

»Nicht hier.«

»Sehr glaublich. Aber ich rate Ihnen, eine zu sich zu stecken, im richtigen Augenblick würden Sie sie schmerzlich vermissen.«

»Mein Gott!« sagte Herr Anquetil. »Wenn man Sie so reden hört ... aber ich muß Ihre Gründe anerkennen, so unangenehm es mir ist.« Auf seiner Stirn, dicht unter dem Haaransatz, zeigte sich wieder einmal eine Reihe feiner Wasserperlen.

»Sie sind also damit einverstanden, daß ich, unter Berufung auf Sie, die Dinge so in die Wege leite, wie wir eben besprochen haben?«

Herr Anquetil seufzte. Fox stand auf, klopfte ihm beruhigend auf die Schultern und sagte: »Vergessen Sie nicht, Herr Abgeordneter, vor welchen Möglichkeiten Sie stehen. Der Staat läßt sich nicht lumpen. Zehn Zentimeter rotes Band für einen Kopf wie den Ihren!«

Am Nachmittag hatte Fox noch eine ziemlich lange Unterredung mit dem ihm befreundeten Abteilungsdirektor bei der Polizei, bei der alles Notwendige festgelegt wurde. Vor Sonnenuntergang traf er in Tassy ein.

Yvonne saß im Schatten der Linde und stickte. »Seit wann hast du eigentlich nichts mehr gegessen?« fragte sie. »Du siehst elend aus, mein Lieber.«

»Auch das Elend kann zufrieden sein«, antwortete er.

»Bist du das?«

»Soweit es bei mir überhaupt möglich ist. Da wir uns so lange nicht gesehen haben, Yvonne – gibt es hier etwas Neues?«

Sie blickte ihn aus den Augenwinkeln an. »Bei mir nicht. Aber vielleicht bei Lady Margaret.«

»Nämlich?«

»Ich weiß es nicht genau, denn ich konnte es trotz aller Mühe nicht herausbekommen. In der vergangenen Nacht, scheint's, ist dort irgend etwas vorgefallen. Der Meister ging heute mittag schwer umdüstert durch den Park, Lady Margaret und Catherine machten den Eindruck von ängstlichen Hühnchen, die bereit sind, sich jeden Augenblick unter die Büsche zu ducken, weil ein Habicht über ihnen kreist.«

»Wie betrüblich!« sagte Fox. »Es wird wohl gut sein, wenn ich mich bei ihnen zurückmelde, vielleicht bessert das ihre Stimmung?«

Zunächst aber bestellte er Tee und Aufschnitt und stärkte sich in aller Ruhe.

Später begleitete ihn Yvonne. Auf dem Weg vom Gittertor zu Lady Margarets Haus ging er auffallend langsam. »Hier haben Regen und Sturm heute nacht doch manches verwüstet. Wäre diese schöne Einfahrtsallee nicht gar so übel von Unkraut überwuchert, so ließe sich feststellen, ob in letzter Zeit ein Wagen hier gefahren ist, so aber kann man das nicht erkennen. Oder siehst du eine Spur?« Yvonne sah keine Spur.

Garrots Wagen stand auf seinem Platz, nicht gerade sauber, aber auch nicht auffallend schmutzig.

»Wie gut, daß Sie endlich kommen!« sagte Catherine, die Fox im Flur des ersten Stockes antraf. »Man muß den Meister entwölken, er hat Ärger, rein menschlichen Ärger, wir leiden sehr bei diesem Gedanken.«

»Ärger, weshalb?«

»Wegen – nun, ich denke, er wird es Ihnen selber sagen«, antwortete Catherine und öffnete die Tür zum Wohnzimmer, wo Garrot und Lady Margaret saßen. Sie machten nicht den Eindruck, als ob sie ein angeregtes Gespräch gehabt hätten, aber Professor Garrot begrüßte die Ankommenden mit besonderer Herzlichkeit.

»Da sieht man, daß man sich die gute Laune durch nichts verderben lassen soll«, sagte er. »Ehe der Tag zu Ende geht, kann leicht alles besser werden, weshalb also der Kummer. Wahrhaftig, es ist damit wie mit der Migräne: nach Sonnenuntergang pflegt beides zu verschwinden.«

»Oh, hatten Sie Migräne?« fragte Yvonne teilnahmsvoll.

Er lächelte sie freundlich an. »Da es keine Migräne war, wird es wohl eine Art Kummer gewesen sein, Madame, oder nennen wir es lieber Beunruhigung. Stellen Sie sich vor: Mein Fahrer ist verschwunden.«

»Verschwunden?« fragte Yvonne.

»Welcher Fahrer?« fragte Doktor Reineke erstaunt.

»Der Fahrer meines Wagens.«

»Sie sind also nicht allein gekommen?«

Garrot machte eine Handbewegung, die andeutete, daß er niemals allein fuhr.

»Verschwunden? Wie merkwürdig«, sagte Reineke.

»Aber Ihr Wagen steht unten.«

Garrot meinte, wenn jemand verschwinden wolle, so könne er dies ohne Wagen wohl unauffälliger tun. Nachgerade sei er überzeugt, daß der Fall sich in kürzester Frist aufklären werde, und zwar nach der harmlosen Seite hin. »Vergessen wir doch nicht, daß Frühling ist«, sagte er. »Übrigens, mein Lieber, waren ja auch Sie verschwunden, und zwar ebenfalls ohne Wagen.«

»Bei mir hatte der Frühling nichts damit zu tun«, stellte Doktor Reineke mit einem Seitenblick auf seine junge Frau fest und brachte durch die gut gespielte Ängstlichkeit dieser Bemerkung alle zum Lachen.

»Das werden wir Ihnen nur glauben, wenn Sie uns verraten, wo Sie wirklich waren!«

»Ich bin im Begriff, es zu tun, denn es wird Sie interessieren. Zunächst also war ich von der Erdoberfläche verschwunden.«

»Also doch verschwunden!« sagte Garrot.

»Vergessen Sie bitte nicht, weshalb ich diese ganze Reise unternommen habe«, antwortete der Doktor. »Ich war in den Höhlen der Dordogne, um dort die vorgeschichtlichen Malereien zu besichtigen. Wenn Sie wünschen, erzähle ich Ihnen nachher noch mehr davon. Dann aber – und das muß ich vor allem erwähnen – habe ich mich in

Ihrem Sinne bemüht, Herr Professor, und zwar mit dem besten Erfolg.«

»In meinem Sinne?« fragte Garrot. »Wie soll ich das verstehen?«

»Mir ging Ihre Bemerkung nicht aus dem Kopf, daß Ihr Medium Omar Sie diesmal nicht begleiten konnte und daß dadurch der Erfolg aller Sitzungen in Frage gestellt sei. Aus reiner Eigensucht – denn ich möchte unter allen Umständen an einer Sitzung teilnehmen, die Sie leiten – habe ich ein Medium aufgesucht, dem ich vor einiger Zeit wieder begegnet bin und das ich für ganz vorzüglich halte.«

»Recht gut«, sagte Garrot ohne sonderliche Bewegung, aber Lady Margaret und Catherine zeigten deutliche Bereitschaft, in Verzückung zu geraten. »Und wo ist es, dieses Medium?«

»Ich konnte es nicht mitbringen, werde es aber morgen treffen. Wie wäre es also mit morgen abend?«

»Wunderbar!« rief Catherine.

»Warum nicht!« sagte Professor Garrot zustimmend.

Man blieb an diesem Abend nicht mehr lange beisammen, Doktor Reineke war sehr müde.

XII

Am Vormittag ging Fox mit Yvonne durch den Park und war nicht sehr überrascht, Herrn Garrot zu begegnen, der neuerdings eine Vorliebe für frische Luft zu haben schien. Nach ein paar Bemerkungen über die angenehme Tatsache, daß das schlechte Wetter nun einem um so schöneren Frühling Platz gemacht, über die Verwüstungen, die der Sturm angerichtet hatte, und über die Notwendigkeit, nachgerade die ältesten und morschesten Bäume zu fällen, kam Garrot mit einigen Fragen auf Doktor Reinekes Besuch in den Höhlen der Dordogne zu sprechen und hörte mit Bedauern, daß dieser seinen Aufenthalt in Tassy abbrechen und demnächst in das Tal der Vézère übersiedeln wolle, wo ja eines der Hauptgebiete der Höhlen lag. »Hier haben Sie nichts gefunden?« erkundigte sich Garrot. »Es tut mir leid, daß Ihre Hoffnungen enttäuscht worden sind.«

»Immerhin verdanke ich meinem hiesigen Aufenthalt die Bekanntschaft mit Ihnen«, erwiderte Fox ebenso höflich und bestimmt nicht weniger doppeldeutig. »Haben Sie mittlerweile etwas von Ihrem Fahrer gehört?«

»Nichts«, antwortete Garrot, »und ich stehe wahrhaftig

vor einem Rätsel, da ich ihn als durchaus zuverlässig kenne. Aber selbst wenn er das nicht gewesen wäre – hier gibt es nichts mitzunehmen, und mir fehlt auch nichts. Die Sache beunruhigt mich, und allmählich beginne ich zu glauben, daß ihm etwas zugestoßen sein könnte. Hinzu kommt infolgedessen der Gedanke, daß man den Vorfall ja nicht einfach auf sich beruhen lassen kann, aber einstweilen widerstrebt es mir, die Polizei davon in Kenntnis zu setzen.«

»In solchen Lagen«, sagte Fox mit seinem ahnungslosen Privatdozentengesicht, »gibt es ein gutes Mittel: Man wartet bis morgen.«

Garrot hatte währenddessen den Weg in den rückwärtigen Park eingeschlagen und war erstaunt über dessen Größe. Fox seinerseits wunderte sich, daß jener noch nie hier gewesen zu sein schien.

»Sagen wir: seit geraumer Zeit nicht mehr«, antwortete Garrot, »denn als Sir Robert das Anwesen kaufte, haben wir es natürlich genau besichtigt, aber das ist freilich schon lange her. Zum Beispiel kann ich mich nicht erinnern, diesen Schuppen je gesehen zu haben, nun, vielleicht hat man ihn später gebaut.«

Er trat in den Schuppen und blickte umher. Fox, der ihm mit Yvonne gefolgt war, schwieg. Garrot mußte entweder sehr nervös oder seiner Sache sehr sicher sein, um in der Gegenwart anderer hier nach dem Rechten zu sehen, und diese Haltung wiederum war geeignet, Fox unsicher zu machen.

»Keine Sehenswürdigkeit!« bemerkte Garrot. »Übrigens scheint es hier durchs Dach zu regnen, diese Leiter ist

ganz naß.« Und mit einem letzten Blick rundum fügte
er hinzu: »Was kommt darauf an.«

Fox, der sich bereits wieder dem Ausgang zugewandt
hatte, tat, als ob er die Bemerkung überhörte. In Wirklichkeit erschrak er. Garrot würde sich seine Gedanken
über diese merkwürdig nasse Leiter machen und vielleicht einiges daraus schließen. »Man sollte Lady Margaret wirklich empfehlen, den Park in Ordnung bringen
zu lassen«, sagte er nebenhin, »auch die Wildnis hat ihre
Grenzen, wo sie unerfreulich zu werden beginnt.«

Garrot, auf dem Rückweg zum Haus, fragte: »Wir sehen uns also heute abend? Ich bin einigermaßen neugierig, wen Sie da mitbringen.«

»Gut, daß Sie mich daran erinnern!« sagte Fox. »Würden Sie so freundlich sein, mich bei den Damen zu entschuldigen, wenn ich erst nach dem Essen komme. Sie wissen, ich muß das Medium aus Orleans abholen, und die Frau ist berufstätig.«

»Es handelt sich um eine Frau?« Die Mitteilung schien ihm angenehm zu sein.

Fox nickte.

Am Spätnachmittag verließ er Tassy mit Yvonnes Wagen.

»Und ich?« fragte sie, als er schon am Steuer saß.

»Für dich gibt es heute abend, soviel ich sehe, keine andere Aufgabe, als still und erstaunt zu sein. Bis dahin kannst du durch den Frühling spazierengehen.«

»Ein ziemlich langweiliger Frühling, chéri.«

Er lachte. »Von meiner Seite aus gesehen, muß ich das bestreiten! Aber tröste dich. In zwei Tagen, schätzungsweise, stehe ich dir zur Verfügung.«

»Vielleicht, um mich in die Höhlen der Dordogne zu verschleppen?«

»Bestimmt nicht. Wie wär's, wenn wir die Dame von Louha besuchten?«

»Oh, herrlich!« rief Yvonne strahlend. »Die bretonische Küste, das Meer, der warme Sand, das ewige Lied der Wogen! Ich werde dich an dein Versprechen erinnern!«

»Und ich werde es halten – aber ein ganz klein wenig mußt du noch Geduld haben.«

Yvonne winkte ihm nach. Sie paßte so gut in den Frühling.

Im Hause Lady Margarets war während des Abendessens eine feierliche Erwartung zu spüren. Der Meister pflegte in solchen Fällen stets eine milde, gesammelte Wortkargheit an den Tag zu legen, um die Stimmung auf jene höhere Ebene zu bringen, die der geheimnisvolle Schauplatz für das Bevorstehende sein würde. Lady Margaret und Catherine verhielten sich dementsprechend, und nur Yvonne schwatzte, dumm und lieblich, ihr fehlte das Gefühl für solche Dinge. Weil aber der Meister mit ihr einverstanden zu sein schien, beschränkten sich die Damen des Hauses darauf, mit der Miene stiller Dulderinnen zuzuhören.

Während Barbe noch abräumte, kam auf dem Einfahrtsweg ein wohlbekanntes Motorengeräusch heran, Wagentüren wurden zugeschlagen, und wenige Augenblicke später trat Fox in das Zimmer, begleitet von einer jungen Frau – in der bereits ziemlich tiefen Dämmerung ließ sich zunächst nichts weiter erkennen, als daß sie ein helles, wohl gelbliches Kleid trug.

Ohne zu fragen, drehte er das Licht an.

Die Frau war eine kleine, schlanke Araberin mit nachtschwarzem Haar und einem etwas breiten Gesicht, auf dem nichts als eine deutliche Befangenheit zu sehen war.

»Darf ich Ihnen«, sagte er, zu Lady Margaret gewandt, »den Gast vorstellen, den ich Ihnen versprochen habe.

Dies ist Leila, die im Kreise meiner Freunde einen außerordentlichen Ruf genießt. Sie war so liebenswürdig, meine Bitte zu erfüllen und mich hierher zu begleiten, vor allem, um Professor Garrot kennenzulernen. Übrigens spricht sie gut Französisch, ein für uns gewiß recht glücklicher Umstand.«

Yvonne hatte während dieser Einführungsworte den Meister beobachtet.

»Aber das ist doch keine Europäerin?« flüsterte sie.

Garrot schüttelte den Kopf. »Gewiß nicht, wir werden es sofort erfahren.« Er fragte Leila: »Wenn ich nicht irre, sind Sie an der östlichen Mittelmeerküste geboren, etwa in Syrien?«

»Ja.«

»Sie sind schon lange in Frankreich?«

»Seit einem halben Jahr, Monsieur, eine französische Familie hat mich mitgenommen, ich bin bei den Kindern, deshalb konnte ich auch erst so spät kommen, aber man hat es mir erlaubt.«

»Haben Sie Verwandte in Frankreich?«

»Nein.«

»Es ist sehr freundlich von Ihnen, daß Sie sich uns zur Verfügung stellen. Sie werden öfters zu dergleichen Sitzungen hinzugezogen?«

»O ja«, sagte sie, »dies war auch der Grund, weshalb man mich mitnahm.«

»Sie tun es gern?«

»Das kann ich nicht behaupten, es strengt mich sehr an.«

»Wir werden das vermeiden, soweit es möglich ist. Haben Sie irgendwelche Wünsche?«

Leila blickte in dem Raum umher und bat sich sogleich einen großen, weichgepolsterten Lehnsessel aus. Das Licht des Kronleuchters über dem Tisch war ihr zu hell, auf ihre Bitte wurde eine Stehlampe geholt und in eine entfernte Ecke gestellt; der Lampenschirm war gelb, auch ihn erklärte sie für zu hell und war erst zufrieden, als man ihn mit einem doppelt gefalteten roten Seidentuch bedeckt hatte, das unterhalb des Schirmes zugebunden werden mußte. Als man den Kronleuchter zur Probe ausdrehte, war nur noch eine tief dunkelrote Dämmerung in dem Zimmer, in der sich zunächst fast nichts mehr unterscheiden ließ.

Catherine hatte schon vorher das Grammophon bereitgestellt und fragte Leila, welche Art von Musik sie wünsche. Garrot kam dem Medium zu Hilfe und bestimmte, daß einige Platten mit mehrstimmigen Chorälen und Orgelbegleitung ausgesucht und zurechtgelegt wurden. Er nahm Fox beiseite und bat ihn, das Grammophon zu bedienen – auf diese Weise werde er sich freilich nicht persönlich an der Bildung der Kette beteiligen, um so genauer jedoch alles beobachten können.

»Sie wissen, was ich meine?« fragte er leise.

Fox war durchaus einverstanden.

»Halten Sie das Mädchen für ehrlich?«

»Unbedingt«, sagte Fox, »aber ich bin trotzdem dafür, daß man so vorsichtig wie möglich ist, und werde sie nicht aus den Augen lassen. Übrigens muß ich erwähnen, daß sie keinen Sou annimmt.«

»Das ist freilich beruhigend«, murmelte Garrot.

Bei diesen Vorbereitungen war geraume Zeit vergangen.

Der kleine Tisch, der Fox schon einmal so wohlwollend begrüßt hatte, stand vor dem Kamin, von vier Stühlen umgeben. Dorthin setzten sich Lady Margaret, Catherine, Yvonne und Garrot. Fox hatte seinen Platz an dem großen Tisch in der Mitte des Zimmers, weil dort das Grammophon und die Platten waren und er mit einem Schritt den Schalter des Kronleuchters erreichen konnte. Zwischen beide Tische hatte man auf Leilas Wunsch den Lehnsessel geschoben. Seltsamerweise verlangte sie ein großes, weißes Tuch – man brachte ihr ein Bettuch, das sie sich, wie die Berber und Libyer dies mit ihrem Haik tun, von unten her um den ganzen Körper wickelte und in dem auch die Arme verschwanden, so daß nur ihr Gesicht frei blieb. Garrot sah das mit einem sonderbaren Lächeln.

Dann also drehte Fox endlich die Deckenbeleuchtung aus, es wurde fast finster, die Augen gewöhnten sich erst allmählich an das dunkle Rot. Die vier um den kleinen Tisch Sitzenden hatten ihre Hände auf dessen Platte gelegt, so daß sie Verbindung miteinander hatten, aber sie schwiegen nicht, sondern unterhielten sich, nach der Vorschrift, über belanglose Dinge, freilich mit gedämpfter Stimme. Es dauerte nur ganz kurze Zeit, bis der Tisch sich rührte und in jener eigenartig zurückhaltenden, aber doch irgendwie gewaltsamen und unwiderstehlichen Weise sich zu bewegen anfing, die den Gedanken unvermeidlich machte, daß eine fremde Kraft daran beteiligt sei.

Dies allein wäre kaum eindrucksvoll gewesen, hätte nicht zugleich das Medium in seinem Sessel eine wachsende Unruhe bekundet. Leila begann hörbar schwer zu atmen.

Fox hielt den Augenblick für gekommen, den ersten Choral ablaufen zu lassen, und währenddessen verstärkte sich Leilas Atmen zu aneinandergereihten Seufzern, die tiefer und gequälter wurden, je länger es dauerte.

Als die Musik zu Ende war, folgte ein heftiger Knall wie von zerberstendem Holz, ohne daß man hätte sagen können, woher dieser erschreckende Laut kam.

Leila murmelte etwas Unverständliches und versuchte, sich zu bewegen. Plötzlich schrie sie leise auf, danach aber trat völlige Stille ein. Fox wartete ein paar Sekunden, dann ließ er die nächste Platte laufen.

»Er schwebt!« rief Catherine, sogleich aber fiel der Tisch dumpf auf den Fußboden zurück und blieb unbeweglich. »Schweigen Sie doch!« sagte Garrot ruhig.

»Nein!« Das war aber nicht Catherine, sondern Leila. Ihre Stimme, sonst befangen und leise wie die eines Vögelchens, klang jetzt tief und rauh, als sei es überhaupt nicht ihre Stimme, sondern die eines Mannes, der freilich, wie es schien, noch nicht ganz anwesend war.

»Wer spricht da?« fragte Fox in die rote Dunkelheit hinein, in der sich mittlerweile eine schwüle Hitze verbreitete.

Leila stöhnte.

Dann antwortete die fremde, rauhe Stimme aus ihr: »Ein Opfer!«

»Was heißt das?« fragte Garrot.

Nach einigen Sekunden ächzte die Stimme Unverständliches.

»Du mußt das wiederholen«, sagte Fox begütigend und bittend, »sprich deutlicher!«

Darauf begann Leila etwas in einer fremden Sprache zu lallen.

»Arabisch!« sagte Garrot und beugte sich lauschend vor.

»Es war zu erwarten. Aber es ist immer noch zu undeutlich.«

Plötzlich schrie das Medium gellend auf: »Elgin!« Es klang, als bräche eine lange gestaute Kraft endlich heraus, und es war so, daß alle zusammenschraken.

»Ich verstehe ›Elgin‹ ...«, sagte Fox. »Aber was soll das sein?«

»Tot!« stöhnte Leila.

»Weiter?«

»Er ist hier.«

»Wer? Elgin?«

Jetzt schien es eine zweite fremde Stimme zu sein, die alsbald antwortete: »Moi qui suis assassiné!«

»Ermordet? Hier?«

Garrot sagte scharf: »Herr Doktor Reineke, ich fürchte, Sie beeinflussen durch Ihre Fragen das Medium, indem Sie ihm die Antworten in den Mund legen. Ich glaube nicht, daß dies der richtige Weg ist.«

Aber noch bevor Fox etwas erwidern konnte, fuhr die zweite heisere Stimme fort: »Musik. Alle still. Musik, bis ich es zeige!«

Auf diese Äußerung folgte eine unruhige Szene. Der dritte Choral klang auf, Garrot sagte ziemlich erregt etwas dazwischen, Fox unterbrach ihn und rief: »Seien wir doch still, da uns eine Materialisation angekündigt wird!« – und zwischen dies alles begann die Orgel zu brausen.

In diesem Durcheinander ereignete sich eine Zeitlang nichts. Die Platte lief ab, die Erregung, zum mindesten die spürbare, schien sich gelegt und einer gespannten Erwartung Platz gemacht zu haben, aber das Medium in seinem Sessel warf sich hin und her – oder wurde hin und her geworfen – und brach zuletzt in ein so unheimliches Stöhnen aus, daß Lady Margaret hysterisch zu wimmern begann.

»Nein«, sagte Garrot scharf, »so geht das doch nicht weiter! Sie hören, daß das Medium am Ende seiner Kraft ist. Wir beenden die Sitzung, machen Sie Licht!«

»Diese plötzliche Unterbrechung kann der Frau sehr schaden, aber wie Sie meinen«, antwortete Fox.

Aber noch bevor seine Hand den Schalter erreicht hatte, fiel ein Gegenstand laut und hart auf die Holzplatte des kleinen Tisches, man hörte, wie er darüber hinwegrutschte und zu Boden fiel.

In diesem Augenblick wurde es hell.

Mit ein paar Sätzen sprang Fox zum Tisch, bückte sich rasch und griff nach dem Gegenstand, der über den Fußboden bis zum Kamingitter geglitten war.

Sich aufrichtend, sagte er: »Mir scheint, wir erleben hier keine Materialisation, sondern einen Apport! Sehen Sie her, Professor Garrot – ist das nicht ein recht solider Dolch?«

Schweigen.

»Allerdings merkwürdig in der Form ...«, fuhr er fort und hielt die Waffe ins Licht. »Auffallend kurz und schmal. Wenn ich nicht irre, sehr alte Arbeit ... Wo gibt es das, wo habe ich dergleichen schon gesehen ...?«

Da geschah etwas, womit Fox nicht gerechnet hatte. Bisher war alles genauso, ja fast noch besser und vor allem schneller gegangen, als er es mit Leila sorgfältig geprobt hatte. Jetzt aber geschah also etwas Unerwartetes und sehr Programmwidriges. Lady Margaret, die wie alle anderen aufgestanden war, hatte sich, sehr blaß, an die Wand gelehnt, sie war von niemandem beachtet worden, und jetzt sank sie um, steif wie ein Besen schurrte sie an der Tapete entlang und schlug leider mit dem Kopf hart auf das Kamingitter.

Catherine schrie, nicht weniger Yvonne, sie sprangen hinzu, unter Lady Margarets Frisur begann sofort ein schmaler Blutstreifen hervorzurieseln, die Sache sah schlimmer aus, als sie vielleicht war; jedenfalls gab es zunächst ein ziemliches Durcheinander. Mit vereinten Kräften wurde die Bewußtlose auf das Sofa getragen, und als Fox, der die blutende Stelle am Hinterkopf abgetastet hatte, sich wieder aufrichtete, sah er nur noch Leila, die sich aus dem Bettuch wickelte.

»Wo ist Garrot!« rief er.

In diesem Augneblick hörte man, wie unten vor dem Haus ein Motor ansprang, aufheulte, und Garrots großer Wagen mit einem sehr unvornehm überhasteten Start davonbrauste.

Fox begegnete Yvonnes erschrockenem Blick.

Worauf auch er aus dem Zimmer stürzte. Ein paar Sekunden später erkannte Yvonne den viel helleren Klang ihrer eigenen Maschine; vom Fenster aus konnte sie eben noch sehen, wie das Scheinwerferlicht die Einfahrtsallee entlanghuschte und nach links durch das Tor bog.

Als sie sich wieder umwandte, stand Leila in ihrem gelben Kleidchen da, Lady Margaret lag noch ohnmächtig auf dem Sofa, Catherine war weggelaufen, gewiß suchte sie Barbe und holte Wasser und Verbandzeug.

»Eine Minute zu spät, Leila!« sagte Yvonne und nahm ihr den Dolch aus der Hand.

XIII

Damit hatte Fox nicht gerechnet. Daß Garrot jetzt
noch ein Loch im Netz fand, war die peinlichste Überraschung in dem ganzen Abenteuer. Daß er zu entkommen versuchte, bewies freilich, wie gründlich er sich
durchschaut fühlte, aber auch, daß er sein Spiel noch
nicht als verloren ansah. Für ihn konnte es sich nach
allem, was er vermuten mußte, im Augenblick nicht
so sehr um seine Person handeln als um das Waffenlager und einen letzten Versuch, es vielleicht noch verschwinden zu lassen – damit wäre der handgreiflichste
Beweis gegen ihn und seine ganze Organisation beseitigt
gewesen.
Fox brauchte das nicht im einzelnen durchzudenken, es
war selbstverständlich genug, und deshalb überlegte er
auch keine Sekunde, welche Richtung Garrot eingeschlagen haben mochte. Ohne Zweifel fuhr er die hundert Kilometer nach Paris, um seine Leute noch in dieser Nacht
mobil zu machen; wenn er Glück hatte, konnte alles erledigt sein, bis die Sonne aufging – freilich eine phantastische Idee, die Hoffnung eines Spielers, der den letzten Einsatz wagt, immerhin, er würde es versuchen.

Auf der ersten geraden Strecke sah Fox die Schlußlichter des Wagens in großem Abstand vor sich. Es mußte Garrot sein, denn er fuhr wie ein Irrsinniger, kein anderer als er würde, auch in dieser stillen Nacht, ein so höllisches Tempo einschlagen. Fox hielt zwar den Abstand, konnte ihn jedoch nicht verringern, wenigstens nicht auf der geraden Strecke. Aber er kannte Yvonnes Wagen, und nicht umsonst war er vorgestern nacht dieselbe Strecke im Renntempo gefahren. Er durfte annehmen, daß Garrot, sobald Kurven kamen, erheblich langsamer werden mußte als er selbst und daß er ihn also vielleicht überholen und dann vor ihm bleiben könnte. Allerdings wäre es Selbstmord gewesen, ihn unterwegs zu stellen. Aber in Paris glückte es vielleicht.

Fox hatte genug Zeit, dies zu überlegen, soweit er bei einem solchen Rennen überhaupt etwas überlegen konnte. Aber die Strecke blieb gerade, zum Verzweifeln gerade, als ob man während der letzten achtundvierzig Stunden alle Biegungen beseitigt hätte. Erst nach Etampes kam er dem Verfolgten näher, in der Stadt gelang es ihm, ihn fast einzuholen. Bisher war Fox mit aufgeblendeten Scheinwerfern gefahren, es blieb ihm bei diesem Tempo nichts anderes übrig, wenn er nicht verunglücken wollte, und durch das Scheinwerferlicht mußte Garrot wissen, wer sich so hartnäckig an ihn gehängt hatte. In der Stadt blendete Fox ab. Sie hatten kaum die letzten Häuser hinter sich, als Garrot, der noch eben beschleunigt hatte, das Gas wegnahm: Hell angestrahlt, schlossen sich eben die Schranken eines Eisenbahnüberganges.

Bestimmt wäre es Fox gelungen, in diesen Sekunden zu

überholen und vielleicht sogar mit seinem niedrigen
Fahrzeug noch unter den Schranken hindurchzukommen, die sich langsam senkten.

Aber wozu? Bis sie sich wieder hoben, würde Garrot
umgekehrt und weiß der Himmel wohin verschwunden
sein, und gerade das mußte unter allen Umständen
verhindert, Garrot nicht aus den Augen gelassen
werden.

Fox hielt dicht hinter ihm, und während er aus dem
Wagen sprang, sah er, daß das Glück buchstäblich auf
seiner Seite war. Dicht neben der Schranke befand sich
das Wärterhäuschen, und der Bahnwärter stand da, mit
gelassener Aufmerksamkeit wartend – dies war, für alle
Fälle, ein Helfer, man konnte jedoch vermuten, daß
Garrot im Hinblick auf den Mann überhaupt nichts
unternehmen werde.

Fox trat von links an den Fahrersitz des großen Wagens
heran, so daß der Schrankenwärter nicht sehen konnte, was
hier vor sich ging, auch wenn er darauf geachtet hätte.

Garrot starrte durch das Fenster heraus in eine Pistolen-
mündung.

»Wir werden hier wohl ziemlich lange warten müssen«,
sagte Fox, »und die Nacht ist kühl. Erlauben Sie, daß ich
in Ihrem Wagen Platz nehme.« Er öffnete die linke rück-
wärtige Tür und stieg ein. »Und zwar hinter Ihnen! Sie
begreifen, daß Sie sich jetzt vernünftig benehmen müssen. Eile wäre sinnlos. Es wäre auch sinnlos, mich irgendwohin zu fahren, etwa zu Ihren Leuten, Sie würden dieses
Ziel nicht erreichen. Bis Paris sind es immer noch vierzig
Kilometer; während dieser Zeit können Sie sich überlegen,
wie wir unsere Angelegenheit am besten ordnen. Ich
wünsche, in meine Wohnung gefahren zu werden und
erst dort weiter mit Ihnen zu sprechen. Vergessen Sie
aber nicht, daß es bis dahin nötigenfalls sofort knallt.
Dies nur nebenbei; ich bin überzeugt, wir werden
uns ausgezeichnet vertragen. Oh, der Zug! Wie angenehm.«
Der Zug donnerte vorbei. Der Schrankenwärter machte
sich daran, den Weg freizugeben. Fox kurbelte das rechte
Fenster herunter und sagte zu dem Mann: »Polizei! Bitte
schieben Sie meinen Wagen irgendwohin, wo er nicht
stört. Ich hole ihn morgen ab. Gute Nacht. Fahren wir,
Herr Professor? Aber bitte langsam!«
Der Bahnübergang blieb hinter ihnen.
Während der beträchtlichen zweiten Hälfte des Weges
wurde kein Wort gesprochen. Fox brauchte seine ganze
Aufmerksamkeit, wenn er jene unliebsamen Überraschungen verhüten wollte, auf die er gefaßt war. Aber er griff
nur ein einziges Mal ein, nämlich als Garrot, in Paris,

in die nordöstlichen Gegenden der Stadt zu kommen versuchte, wo Fox ganze Araberblöcke kannte.

»Wollen Sie sich bitte mehr links halten!« sagte er freundlich.

»Wohin?« fragte Garrot.

»Ich habe Ihnen schon gesagt: in meine Wohnung.«

»Sie können von mir nicht verlangen, daß ich Ihre Adresse weiß.«

»O doch!« erwiderte Fox noch freundlicher. »Der Besuch, den Sie mir neulich schickten, kann sie doch nur von Ihnen gewußt haben, oder?«

»Ich verstehe Sie nicht«, sagte Garrot, »weshalb liefern Sie mich nicht sofort bei der Polizei ab? Das wäre gewiß einfacher.«

»Es wäre nur scheinbar einfacher. Im übrigen muß ich Ihnen anvertrauen, daß ich nur höchst ungern mit der Polizei zu tun habe. Die Leute verderben einem so viel durch ihre Exaktheit. Ich glaube, wir werden uns unter vier Augen viel schneller einigen.«

»Einigen?« fragte Garrot.

»Das übernächste Haus, bitte, vor dem die Laterne steht.« Der Wagen hielt, sie stiegen aus. Fox, immer die Hand in der Tasche, öffnete mit der Linken die Haustür und ließ Garrot höflich den Vortritt. Der Fahrstuhl brachte sie hinauf.

»Bitte!« sagte Fox mit aller Liebenswürdigkeit, als ob er einen besonders geschätzten Gast hätte.

Und im Zimmer: »Wollen Sie Platz nehmen – nein, in diesem Sessel, wenn ich bitten darf, denn ich habe nun einmal die Gewohnheit, mich an meinen Schreibtisch zu setzen. Welche eigentümliche Fügung, Herr Garrot, es ist genau Mitternacht, und der anbrechende Tag –«

Garrot machte eine wegwerfende Handbewegung.

»Ich habe Sie hierhergebeten«, sagte Fox und legte die Pistole auf die Schreibtischplatte, »weil ich vermute, daß ein ungestörtes Gespräch für Sie nicht ohne Überraschungen sein könnte. Es wäre mir aber lieb, wenn dies die einzige Überraschung bliebe. Sie verstehen?«

»Sie haben jetzt nichts mehr zu befürchten«, sagte Garrot und ging auf den ruhigen Ton des anderen ein.

»Das freut mich«, erwiderte Fox, konnte dabei aber eine gewisse Ironie nicht unterdrücken. »Diplomaten pflegen einander nicht umzubringen, das überlassen sie anderen, so verteilen sich die Rollen von jeher. Ich will Ihnen aber doch auch eine kleine Freude machen und gestehen, daß ich mich in der Tat eine Zeitlang gefürchtet habe, und zwar nicht wenig.«

Garrot lehnte sich zurück und schlug die Beine übereinander. Die Ellbogen hatte er nachlässig auf die Armlehnen des Sessels gestützt und legte nun die Fingerspitzen gegeneinander. »Ihre Befürchtungen waren nicht ohne Grund«, sagte er im Gesprächston, als ob vom Wetter die Rede wäre, »einer von uns beiden mußte das Spiel verlieren. Sie, Doktor Fox, waren im Begriffe, es zu tun.«

»Ah – seit wann sind Sie sich darüber klar, mit wem Sie die Partie spielen?«

»Den Verdacht hatte ich vom ersten Augenblick an, aber was nützt ein Verdacht!«

»Ich bin durchaus Ihrer Meinung, es ging mir ebenso. Seit wann also?«

»Es ist zwar nebensächlich, da Sie es aber genau wissen wollen: seit ich diesen Schreibtisch ein wenig untersuchen ließ.«

»Sie können darin nichts gefunden haben, ich bin in dieser Beziehung immer sehr vorsichtig.«

»Doch, eine einzige Kleinigkeit, nämlich eine Ansichtskarte, in deren Text die Wendung ›mein lieber Fox‹ vorkam.«

»Hm . . .«, sagte Fox, »da sieht man wieder einmal, wie schädlich die Postkartenschreiberei ist, schädlich und lächerlich. Da nützt natürlich das schönste Türschild nichts. Das, was Sie eigentlich suchten, haben Sie nicht gefunden, aber eine solche Kleinigkeit wie diese Postkarte hätte mir schlecht bekommen können.«

Garrot sah ihn mit einem eigentümlichen Blick an und fragte:

»Es würde mich interessieren, von Ihnen zu erfahren, was man hier eigentlich gesucht hat.«

Nach einigem Überlegen antwortete Fox: »Warum soll ich es Ihnen nicht sagen. Man – das sind Sie, Herr Garrot – wollte wissen, wieweit ich orientiert bin über eine bestimmte Macht, eine wahrhaft schreckliche Macht, die es unter keinen Umständen dulden kann, daß man sie durchschaut oder auch nur über ihren Aufbau im Bilde ist. Um ein Beispiel zu nennen: Mein alter Reisekamerad Lord Elgin hatte, ohne es zu beabsichtigen, in Syrien etwas zuviel entdeckt. Wollen Sie ein zweites Beispiel? Der Dolmetscher Ali, Leilas Bruder –«

Garrot fuhr auf.

»Die Erwähnung ist Ihnen peinlich. Gut, bleiben wir bei Lord Elgin. Auf dem Manuskript seines Vortrags, den er im letzten Herbst unmittelbar vor seinem Tod in Brüssel hielt, fand ich eine hingekritzelte Notiz, in der Lady Margaret und der Ort Tassy genannt waren. Dann starb Ali in Marseille desselben Todes, und bald darauf stellte ich fest, daß der Antiquar Lilienberg ein Exemplar des seltenen Beibab gehabt und verkauft hatte, er war mit einem Scheck Lady Margarets bezahlt worden, und der Antiquar konnte den Herrn, der bei ihm gewesen war, noch recht gut beschreiben.«

»Ihre Umsichtigkeit ist bewundernswert«, sagte Garrot.

»Ja, es war ein großer Kummer für mich, daß mir jenes Exemplar des Beibab durch die Lappen ging. Ich bin kein reicher Mann und hätte das Buch nicht kaufen können, aber wenigstens gesehen hätte ich es doch gern einmal. Da auch Sie ein großer Bücherliebhaber sind, werden Sie das verstehen – ich suche dieses Buch seit zehn Jahren.«

»Dann sind Sie sehr gut unterrichtet. Aber weshalb haben Sie nicht schon früher –«

Fox hob die Schultern. »Alles kommt zu seiner Zeit. Und dann wurde ich auch immer wieder von anderen Fällen in Anspruch genommen, die eine raschere Behandlung erforderten als dieser. Bedenken Sie außerdem – und dies ist der Punkt, über den ich mit Ihnen sprechen möchte, Monsieur Garrot –, bedenken Sie also, daß die Tätigkeit Ihres Ordens erst in den letzten Jahren so gefährlich geworden ist, daß man es nachgerade gemein-gefährlich nennen muß.«

Garrot lächelte. »Soviel ich weiß, sind Sie in Deutschland geboren.«

»Sie wollen damit sagen, daß die Angelegenheiten Frankreichs mich nichts angehen. Damit haben Sie ausnahmsweise recht.«

Der andere blickte ihn erstaunt an und wußte nicht, was
er von dieser Äußerung halten sollte.

Fox sah auf dem Schreibtisch umher und trommelte ein
wenig mit den Fingern, er schien auf etwas zu warten.

Schließlich sagte Garrot:

»Das alles hätte sich anders entwickelt, wäre mein
Fahrer nicht verschwunden.«

»Sie wissen nicht, wo er ist?« fragte Fox gespannt.

Garrot antwortete: »Nein, und ich halte es für ausgeschlossen, daß Sie es wissen.«

»Aber der Dolch, Herr Garrot?«

»Es war nicht sein Dolch, Doktor Fox. Denn wenn er es
gewesen wäre, hätten Sie ihn nicht in der Tasche, sondern im Herzen gehabt.«

»Sie sind davon überzeugt?«

»Für mich war es keine Überraschung, daß Sie auf Ihrer
Reise so lange ausblieben, sondern die Überraschung
war, daß Sie zurückkamen.«

»Nachträglich sind das fatale Aussichten«, sagte Fox.

»Es kommt auf den Standpunkt an«, erwiderte Garrot.

»Ich kann Ihnen versichern«, sagte wiederum Fox, »daß
es doch der Dolch Ihres Fahrers war, der heute abend auf
den Tisch flog. Als ich den Mann fand, beschäftigte
er sich so angelegentlich mit so merkwürdigen Dingen,

daß er meine Gegenwart eine Sekunde zu spät bemerkte. Deshalb war ich auch keinen Augenblick im Zweifel, welchen Weg Sie mit dem Wagen einschlagen würden, und wie Sie sehen, habe ich mich nicht geirrt.«

»Ich verstehe Sie nicht.«

»Herr Garrot!« sagte Fox mit einem kleinen Lächeln. »Es handelt sich dabei um die – sagen wir um die Sammlungen, die an jener gewissen Stelle des Parks von Tassy in Lady Margarets Kellern eingelagert sind und um die Sie sich noch gestern nachmittag so gern gekümmert hätten, wenn ich nicht dazugekommen wäre.«

Jetzt zum erstenmal verlor Garrot die Fassung, man sah es deutlich, obwohl er kein Wort sprach.

In Fox' Stimme lag fast etwas wie Mitgefühl, als er fortfuhr: »Es gibt Dinge, mit denen der Mensch nicht rechnen kann, weil er weder allmächtig noch allwissend ist, und die er deshalb am besten als Schicksal betrachtet. Ich vermute, daß diese Ansicht mit Ihren Meinungen durchaus übereinstimmt? Es ist vielleicht ganz gut, sich daran zu erinnern.« Garrot schwieg noch immer. »Hätte der Bahnwärter die Schranken um zwei Sekunden später herabgelassen, dann wären Ihre Leute jetzt höchstwahrscheinlich unterwegs nach Tassy, um das Lager in Sicherheit zu bringen. Denn Sie, Herr Garrot, waren schon seit langem mißtrauisch, und nicht weniger Ihr Fahrer, den ich im Begriffe fand, einiges zur Abholung bereitzustellen, ein tüchtiger Mann also, wir wollen nichts auf ihn kommen lassen, auch wenn er gehenkt wird.«

»Wo ist er?« fragte Garrot.

»Hier, in Paris, in Einzelhaft als Untersuchungsgefangener.«

»Er wird nichts aussagen.«

»Fedai!« nickte Fox – und dieses eine Wort genügte. Es bezeichnete jenen Grad der Ordensangehörigen, dem die mit der Tat Beauftragten angehören.

Garrot sprang auf. Fox griff unwillkürlich nach der Pistole. Selten hatte er ein so verzerrtes Gesicht gesehen.

Aber der andere winkte ab, sank wieder zurück und in sich zusammen.

»Höre, Dai!« sagte Fox mit einem Blick auf die Uhr. Von

jetzt an sprach er in einem fließenden und fehlerfreien Arabisch, die Wirkung auf Garrot zeigte sich sofort. »Höre, Dai. Du wirst gemerkt haben, daß das Versteckspielen zu Ende ist. Ich bin nicht berufen, dir Lehren zu geben darüber, was man tun und was man nicht tun darf. Ich weiß sehr wohl, daß nach eurer seit tausend Jahren geheiligten Lehre das Böse keine eigentliche Existenz und der äußere Kult keinen Wert hat. Ich weiß auch, daß nach derselben Lehre die Weltseele stets bestrebt ist, sich wieder zur Weltvernunft zu erheben, damit würde sie wieder zu Gott zurückkehren, und der verhängnisvolle ewige Kreislauf wäre beendet. Nicht umsonst habe ich lange Jahre bei den Senussi gelebt.«

»Ich höre«, murmelte Garrot.

»Was die Rückkehr zur Vernunft betrifft«, sagte Fox, »so halte ich sie für ebenso notwendig wie ihr, und bei Gott, ich wollte, es wäre erst soweit. Über den Weg dazu mag man verschiedener Meinung sein, und hier trennen sich unsere Ansichten – keinesfalls aber kannst du mir verübeln, daß ich mich meiner Haut wehre. Was ihr untereinander tut, geht mich nichts an, in Europa jedoch mordet man nicht auf eure Weise. Deine Oberen haben dich beauftragt, das ist Sache deines Dai al Kirbal, den ich nicht kenne und wohl auch nie kennenlernen werde. Du hast Unglück gehabt. Was müssen deine Untergebenen tun, wenn ihnen eine Tat mißlingt? Sie gehen in den Bereich des ewigen Schweigens.«

Garrot erwiderte nichts. Wie in Gedanken nahm er seine Armbanduhr vom Handgelenk, als wollte er sie aufziehen.

Fox beobachtete ihn genau. »Bis zu dieser Minute«, sagte er, »bist du, wenigstens in den Augen der Welt, nicht in diese Sache verwickelt. Die Polizei hat mit deinem Fahrer einen Araber mehr in Gewahrsam, was will das heißen! Ich bin nicht die Polizei Frankreichs. Man wird das Waffenlager ausheben, es wird ein großes Getöse geben – auch dies bedeutet nichts. Ich habe getan, was ich konnte, und ich weiß sehr genau, daß ich nichts weiter ausrichten würde. Gegen die Macht der Unsichtbaren kann ich nicht kämpfen, es ist auch nicht meine Sache, das Verhältnis wäre allzu ungleich. Was geschieht aber, wenn man dich hier wegbringt und mich als Zeugen vernimmt?«

Mit dem Daumennagel öffnete Garrot die Uhr. »Man wird dich nicht vernehmen, Herr«, sagte er und nickte lächelnd.

Fox sah, daß er eine winzige Ampulle zwischen den Fingern hielt, sie in den Mund steckte ... das Glas knirschte zwischen seinen Zähnen.

Einen Atemzug später sprang Garrot hoch, sank aber mit ausgebreiteten Armen sofort wieder zurück und blieb in dem Sessel liegen.

Fox, nur äußerlich unerschüttert, stand auf und betrachtete ihn. Dann hob er die leere Armbanduhr auf und steckte sie in die Tasche.

Er wartete noch zwei oder drei Minuten.

Dann steckte er auch die Pistole ein und wählte eine Telefonnummer.

»Genau ein Uhr, wie ich Ihnen versprach, Herr Benoit!« sagte er. »Aber ich rufe nicht aus Tassy, sondern aus Paris an. Ja, ein Zwischenfall, der aber bereits erledigt

ist. Sind Ihre Leute bereit? Ist der Abgeordnete Anquetil im Bilde? Sehr gut, ich danke Ihnen. Ich muß Sie aber zunächst bitten, mir einen Sanitätswagen zu schicken. Ja, sofort. In meiner Wohnung ist jemand plötzlich schwer erkrankt. – Nein. – In einer Viertelstunde bin ich bei Ihnen, dann können wir aufbrechen. Auf Wiedersehen.«

Nach wenigen Minuten war der Sanitätswagen da. Hinter ihm kam Monsieur Benoit. Er blieb auf der Schwelle stehen, erkannte sofort, was hier geschehen war, und sah Fox fragend an. »Ein Freund von Ihnen?«

»Freund wäre zuviel gesagt ...«, antwortete Fox. »Professor Garrot, ein namhafter Orientalist, früher an der Universität Kairo.«

»Hier ist nichts mehr zu helfen!« stellte Benoit fest.

»Nein«, antwortete Fox nachdenklich.

»Hat es mit unserer Sache zu tun?«

»Weshalb fragen Sie?«

»Weil ich Ihnen eine unangenehme Mitteilung machen muß, Doktor Fox. Der Gefangene, den Sie bei uns eingeliefert haben, ist vor einer Stunde entkommen.«

XIV

KURZ nach ein Uhr nachts verließ eine Kolonne in eiliger
Fahrt Paris in Richtung Orleans. Voraus fuhr der Wagen
des Herrn Anquetil, in dem sich außer dem Abgeordneten, der am Steuer saß, Fox und Benoit befanden. Es
folgte ein großer Kübelwagen mit sechs bewaffneten
Polizisten, den Schluß bildeten zwei leere Lastwagen.

»Wie der Gefangene entkommen konnte, weiß ich bis
jetzt noch nicht«, berichtete Benoit, »bis morgen früh
wird man es herausgefunden haben – oder auch nicht.
Jedenfalls muß man sich zunächst mit der Tatsache vertraut machen. Halten Sie es für besonders
schlimm?«

»Für Sie nicht«, erwiderte Fox, »aber vielleicht für
mich.«

»Wir werden das mögliche tun«, versicherte Benoit,
dem die Sache peinlicher war, als er merken lassen
wollte.

»Die Polizei tut immer das mögliche«, sagte Fox nicht
ohne Ironie. »Nach diesem Vorfall muß ich Sie aber leider davon in Kenntnis setzen, daß der Mann sich also
möglicherweise eine Stunde vor uns auf den Weg nach

Tassy gemacht hat, um seinen Chef zu warnen, den er dort freilich nicht mehr finden wird – oder um sich das Waffenlager –«

»Welches Waffenlager?« fragte Herr Anquetil.

»Jenes Waffenlager«, antwortete Fox, »von dem ich Ihnen bereits erzählt habe und das von nordafrikanischen Aufständischen schon seit vielen Jahren angelegt worden

ist. Es wird in einer Stunde ausgehoben, die Führung übernehmen Sie, Herr Anquetil.«

»Ich?« fragte der Abgeordnete. »Sie trauen mir zuviel zu, lieber Freund. Ich kenne die Örtlichkeit überhaupt nicht und bin auch nicht imstande, eine militärische Führung zu übernehmen.«

»Um so besser ist es also, daß wir noch eine volle Stunde Zeit haben«, sagte Fox. »Übrigens hat der Offizier, der mit seinen Leuten von der mobilen Gendarmerie hinter uns herfährt, eine genaue Planskizze, in der ich alles eingezeichnet habe. Er wird seine Leute einsetzen, ist aber Ihnen, Herr Anquetil, verantwortlich. Haben Sie Ihre Pistole mitgebracht, wie ich Ihnen neulich empfahl?«

»Ja ...«, sagte Anquetil, »aber es ist stockfinster!«

»Um so weniger brauchen Sie zu befürchten, getroffen zu werden.«

»Um Himmels willen, ist denn das Lager verteidigt?«

»Bis vorhin war ich überzeugt, daß dies nicht der Fall sein würde«, sagte Fox, »da jedoch der Gefangene entkommen ist, von dem Herr Benoit berichtete, so besteht immerhin eine Möglichkeit, daß die Ausräumung anfangs vielleicht nicht ganz ohne Gegenwehr abgeht.«

»Fox!«

»Die Möglichkeit ist gering, aber sie ist vorhanden, darüber wollen wir uns nicht täuschen.«

Es gab ein Hin und Her, dessen versteckte Komik nur Herr Anquetil nicht bemerkte. Je länger man sprach, desto kläglicher wurde er. Fox bedauerte schon, daß er ihn in diese Lage gebracht hatte; es war nicht gut, daß ein Beamter wie Herr Benoit einen so schlechten Eindruck von der Verantwortungsfreudigkeit eines vom Volke gewählten Abgeordneten bekam.

Als die Scheinwerfer jene Eisenbahnschranke anleuchteten, die für Garrot so verhängnisvoll geworden war, hatte Fox einen guten Gedanken. »Halten Sie bitte!« sagte er. »Ich kann hier gleich meinen kleinen Wagen mitnehmen, den ich hier stehenlassen mußte. Sie fahren weiter mit mir, Herr Anquetil.« Herrn Benoit gab er die Anweisung, mit seinen Leuten ohne Licht und Geräusch in Tassy vor dem Parktor zu halten, und händigte ihm einen der Torschlüssel ein, den er hatte anfertigen lassen. »Öffnen Sie es, bleiben Sie aber ganz still, bis ich komme, ich fahre von jetzt an am Schluß. Auf Wiedersehen!«

Die Kolonne setzte ihren Weg fort, Fox, am Steuer von Yvonnes Wagen, folgte ihr, Herrn Anquetil neben sich. »Mein lieber Doktor Fox!« begann Herr Anquetil alsbald. »Ich kann noch immer nicht glauben, daß es Ihnen mit der Erklärung Ernst ist, ich solle die Führung übernehmen. Sagen Sie jetzt bitte, daß Sie einen blutigen Witz gemacht haben.«

»Es ist kein Witz«, antwortete Fox, »dafür wird er aber auch nicht blutig, in dieser Hinsicht kann ich Sie ziemlich beruhigen.«

»Wenn es aber kein Witz ist, dann ist es Ernst!« sagte Anquetil.

»Durchaus.«

»Wenn ich nur wüßte, weshalb Sie darauf bestehen, daß gerade ich, der ich am wenigsten weiß –« Man hörte, wie er allmählich den Rest seiner Selbstbeherrschung verlor. »Weshalb?« fragte Fox unbarmherzig. »Muß ich Ihnen das wirklich klarlegen, Herr Anquetil? Sie sind der Vorsitzende des Ausschusses, der sich mit dem ganzen und wahrhaftig sehr gefährlichen Problem zu befassen hat. Sie haben vor Ihrer Wahl erklärt, daß Sie besser Bescheid wissen, als man ahnt. Wir sind übereingekommen, daß Sie sich an die Spitze stellen – Sie müssen es tun, und Sie werden es tun, denn eine solche Gelegenheit finden Sie niemals wieder.«

»Die Gelegenheit, um die Ecke gebracht zu werden!« ächzte Herr Anquetil.

»Die Gelegenheit, das Vaterland zu retten!«

»Also gut: die Gelegenheit, das Vaterland zu retten und dabei um die Ecke gebracht zu werden! Mein lieber Freund –«

»Das eine ist die Kehrseite des anderen, wie jede Münze Kopf und Wappen hat. Ohne Einsatz können Sie nicht gewinnen.«

»Bedenken Sie aber –«

»Ich appelliere an Ihren Mut, Herr Anquetil!«

»Fällt Ihnen nichts Besseres ein? Mein Mut bezieht sich mehr auf ideelle Gebiete, ich bin kein Preisboxer.«

»Man muß etwas riskieren!«

»Meinetwegen, aber muß es denn gerade der Kopf sein? In jeder Branche geht es billiger, ich bitte Sie. Und wenn mir etwas zustößt, was werden meine hungernden Kinder tun?«

»Vermutlich werden sie die Schokolade aus der Fabrik essen, die sie dann erben.«

»Ich schäme mich, Ihnen zu gestehen –«

»Sie brauchen sich keineswegs zu schämen, Herr Anquetil.

299

Sie sind einfach nicht daran gewöhnt, Angst zu haben, und daraus sehen Sie, daß Sie im Grunde die Natur eines Helden haben. Im Ernstfall –«

»Hören Sie doch mit diesem verdammten Ernstfall auf! Haben Sie im Ernstfall Angst?«

»Unbeschreibliche, Herr Anquetil, vorausgesetzt, daß mir Zeit dazu bleibt. Im Ernstfall geht nämlich alles viel schneller, als man sich das vorgestellt hat.«

Herr Anquetil schwieg ziemlich lange, das heißt, er sprach nicht, sondern seufzte nur in allen Tonarten und wußte kaum mehr, wie er sitzen sollte.

»Und wenn ich«, sagte er schließlich, »aus meinen eigenen Mitteln Ihre Honorierung um dreiunddreißigeindrittel Prozent vermehre – würden Sie dann bereit sein, mich kurz vor Tassy aussteigen zu lassen? Mir ist nicht wohl.«

»Mir auch nicht«, erwiderte Fox. »Denken Sie an das Vaterland! Übrigens ist es bereits zu spät, wir fahren schon am Bach von Tassy entlang.«

Mit ausgeschalteten Lichtern erreichten sie das Parktor. Fox half Herrn Anquetil aus dem Wagen, was nicht unnötig war, und bat ihn, für ein paar Augenblicke hier zu warten. Dann nahm er Benoit und den Leutnant beiseite. Der Offizier hatte seinen Auftrag mittlerweile einwandfrei erfüllt. Das Gittertor stand offen, war aber durch einen quergestellten Lastwagen blockiert, so daß nur ein schmaler Durchgang blieb, durch den sich ein einzelner Mensch hindurchzwängen mußte. Der Leutnant und Fox verglichen ihre Uhren. Nach genau zehn Minuten würden die Leute in den Park eindringen und ihn durchkämmen bis zum anderen Ende, wo Fox auf sie warten würde. Schießen sollten sie deshalb nur im Falle der äußersten Gefahr, die aber, wie er ihnen erklärte, gewiß nicht eintreten werde. Er nehme mit Sicherheit an, sagte Fox, daß der Park leer sei und es sich nur um einen vorsichtigen, kleinen Nachtspaziergang handle, den man freilich nicht länger aufschieben dürfe, da die Dunkelheit bereits leise schwächer zu werden begann.

Als er zu seinem Wagen zurückkam, stand Herr Anquetil noch regungslos auf dem Fleck, auf dem er ihn verlassen hatte.

Fox, den einen Fuß schon im Wagen, sagte gleichmütig: »Ich lasse Sie jetzt allein. Bitte? Sie übernehmen hiermit das Kommando. Haben Sie mich verstanden? Weshalb antworten Sie nicht?«

»Mein Gott«, stöhnte Herr Anquetil, »und was soll ich tun?«

»Stellen Sie sich hinter den Lastwagen, das ist eine ganz gute Deckung, und seien Sie so still wie möglich.«

»Und?«

»Das ist alles«, sagte Fox. »In etwa zwanzig Minuten, denke ich, werden Sie die Schlacht von Tassy gewonnen haben.«

»Vierzig Prozent!« flüsterte Herr Anquetil.

Aber Fox hörte das wohl nicht mehr, sein Motor lief bereits, und der kleine Wagen, lichtlos, verschwand in der Dunkelheit. Er fuhr langsam an der Parkmauer entlang bis zu deren Ende. Dort hielt Fox und ging den kurzen Wiesenpfad bis zu jener Stelle, wo der Bach unter der Mauer herauskam. Er kannte sie so gut, daß er,

ohne auszugleiten, unter dem niedrigen Bogen durch-
kroch.

Acht Minuten waren vorbei.

Er schlich zu dem Schuppen. Ein kurzes Aufleuchten
der Taschenlampe zeigte ihm, daß hier alles in Ordnung war und der Karren wie gewöhnlich auf der Falltür stand – ein ungemein erfreulicher und beruhigender
Anblick.

Zehn Minuten.

Vorsicht konnte nichts schaden, Fox stellte sich hinter
einen dicken Baum und wartete.

Nach weiteren zehn Minuten vernahm er leise Schritte im
Laub, die sich rechts und links näherten. Man hatte ver-
abredet, daß Fox sich mit drei Lampenblitzen melden
sollte, und das tat er jetzt. Wenige Augenblicke später
standen zwei oder drei Mann neben ihm.

»Monsieur Fox?« fragte der Leutnant durch die Finsternis, die hier noch dick unter den alten Bäumen hing.

»Alles in Ordnung«, erwiderte Fox aufatmend.

Ein Mann blieb am Eingang des Schuppens zurück, den
anderen zeigte er den Karren und ließ ihn wegschieben.
Die Falltür wurde freigemacht und hochgeklappt. Er
führte die Leute die Treppe hinunter.

Selten hatte er so viel erstaunte Flüche gehört.

»Ich bin völlig Ihrer Ansicht, meine Herren«, sagte er,
»aber darüber wollen wir uns später unterhalten, wenn
wir dieses Museum aufgeladen haben.«

Der Offizier ließ drei Mann in dem Schuppen zurück und
ging mit Fox und den übrigen durch den Park nach vorn,
diesmal freilich auf dem Weg, wenn auch ohne das Haus

zu betreten, das dunkel dalag. Gewiß hatte man drinnen noch nicht das geringste bemerkt.

Da die Einfahrtsallee ziemlich breit war und die erste schwache Helligkeit, die den Morgen ankündigte, genug erkennen ließ, trug niemand eine brennende Laterne.

Als sie noch einige Meter vom Tor entfernt waren und die dunkle Masse des quergestellten Lastwagens schon unterscheiden konnten, knallte dort plötzlich ein Pistolenschuß.

Der Leutnant sprang hinzu, Fox ebenfalls.

Neben dem Wagen stand ein Mann. Es war Herr Anquetil, und er schwankte, obwohl er sich mit der Linken am Wagen hielt.

»Was ist los, zum Teufel?« rief Fox und ließ die Taschenlampe aufleuchten.

»Ich hörte Schritte«, murmelte Herr Anquetil, »und da wollte ich schießen.«

»Mir scheint, sie *haben* geschossen!« sagte Fox.

»Mein Ohr...«, sagte Herr Anquetil, sank zu Boden und gab damit das Kommando des Unternehmens endgültig ab.

Gänzlich unerwartet fiel in diesem Augenblick ein zweiter Schuß, und zwar weit hinten im Park.

Fox, der im Begriff war, sich über Herrn Anquetil zu beugen, fuhr hoch. »Sehen Sie bitte beim Schuppen nach«, sagte er zu dem Leutnant, »und lassen Sie mir sofort Meldung machen!« Er blieb mit Anquetil allein.

»Was ist mit Ihrem Ohr? Sie bluten.«

»Nehmen Sie meine Pistole, sonst schießt das Ding womöglich noch einmal«, sagte Herr Anquetil matt, richtete sich aber doch so weit auf, daß er auf dem Erdboden saß und sich an ein Rad des Wagens lehnen konnte.

Fox hatte Mühe, seinen Ernst zu bewahren, obgleich er durch den Zwischenfall hinten im Park sehr beunruhigt war. »Sie bluten wie ein Schwein«, sagte er und wischte mit dem Taschentuch an Herrn Anquetils Kopf herum, um festzustellen, was da eigentlich geschehen war. »Sie haben sich das Ohr abgeschossen, Herr Anquetil. Das kann nicht jeder. Wie haben Sie das angefangen?«

Er bekam keine Antwort, denn auf Herrn Anquetil hatte diese schmerzliche Mitteilung solchen Eindruck gemacht, daß er ohnmächtig umsank.

Fox kniete neben ihm und untersuchte die Sache jetzt gründlicher. Es fand sich keine andere Verletzung, der Gute hatte Glück gehabt. Wie es zu dem Vorfall gekom-

men sein mochte, war unschwer zu erschließen : Anquetil, in der Finsternis allein und immer länger allein, hatte seine Pistole aus der Tasche gezogen und sie, als er endlich Schritte hörte, hochnehmen wollen. Bei seiner Gemüts- verfassung und der enormen Übung in solchen Dingen war der Schuß losgegangen, er hatte die Waffe offenbar so ungeschickt wie nur möglich gehalten. Also hatten alle Beteiligten Glück gehabt, nicht nur er. Fox murmelte etwas, was zwar ungemein zutreffend, aber doch kaum geeignet war, auf das künftige Denkmal des Volkshelden zu kommen.

Übrigens ließ die Blutung bereits langsam nach. Fox richtete sich auf. Das erste, was er bemerkte, war, daß in Lady Margarets Haus einige Fenster hell geworden waren, kein Wunder nach den beiden Schüssen.

Auf dem Parkweg rannte jemand herbei. Fox leuchtete ihn an, es war Benoit.

»Wissen Sie, was geschehen ist ?« rief Benoit. »Bei dem Schuppen tauchte ein Mann auf, der Posten rief ihn an, er wollte verschwinden, der Posten hat geschossen. Und wer ist es ? Unser Gefangener!«

Jetzt war es Fox, der sich ein wenig an den Wagen lehnte.

»Und ?« fragte er.

»Tot . . .«, sagte Benoit.

Die beiden Lastwagen fuhren mit vollem Scheinwerfer- licht und erheblichem Getöse in den Park hinein, der eine nahm den noch immer besinnungslosen Herrn Anquetil mit und lieferte ihn in Lady Margarets Haus ab. Dann knatterten sie zum Schuppen weiter, wo alsbald ein fleißiges Arbeiten begann.

Lady Margaret und Catherine, weiß und bleich wie die letzten Gespenster der schwindenden Nacht, mußten den Einbruch höherer Mächte in das friedliche und ahnungslose Haus erleben. Der Verwundete wurde auf ein Bett gelegt, mit Kölnischwasser reichlich besprengt, und als er dieser nachhaltigen Fürsorge nicht länger widerstehen konnte, entschloß er sich wohl oder übel, auf dem Weg ins Jenseits um- und in die Welt des Alltags zurückzukehren.

Ob es richtig war, den oberen Rest seines Ohrs – denn die untere Hälfte fehlte tatsächlich – ausgiebig mit Jod zu bepinseln, blieb unerörtert, er jedenfalls schien anderer Meinung zu sein und jammerte in den höchsten Tönen, wobei ihm das Wasser aus den Augen lief. Aber er kam dadurch vollends zur Besinnung. Ein hinreichend pompöser Verband wurde um seinen Kopf gewickelt, und kaum war es soweit, als Fox alle übrigen aus dem Zimmer wies, da er mit Anquetil allein sein wollte.

Er setzte sich neben das Bett, auf dem Herr Anquetil lag, und sagte: »Erlauben Sie, Herr Abgeordneter, daß ich Ihnen meine Bewunderung und meine herzlichen Glückwünsche ausspreche.«

»Es tut weh«, sagte Herr Anquetil schwach.

»Sie irren, Bewunderung tut niemals weh, ausgenommen jene Fälle, in denen sie von einem anderen einkassiert wird als von dem, der eigentlich Anspruch darauf hat. Aber das ist in der Weltgeschichte ja noch nicht vorgekommen, und Sie, Herr Abgeordneter, gehören ganz bestimmt nicht dazu.«

»Ich bin augenblicklich leider nicht imstande, einen
so verwickelten Satz zu begreifen«, sagte Herr Anquetil. »Wollen Sie sich bitte etwas einfacher ausdrücken.«

»Das Glück steht auf Ihrer Seite wie immer. Herr Benoit –«

»Wer ist das?«

»Der Polizeibeamte, der sich nach Ihren Weisungen gerichtet und das unterirdische Waffenlager der Verschwörer
im Sturm erobert hat. Herr Benoit also ist bereits wieder
unterwegs nach Paris und hat schon von hier aus durch
den Sender des Streifenwagens veranlaßt, daß unverzüg-
lich eine Pressekonferenz einberufen wird.«

»Pressekonferenz?« fragte der Abgeordnete Anquetil und
setzte sich auf.

»Er ist übrigens eingeschriebenes Mitglied Ihrer Partei
und hält sich empfohlen.«

Herr Anquetil griff an den weißumwickelten Fußball, der
vor kurzem sein Kopf gewesen war. »Lassen Sie mich zunächst ein wenig nachdenken.«

»Rasieren wäre notwendiger«, bemerkte Fox. »Das Nachdenken habe in aller Geschwindigkeit ich besorgt, denn
wie Sie sehen, bin ich einer der wenigen Überlebenden.
Herr Benoit wird die Presse informieren, so daß also
bereits in den Mittagsausgaben die ersten Berichte stehen
werden. Er ist von mir aufs genaueste darüber unterrichtet, worauf es ankommt. In diesem Sinn werden die
Mitteilungen sein, die er der Presse macht, und deshalb
habe ich Sie vorhin beglückwünscht.«

Herr Anquetil hob die Hand, um sich am Kopf zu kratzen, stieß aber auf Hindernisse, an die er nicht gedacht hatte. »Ich wäre gern selbst dabeigewesen.«

»Auch daran habe ich gedacht, aber bei Ihrem Zustand erschien es mir nicht ratsam.«

»Oh«, sagte Herr Anquetil erschrocken, »sind Sie davon überzeugt?«

»Nein. Herr Benoit ist es zwar auch nicht, wird aber den versammelten Journalisten erklären, daß er es ist.«

»Mein Kopf«, murmelte Anquetil, »ich verstehe Sie schon wieder nicht! Sind Sie wenigstens davon überzeugt, daß nicht etwa zufällig eine Kugel in meinem Kopf zurückgeblieben ist?«

»Bei dem Feuerüberfall, dem Sie ganz allein standgehalten haben, wäre das kein Wunder.«

»Sagt das Benoit?«

»Meinen Instruktionen entsprechend.«

»Es ist aber doch –«

»Oh, die Sonne geht auf!« rief Fox. »Sie sollten sich das nicht entgehen lassen, bitte treten Sie hier ans Fenster. Ein hinreißender Anblick!«

»Wer, ich?«

»Sie nehmen mir das Wort aus dem Mund, Herr Anquetil. An diesem oder einem anderen Fenster werden Sie stehen, wenn die Herren kommen, und das Publikum und die Photographen, und jemand vom Parteivorstand und der Vizepräsident der Nationalversammlung und die Regierung und –«

»Sind Sie verrückt, Fox?«

»Ja, natürlich auch jemand vom Kriegerverein mit einer Fahne. Die Polizeipressestelle wird das arrangieren.«

»Und alles nur, weil die Sonne aufgeht?«

»Nur!« sagte Fox. »Hat etwa die Nation keinen Anlaß, ihren Helden zu feiern?«

»Meinen Sie mich?«

»Mich keinesfalls, denn was mich betrifft, so kenne ich nichts Schöneres, als bei der Masse unter dem Fenster zu stehen und zu schreien, man ist dabei so angenehm unverantwortlich.«

»Sie haben recht, die Verantwortung ist es, die den Menschen emporhebt«, sagte Herr Anquetil. Er stand am Fenster und blickte zu den ungezählten Blättern der Bäume hinab, umstrahlt von dem Glanz der jungen Sonne. »Die Nacht mit ihren düsteren und für euch unerkennbaren Drohungen ist vorbei, aber ihr konntet schlummern in dem Bewußtsein, daß es Männer gibt, die wach sind. Sie sind nicht zahlreich, diese Männer, aber sie wissen, wem sie das große Opfer schuldig sind: dem Volke! Ihr seid es, die —«

»Nun, das geht ja schon wieder recht gut«, sagte Fox. »Belasten Sie sich nur nicht mit zuviel Logik, das ist durchaus unnötig. Der Ton macht die Überzeugung.«

»Es ist wahr —«, fuhr Herr Anquetil fort und machte eine Atempause, um zu überlegen, was wahr sei.

Aber es klopfte an der Tür, und herein trat Catherine persönlich mit einem Brett, auf dem das verlockendste Frühstück aufgebaut war. Der Abgeordnete konnte sie zunächst nicht bemerken, da er am Fenster stand und zu dem Volk der Blätter sprach, und überhaupt ließ er sich bei dieser Beschäftigung nicht gern unterbrechen.

»Es ist wahr, meine Mitbürger —«

»Gut, gut«, sagte jedoch Fox und klopfte ihm auf die Schulter. »Was wahr ist, bleibt wahr, aber der Kaffee wird kalt. Kommen Sie, Herr Anquetil, stärken Sie sich, man wird heute noch große Ansprüche an Sie stellen.«

»Auch das ist wahr«, sagte Herr Anquetil und kehrte vom öffentlichen in das private Dasein zurück. »Ich danke Ihnen, Madame, seien Sie versichert –«

»Seien Sie versichert«, sagte Catherine in flehendem Ton, »daß niemand in diesem Haus die geringste Ahnung hatte –«

»Wir haben niemals etwas anderes angenommen, Sie dürfen völlig beruhigt sein«, nickte Fox.

»Sie stehen unter meinem Schutz!« erklärte Herr Anquetil, von Wohlwollen wie von einer schön drapierten Toga umgeben. »Schon dieser ausgezeichnete Kaffee – haben Sie vielleicht auch Kognak?«

Catherine verschwand beglückt und eilends, aber jemand nahm ihr die noch nicht ganz geschlossene Tür aus der Hand.

Es war der Leutnant, er trat ein, schlug die Hacken zusammen und grüßte.

»Guten Morgen!« sagte Herr Anquetil und lud ihn mit einer großartigen Handbewegung ein, am Frühstückstisch Platz zu nehmen. »Wie ich mit Genugtuung sehe, haben Sie die Nacht besser überstanden als ich. Meine Glückwünsche!«

Der Offizier blieb stehen und sah Fox an. »Wir haben unser möglichstes getan«, sagte er. »Die beiden Lastwagen sind voll.«

»Und die Keller leer?«

»Durchaus nicht, wir haben kaum die Hälfte aufladen können und bereits nach weiteren Wagen gefunkt, in einer Stunde werden sie eintreffen. Dürfte ich Sie bitten, die Lage nachzuprüfen?«

»Nachzuprüfen?« fragte Fox stutzig.

Der Leutnant streifte den Abgeordneten mit einem Blick. Fox stand auf und folgte ihm. Unterwegs sagte der Leutnant: »Wir haben da nämlich ganz hinten im Keller mehrere Kisten gefunden, eine davon geöffnet, und daraufhin die ganze Bescherung vorsichtshalber nicht weiter angerührt.«

Die Umgebung des Schuppens sah aus wie das Schmugglerlager aus »Carmen«. Die Leute, nach getaner Arbeit, ruhten sich in der Morgensonne aus und frühstückten mit dem größten Appetit, wobei sie sich eifrig und laut unterhielten. Neben ihnen, mit einer Plane zugedeckt, lag der tote Araber. Das Motorrad, mit dem er gekommen war, hatte man außerhalb des Parks am Bachufer gefunden. Fox warf einen Blick unter die Decke und nickte nachdenklich.

Dann folgte er dem Leutnant in den Keller, zwei der Polizisten, die den Fund gemacht hatten, schlossen sich neugierig an. Im Hintergrund des Kellers standen die Kisten. In der geöffneten waren Paketchen in der Form eines kleinen Ziegelsteins sichtbar, jedoch sorgfältig, ja beinahe liebevoll in Pergamentpapier eingeschlagen, das sich eigentümlich fettig anfühlte.

»Das?« fragte Fox und warf das Paketchen, das man ihm gegeben hatte, mit schönem Schwung in die Kiste zurück. »Oh, dabei brauchen Sie sich nichts zu denken, das ist Ekrasit, genug, um den Eiffelturm hochgehen zu lassen. Solange aber kein elektrischer Funke darankommt, ist es beinahe harmlos.«

Als sie wieder auf der Oberwelt waren, trat der Funker des Streifenwagens mit einer aufgenommenen Meldung heran. Die drei Laster waren unterwegs, außerdem ein Omnibus mit Berichterstattern und so weiter.

»Steht wirklich da ›und so weiter‹?« fragte Fox. »Wenn Sie dem Herrn Abgeordneten Meldung machen, dann unterschlagen Sie diese drei Worte.«

Die Gemeinde Tassy hatte vermutlich seit der Zerstörung des Schlosses, die um ein paar Jahrhunderte zurücklag, keinen so turbulenten Tag erlebt.

Zwar stand vorerst noch ein Polizeiposten am Einfahrtstor von Lady Margarets Haus und ließ niemanden ohne Ausweis in den Park. Aber die Kinder wußten natürlich, daß man ganz hinten im Bachbett unter der Mauer hindurchschlüpfen konnte, und waren wie alle unschuldigen Kindlein in der ganzen Welt der Meinung, daß es kein schöneres Spielzeug gäbe als Maschinengewehre, Pistolen und Handgranaten, denn das Dichten und Trachten des menschlichen Herzens ist harmlos von Jugend an.

Zwei beladene Lastwagen verließen den Park, dafür kamen drei leere und ein großer Omnibus mit vielen eiligen Leuten, und kurz danach ein zweiter, der alles für Rundfunk und Fernsehen Nötige an Bord hatte – der Posten am Tor wurde einfach überrumpelt und zog sich in die Küche zurück, wo Barbe gegen den uniformierten

Frühlingsboten nichts einzuwenden hatte, sondern ungewöhnlich hold lächelte.

Im Haus selbst ging es unbeschreiblich zu. Dutzende von fremden Menschen liefen über Treppen und Flure und stolperten über dicke, schwarze Rundfunkkabel, es gab mehr als einen Kurzschluß in jeder Hinsicht, die Zugluft knallte Türen und Fenter zu, Jupiterlampen zischten und blendeten, die Wochenschau vermehrte die Zahl der Baskenmützenmänner, und vor dem Haus versammelte sich immer mehr Volk, weil es hier keinen Eintritt kostete, dafür aber nichts zu sehen gab.

Denn das, was wirklich wichtig war, ging im ersten Stock hinter der Tür des Erkerzimmers vor sich.

Dort nämlich stand Herr Anquetil, umdrängt von Zeitungsleuten und Glück Wünschenden.

Zwar hatte man ihm den großen Lehnsessel gebracht, der noch gestern abend Leilas geheimnisvoller Verbindungspunkt zu höheren Welten gewesen war, und anfangs saß er auch darin. Bald aber ließen sein Temperament, die Wichtigkeit der Stunde und der Gedanke, daß ein Held nicht im Lehnstuhl ausruhen dürfe, ihn sich erheben – und da stand er nun!

Sein Kopf war dick umwickelt mit Mullbinden, an der Stelle des rechten Ohrs sah man einen grauenerregend schönen Blutfleck, seine Wangen und das Kinn waren heldenmäßig unrasiert – Großaufnahme! –, aber seine Augen blitzten, besonders bei den zahllosen Schnappschüssen der Presseleute. Nun, ein Mann wie er war Schüsse gewohnt!

»Allerdings, darüber brauchen Sie kein Wort zu verlieren.

Das bin ich, meine Herren, und wie Sie gehört haben, war der Schuß, der mich streifte – es ist wirklich kaum der Rede wert –, nicht der einzige in dieser Nacht. In dieser Nacht, meine Herren, die, das muß ich sagen, meine monatelangen stillen Bemühungen, über die ich aus begreiflichen Gründen mich nicht näher ausspreche, mit Erfolg krönte. Auf die innen- und außenpolitische Lage, meine Damen und Herren, ist durch die Ereignisse dieser Nacht ein grelles, ich möchte behaupten, allzu grelles Licht gefallen, welches das Räuberprofil des bisherigen Schlendrians anzeigt, der jetzt, so hoffen wir, endlich mit eisernem Besen ausgekehrt wird. Eine Regierung, unter der so etwas vorkommen kann, ein Ministerium, das die Augen schließt vor solchen Gefahren, von denen das Vaterland in seinen Herzkammern umlauert wird, ein Minister, der nur den Kopf in den Sand steckt und mit den Zähnen knirscht, meine Herren – ich – seien Sie überzeugt –«
Tsching bum! tat es draußen unter dem Erkerfenster.
Herr Anquetil fuhr zusammen.
Aber es war nur die Blechmusik, die man in aller Eile mobilisiert hatte.
Herr Anquetil trat ans Fenster, und die Begeisterung der Mitwelt brandete zu ihm empor.

Beim Beginn der Blechmusik, mehr Blech als Musik, löste sich ein Mann aus der entzückten Menge und ging auf dem Einfahrtsweg zum Parktor. Er ging langsam, denn jetzt eilte nichts mehr, wahrscheinlich ging er auch zum letztenmal auf diesem Weg, sehr müde, zum Umsinken müde.

Als er sich dem Pfarrhaus näherte, wollte Monsieur le Curé es eben verlassen, jetzt aber schloß er die Tür nicht, sondern hielt sie offen, ließ den Mann herankommen und fragte: »Wie sehen Sie aus, Doktor Fox, und was ist in diesem heillosen Nest eigentlich los! Man sagt mir, heute nacht sei irgendwo geschossen worden – und was ist das da vorn für eine Musik? Seit wann treibt man den Teufel mit der Marseillaise aus?«

»Alle diese Fragen«, sagte Fox und trat in das Haus, »will ich Ihnen beantworten, wenn Sie mir gestatten, mich ein wenig hinzusetzen. Sie haben schon gefrühstückt?

315

Sie haben sogar etwas übriggelassen? Dann erlauben Sie!«

»Wollen Sie sich nicht erst waschen?«

»Das hat Zeit, der Hunger geht vor.« Er fiel über das Frühstück her.

Der Pfarrer ließ ihn in Ruhe, sorgte für frischen Kaffee und lachte, als er sah, mit welcher Geschwindigkeit die beträchtlichen Reste seines Frühstücks verschwanden.

»Ich kann mich überhaupt nicht erinnern, wann ich zum letztenmal gegessen habe, mir ist, als wäre es vor einem Vierteljahr gewesen«, sagte Fox zwischendurch. »Geht Ihre Uhr richtig? Halb zehn?«

»Als Sie mich neulich besuchten«, meinte der Pfarrer, »hatten Sie keine so gute Laune.«

»Allerdings.«

»Ist es wahr, daß heute nacht hinten im Park ein Mann erschossen worden ist?«

»Wenn ich in diesem Haus eine unchristliche Bemerkung machen darf«, erwiderte Fox, »so will ich Ihnen verraten, daß meine gute Laune in erster Linie daher kommt. Dieser Todesfall befreit mich von mancher Sorge. Übrigens hat dieser Schuß der Justiz nur ein bißchen vorgegriffen. Stellen Sie sich nun aber vor: kein Prozeß, keine Weiterungen, keine Zeugeneinvernahme. Man wird behaupten, Frankreich sei gerettet. Das ist natürlich nicht wahr, Frankreich hat es nicht nötig, gerettet zu werden. Aber sehr vieles andere ist gerettet, Gott sei Dank.«

»Und Ihr Freund, Herr Anquetil?«

Fox machte eine Kopfbewegung in der Richtung auf Lady Margarets Haus.

»Man feiert ihn?«

»Er ist verwundet, er ist ein Held!«

»Verwundet?«

»Nach der ersten oberflächlichen Befriedigung meines Magens«, sagte Fox, »will ich eine kleine Pause einschalten und Ihnen zum Dank dafür, daß Sie mich vor dem Hungertod bewahrt haben, die Ereignisse der letzten vierundzwanzig Stunden erzählen.«

Er tat es, freilich zusammengefaßt.

Der Pfarrer lachte dröhnend.

»Ich kann doch nicht annehmen, daß Sie sich über dies alles wundern?« fragte Fox.

»O Welt!« sagte der Pfarrer und dröhnte von neuem.

»Und was halten Sie davon?«

»Das erzähle ich Ihnen ein andermal. Morgen oder übermorgen. Oder überhaupt nicht, denn wozu, ich bin ganz Ihrer Meinung. Wenn Sie wüßten, wie müde ich bin, wie ungeheuer müde! Haben Sie etwas dagegen, daß ich mich ins Bett lege, und zwar gleich in das Ihre? Augenblicklich

317

brauchen Sie es nicht, später steht es wieder zu Ihrer Verfügung. Morgen. Oder übermorgen. Und, ja, damit die Arme sich keine Gedanken macht – darf ich Sie bitten, Yvonne zu benachrichtigen?«

»Yvonne?« fragte der Pfarrer.

»Nein, nicht Ihre Katze«, sagte Fox.